原上丛书

李 浩 郝建国 主编

撩人春色是今年

文清丽 —— 著

扫码听书

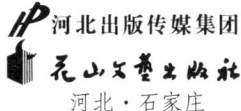

河北·石家庄

图书在版编目（CIP）数据

撩人春色是今年 / 文清丽著. -- 石家庄：花山文艺出版社，2023.9
（原上丛书 / 李浩，郝建国主编）
ISBN 978-7-5511-6422-1

Ⅰ. ①撩… Ⅱ. ①文… Ⅲ. ①中篇小说－小说集－中国－当代 Ⅳ. ①I247.5

中国国家版本馆CIP数据核字(2023)第017835号

丛 书 名：原上丛书
主　　编：李　浩　郝建国
书　　名：**撩人春色是今年**
　　　　　Liaoren Chunse Shi Jinnian
著　　者：文清丽
选题策划：丁　伟
统　　筹：李　爽
责任编辑：王李子
责任校对：李　伟
装帧设计：陈　淼
美术编辑：胡彤亮
出版发行：花山文艺出版社（邮政编码：050061）
　　　　　　　　　（河北省石家庄市友谊北大街330号）
销售热线：0311-88643299/96/17
印　　刷：河北新华第一印刷有限责任公司
经　　销：新华书店
开　　本：880毫米×1230毫米 1/32
印　　张：11.875
字　　数：240千字
版　　次：2023年9月第1版
　　　　　2023年9月第1次印刷
书　　号：ISBN 978-7-5511-6422-1
定　　价：77.00元

（版权所有　翻印必究·印装有误　负责调换）

序：筑起属于自己的"山峰"

李 浩

一

编撰一套反映当下中国小说创作实绩、展示中青年作家艺术品格和前行势头的系列丛书，一直是花山文艺出版社郝建国社长和我的共同心愿。应当说他的意愿可能更强烈、更紧迫，也更"成熟"一些，因为早在两年前他就开始策划组织"诗人散文丛书"的出版，至今已经进行到第四季，积累了丰富的经验。在经历多轮交流、碰撞和相互说服之后，便有了这套"原上丛书"。

之所以名为"原上"，一是基于我们不断谈及的中国当代文学"有高原无高峰"的共识性判断。必须承认，经历数十年的吸纳、丰富、转变和探索，时下的中国当代文学（尤其是当代小说）呈现了一定的甚至可以说几乎普遍的"高原"态势，立足于本土、个人和时代经验，深谙东西方小说讲述的艺术策略，有着广博的文学视野和经久的文学阅读，并较好地融合萃取变成个人的独特，呈现出不同的"中国故事"可贵面影。这一努力和前行,是我们绝不能忽略和无视的!然而,我们也需要承认,我们当下的写作还有诸多的匮乏和不足,尤其表现于思想性、创新性、丰富性和锐利感上……我们编撰这样一套丛书,是为彰显、呵护已经呈现"高原"态势的中青年作家的创作实绩,认知和呈现他们的文学实力,同时也冀望借此加以"促进",希望这些作家朋友能够不断向前,最终筑起属于自己的"山峰"。而定名为"原上"的第二个原因,则源于白居易"离离原上草,一岁一枯荣,野火烧不尽,春风吹又生"的著名诗句——它意味着(或者隐喻着)不竭的新生力量,不竭的"原上"的生长和文化根脉的深层延续……"原上丛书",愿意为已经站在了高原的、相对年轻的"新生力量"提供可能的助力,为文学的真正发展和繁荣提供可能的助力。这,应当说是这些中青年作家所需要的,也是出版社和阅读者们所需要的。

二

立足于实力,立足于读者好评、业界好评和几乎可见的"创作前景",立足于专业审读和专业评判——也就是说,我们这套"原上丛书"首先考量的是"实力"和"未来态势",以现有创作的真实呈现为第一标准。作家的创作影响力在我们的统筹范围之内,但它或多或少属于"次要标准",它提供参照值但不进入标准值。实力,以及我们的未来预期,在"原上丛书"中占有更大的比重，这是我们这些编撰者应当承认的。

基于此，我们甚至更愿意从那些潜心写作但或多或少被低估，荣耀的强光尚未照到身上的那些作家中"捞取"，让他们在这里获得可能的彰显与艺术尊重——这也是我们所要承认的。也正是基于这一个原因，在我们开始遴选作家的时候"不成文"地将已经获得鲁奖、茅奖的作家忽略在外。在我们第一辑十本的编辑过程中，作家刘建东、沈念获得了2022年的第八届鲁迅文学奖——这当然是我们尤其是作家本人的荣耀，但我们和编辑团队愿意再次强调：我们在约稿和编辑丛书的过程中，他们尚未获奖，我们的选择标准是并会一直是实力和创作前景……事实上，我们也大约有理由相信，入选"原上丛书"的诸多作家或许会在今后的某一时段再有大奖斩获，或者成为具有标志意义的文学名家——这，也是我们所更愿意见到的。在接下来的遴选和编辑过程中，我们还会将这个"不成文"继续下去。

全国性，是我们这套丛书的又一立足，我们愿意将整个中国有实力的中青年作家放在一起打量，并使用同一标尺。我们当然愿意它能有一个丰富性、多样性和多层面的展示，但它们大约依然是参照值而不是标准值。花山文艺出版社隶属于河北出版传媒集团，具有地域性，但在这套丛书的遴选中我们首先排拒的就是地域性。同样是"不成文"的规定，我们会对河北籍的、现在河北生活的作家秉持更多苛刻，如果是同等条件,"被遗憾"的一定是河北作家;在第一辑包括之后的第二辑、第三辑……每辑中至多有一本是河北作家的。这个"不成文"也将是我们坚持的固执原则。

三

第一辑入选的作家是刘建东、李凤群、林那北、哲贵、沈念、王芸、和晓梅、卢一萍、郑小驴、文清丽(排名不分先后)。他们是当下文坛极为活跃、极有实力并且部分地获得着关注的中青年作家,而我们更看重的是在他们身上所能体现出的创新意识和前行态势,包括他们对于时代、生活、个人人性的有效挖掘。他们的写作,真的是在为我们提供着来自生活和文学的双重丰富。

在我看来,林那北的小说更具"东方"质地,娓娓道来,不疾不徐,语言上有一种清浅的音乐性,而在故事上也有那种"东方"式的轻和淡,仿佛不着力地推进着,而阅读者则在不知不觉中沉入她预设的涡流。她有一双敏锐之眼,这份敏锐中包含了清晰的看透,和小小的但入骨的"毒"。她熟谙生活和生活细微,极易从具有幽暗感的褶皱中做出发现。相对之前的写作,林那北的《燕式平衡》似乎更从容,社会生活的流变、个人的境遇与处境、人性的多重复杂一直是林那北所关注的,在这里,她呈现了更让人感吁、会心和由衷赞叹的文学发挥。我觉得,林那北的小说耐读,经得起重读,而在重读的过程中可能获益更多。

而在王芸的小说中加重的则是情感的力量——所以阅读她的小说，时时会有"胸口受到了重重一击"的那种情感强力，而这强力来得那么真实真诚，毫无矫饰。可以说，王芸的小说已形成她极有特质性的东西，极有"个人标识"。我认为这种标识性就是：从小事儿和微点开始，角度较小甚至是极小，然而撬开的是一个具有普世性的共有议题；故事上往往不那么用力，但涡流感重，会让人在品啜的过程中被缓缓吸入，难以自禁自拔；大量留白，会调动阅读者不断地为文本填充，在情感和智力两方面……它是那种可以引发思忖、耐人寻味的小说。在这本《请叫她天鹅》中同样如此，它聚焦生活和人性的复杂世相，探触心灵深处、生活褶皱处的幽微细部，展现一个个普通生命内在的柔软与坚硬、紧张与松弛、平和与挣扎、痛楚与欢欣、无奈与向往、绝望与执拗，在生活剧变和断裂处映现出"人"的力量。

《无法完成的画像》，具有强烈的先锋感和现代意识，同时又具有扎实沉厚的现实积累，不回避生活、生命的种种困囿和艰难，又能将困囿和艰难"熬"成诗——一直以来，我都认为刘建东的中短篇小说（尤其短篇）属于"教科书"级的，在语言上、故事结构能力上、意蕴营造和留白点的设置上，无一不见微妙与精心，就像我在"小说创作学"课上反复要讲的胡安·鲁尔福或加·加西亚·马尔克斯。这本小说集兼有现代主义创作倾向和现实主义创作倾向，而我看重的是它的融合力量,那种将两种或多种不同向度的力量完美融合并构成合力的力量。这,也是我这样的写作者试图从中汲取的。

埃柯谈到,有两类人属于"天生的作家",一类是农民,一类是水手。将哲贵看作是"农民"型的作家大抵是合适的,因为他对地方生活的了如指掌,因为他比那些观光游客更知道、更了解这一地域的生活内部,更能体味在这一地域生活的人们的精神真实和情感真实,他在那条被称为"信河街"的地方打出了一口深邃的、不断能反射出生存实态的井。较之一般小说,《信河街别录》可能更具有地方志和民俗学价值,当然它更值得言说的还是文学价值、思考价值,那种对人生、人性和独特环境中生存的思考和追问。同时我也愿意承认,哲贵的故事能力也是我所极为欣赏的,他能将一般人无话可说之处写得风生水起,让读者感到津津有味,也能将激烈和回旋有意地半遮起来,让我们通过猜度和想象将其充满。

"80后"作家郑小驴的写作则呈现了另外一种"异质"和独特面目,他尖锐、锋利、直面现实,有一种"少年老成"的技术熟练和"坚决不肯老成"的青春冲力……在他身上和他的写作中,我能看见时下写作普遍匮乏的"巴库斯"式的原始冒险。必须说,这是一股可贵的力量,尽管它有时会引发我们的小小不适,就像我们第一次面对罗伯-格里耶的《去年在马里安巴》、让·热内的《鲜花圣母》或贝克特的《马龙之死》那样。郑小驴关注的或者说更为关注的是我们生活中的"另一潜流",是某种有意回避和视而不见——恰因如此,郑小驴小说写作的价值感也变得更为显豁,它让我们不断地、不断地思忖:这,也是一种生活?非如此不可?有没有更好的可能,如果我是二告或者立夏,如果我是杜怀民,如果我是……我该如何选择?对于小说来说,它应当提供的是"可能"而不是解决之道,解决之道是我们在读完小说之后"自我完成"的部分,小说相信并始终相信阅读者会有自己的独立判断。

当我们在谈论爱情的时候我们是在……这是一句反复被运用已经用得过于俗滥的用语,但我还是选择用它,因为它本身包含的隐喻性质。当我们在谈论爱情的时候,我们的确很少关注于爱情本身,而是关注隐匿于它的背后和深处的那些内容,譬如欲念和释放,譬如权力意志,譬如暗在的交换和平衡,譬如操控性和……事实上,仔细回想一下,我们谈论爱情的概率越来越少了,而集中地、专注地谈论爱情的概率则更少——因此,卢一萍的《N种爱情》在提交到我们手上的时候就让我眼前一亮,竟有小小的心动。与我预想的不同,与我这个身处东部城市的写作者预想的不同,卢一萍的《N种爱情》多数与我从哲学、社会学、心理学和惯常小说呈现中得出的"预设"不同,它的里面包含着真正的爱情之美与人性之美,包含着安宁、博大、舍身的投入和为爱的"不顾一切"。曾在边疆当兵并深深融入边疆生活的卢一萍,在他的写作中呈现的是那片大地上"人类最初的爱情的战栗",它是一种久违,一种真实，同时也是一种怀念。我甚至愿意感谢卢一萍的这一提供，它让我的内心百感交集，暗生涡流。

在本辑丛书的编辑过程中，数位编辑都对完全陌生的和晓梅的小说赞不绝口，他们完全陌生于这个名字，但又对她在小说中上佳的艺术呈现感慨万千。身处云南的纳西族作家和晓梅，属于那种只会潜心写作、"与世无争"地致力于将自己的小说写好的写作者，像她这样一直深潜于自我的文学世界而不事张扬的作家还有不少，譬如本辑中的其他一些作家，又譬如与我有过一些交集的东君、戴冰、李约热，等等。在我们时下（也包括之后）的"原上丛书"的组稿中，我们愿意更多地关注那些具有实力和未来可能的沉潜着的小说家们，可以说这也是我们的初衷。收录于《漂流瓶》中的小说均为中篇，和晓梅在她最为擅长的篇幅空间内纵横施展，建构成一个或多个有着复杂意味的交互世界。与刘建东的小说质地相似，和晓梅小说的现代感充沛丰盈，其故事结构往往也不是单一线性而是采取复调叙事多线并织，并使其铆合于统一的叙事点上，其技艺的精熟和细节控制力让人叫绝。更重要的是，和晓梅始终将小说看作"探索存在的密钥"，她的所有技艺呈现都精心围绕于小说的智识和追问，深入而深刻——在这里我愿意再次重复列夫·托尔斯泰文学标准中的第一条：小说追问的问题越深，越对生活有意义，它的格就越高。毫无疑问，和晓梅的小说处在一个高格之中，它是勘探，是言说，是审视与思忖。

许多时候我们会把沈念归为"散文作家"，就像我们有些时候会把史铁生、宁肯、刘亮程、周晓枫看作"散文家"一样,他们在散文写作中的影响力远大于在小说中的影响力,但这绝不意味他们的小说写得不好,达不到高标。《八分之一冰山》会让我们轻易地想起海明威的"冰山理论",也会让我们在开始阅读之前就暗自认定,这本小说集将会在"未说"和"未尽"之处有更多经营——事实上也的确如此,我在沈念小说的"空白处"读出的其实更多。这本小说集,聚焦于平常人生,聚集于平常生活中的个人遭际与精神困境,充满着追问、反诘和更多体谅,叙事冷峻而又不失温情。在本辑十本书中,沈念的《八分之一冰山》大约是最具知识分子气息的一本,这一独特足以让它显得别样。它,在表层有种"隔着玻璃看世界"的距离和淡然,然而在再次的阅读中,我读到的却是骨肉相连的体恤,以及经久不散的"耐人寻味"。

弗兰兹·卡夫卡为何要让格里高尔·萨姆沙变形?就以现实主义的方式讲述一个推销员的故事不可以吗?当然可以。只是,它的强度就可能变弱,极端感就会变弱,故事的张力和阅读者被调动起的思考敏锐就会变弱。我们知道文似看山不喜平。我们知道,小说的故事性诉求和思想性诉求,都需要小说家们在不失合理性的前提下努力"推向极端",其原本纤微的、隐藏的、不那么呈现的部分才会得到有效彰显。在现实主义题材的小说中,因为身份和条件的特殊,军人和军事文学最容易在日常化的场景中建构起"极端",呈现出强烈的故事性和戏剧冲突。"善假于物"的文清丽在她的《撩人春色是今年》中充分地利用着这一点,以现实的、回忆的、追怀的方式强化和突出故事主人公们的军人身份,以及他们的经历种种……尤其巧妙和独有匠心的是,文清丽在这本小说集中建立了具有象征的"军营"和同样具有象征的"昆曲"两个舞台,一武一文,一雄悍一温婉——其中的自然张力被她有效调动,魅力十足。就我有限的阅读而言,我们的军事文学写作很容易指令性地完成单一向度,其丰沛性、多义性和动人性时有不足,而文清丽在《撩人春色是今年》中的尝试无疑为我们提供了某种启示性参照。

注意到李凤群的写作应当是很晚近的事情,几位我熟悉的作家、编辑朋友向我推荐李凤群,甚至希望我能为李凤群的文字写点儿什么。我是从长篇小说《大野》开始认真关注起李凤群的,我觉得她有良好的艺术感觉,更重要的是她有一颗真诚的心,小说中诸多的人与物都连接着她的肋骨,她体恤他们、理解他们,甚至与他们共用同一条血管。对了,在强调小说的思想性(小说对生活越重要,小说的品格越高)、艺术性(与小说的内容相匹配的外在之美)之后,列夫·托尔斯泰的第三条文学标准是真诚,是作家对他所创造的一切的理解和信。在李凤群的小说中,包括这本《天鹅》中,那种真切的理解和信始终存在着,也使她写下的故事并不单纯是"一个故事",而更多的是一种有共感的情绪,一种有共感的思考,一种具有普遍性的精神面对。从某种意味上,李凤群的小说可算作是"体验式文学"的那类创作,她更重视小说中的具体体验感和精神波动——尽管，这里面写下的或许是"他者"故事。

四

十位作家，从性别上来说，五男五女——这并非是我们的有意为之，只是在反复不断的约稿过程中机缘巧合地呈现，它不是我们的考虑因素，在第二辑及以后各辑约稿过程中，我们依然不会将它看作遴选要素。

十位作家，其身份、工作单位和生活区域各有不同：有军人、教师、编辑、作协领导和事业单位工作人员，也有自由职业者；有的生活于大中城市也有的生活于边远城市；有汉族也有少数民族……它同样不是我们所看重的遴选要素，我们要的只有"实力"和"未来态势"——而我们之所以梳理了这些不在遴选要素范围之内的点，是因为它在机缘巧合中呈现了我们试图达到和获取的"丰富"。这是我们极为看重的。希望我们遴选的作家都具有强烈的个人面目，都在以自我的方式开掘自我的精神富矿，当我们将这些作品呈现于大家面前的时候你能够感觉它们的"独树一帜"……罗素说，参差多态是人类的幸福本源——就文学作品的阅读来说，确是如此，我们甚至不愿意在同一作家的不同作品中读到不经思虑的重复，求新求异是我们阅读中的心理本能。在这里，我们强调作家们在身份、工作、生活区域和性别上的不同，更多地，是意识到

"童年记忆、生活环境和未知因素 X"对作家写作的影响确有它的显见和内在微妙,这应是我们需要重视与反思的另外一隅。

他们在高原之上,他们具有代表性和独特性,他们和他们的写作,值得被关注。

是为序。

2022 年 11 月于石家庄

目 录

耳中刀 ················· 1

咱那个 ················· 55

花似人心向好处牵 ··· 106

向花处 ················· 160

撩人春色是今年············ 208

恰三春好处无人见········ 257

凤还巢·················309

耳中刀

胸中积聚的火焰

儿子，爸今天穿的啥衣服？我怎么摸起来，毛糙糙的？声音轻而小，我正在阳台上拿橙子给他榨果汁，一听这话，全身如刀割，比知道他病情还让我痛心。原以为两个月了，我能适应和面对他了，怎么发现绝望才刚刚开始。比如这声音，比如这熬煎人的岁月。

出去跟他讲理！我这么想着快步冲出厨房，一瞧儿子紧张的神色，瞬间就不想开口了。那双手，变白了，人胖了，眼袋却掉下来了，整个人无力地陷在沙发里。我知道他比我更痛苦，便放慢脚步。放慢脚步是不想打扰他们父子的融洽，儿子在外地上大学，回来一趟不容易。

咋回事呀？你怎么连走路都鬼鬼祟祟的，像做贼。他皱着眉头说着，不耐烦地挥了下手。我把要发的火慢慢摁下去，把橙汁递到他手里，转身要走，他又说话了，嫌弃我了？不用看你的脸，我就知道你恨不得我早死。他×的，我想这样吗？我得罪过谁？我做过啥伤天害理的事，老天要如此惩罚我？

又来了，又来了，这话我已经能背了。接下来肯定说他当海军三十年，穿惊涛战海浪，多少回死里逃生，好不容易提了副师级，离开潜艇，屁股还没在机关坐稳，双眼呼啦一黑，就此人生故事戛然结束。

果然，沙发晃了一下，爱人重新把身子放直，清了清嗓子说，儿子呀，你不要瞧不起你爸，你爸一个农民的儿子，当海军三十年，穿惊涛战海浪，多少回死里逃生，好不容易提了副师级，离开潜艇，屁股还没在机关坐稳，双眼呼啦一黑，就此人生故事戛然结束。

听到这里，我扑哧一笑，爱人扫视了一周，然后头转向我，我慌忙扭过身，最怕瞧他那双眼睛。

儿子从旁边的沙发上站了起来说，我得走了，跟同学约好了一起到车站。他不说，我也知道他巴不得赶紧离家。年轻人，我能理解，在家待了一个多月。一个月中，他可能看多了我跟他父亲之间的战争，看到他爸爸的无奈，或者厌烦了这样的日子，他想尽快逃离。二十来岁，还没真正成人，不能让他为家事分心，这怪不得他。

做父亲的一听说儿子要走，慌慌地站了起来，要不是我扶住，差点儿打翻了旁边茶几上的绿萝。他一把推开我，要拉儿子，胳膊拂掉了茶几上的玻璃杯，银色碎片飞溅。儿子已背起包，听到响声，看到我正擦他父亲满手的水，忙跑过来，握住了他父亲的手，准确地说，还有我的。

我说儿子放心走吧，家里有妈呢，好好学习。

儿子扫了我一眼，又拍了拍他爸的肩，只叫了一声爸，走了。跟我一句话都没说，看爱人坐回沙发，我追到门口。儿子在换鞋，后脑勺对着我，不吭一声。

门缝里吹进的风，落在我没穿袜子的脚尖上，凉凉的，可不，白露快到了。

我把拉杆箱擦干净推给儿子，他看了我一眼，嘴唇翕动半天，才吐出一句，妈，我爸很可怜，请你照顾好他。

又一团火涌到胸口，我想骂难听话，甚至握起拳头想揍人。我清楚儿子此话的由来。我能想象在儿子的假期里，爱人都给他说了什么话，可是儿子要远行，我不能让他把火带到远方，一个让我鞭长莫及的世界。我慢慢松开拳头，摸摸他卷卷的黑发，说，你这孩子，说的什么话。

儿子提起箱子，三步并作两步地跑下楼，我追了两步。他说，妈，你回去吧，我爸一个人在家里呢。

我仍一步步下楼。楼道很暗，我想走出这黑洞洞的世界，在阳光下，让他瞧瞧我的脸，一张已经没了水分密布了细小皱纹的脸。好久没照镜子了，听朋友说我憔悴得好像老了七八岁，一双眼袋像倒挂的悬铃木球。呵，悬铃木。爱人曾指着他营区成排的悬铃木给我讲，这种三球悬铃木，原产欧洲，因叶子形状与我们熟悉的梧桐类似，所以才叫法国梧桐。那是半年前，怎么距现在如此遥远，好像过了一个世纪。

妈！儿子长长地叫了声，且放下了箱子。楼道里的声控灯可能是因为他声音大，陡然亮了。我想说，儿子，你看看妈妈是不是长了白发？你再看看妈妈的手，粗糙得都不忍让人目睹。跟你爸爸在一起时，妈妈除了工作，什么家务活儿都不会干，不会开车，算不清账目，厌烦进菜市场，缴煤气电费存钱带着你到医院，只要你爸爸不出航，家中诸事都是他管。自从调到省城，没了你爸依赖，现在，妈是什么都能对付了，可我纤细白嫩的手却没了，随而代替的这双手，丑陋不堪得我在人面前，都羞于拿出来。一下楼，儿子拉开单元的铁门头也不回地说妈你回吧。我还没来得及说话，他就关上了门。片刻，我就听到他急促而欢快的跑步声，他跑向阳光、跑向自由，跑向那个让他欢笑的世界。而我重回黑暗的楼道，返身一步步上楼回家。

不用看，我就知道爱人是什么样子。他一定在沙发里发着呆，会把茶几上的东西全扫到地上，只要我出去得久了，他都这么做。

我打开门，随着一道风进家，他说，回来了。声音是温和的，这倒让我一时无措。儿子走了？打车是吧？

嗯。

那就好，来，陪我坐一会儿。

等我把地扫完，地脏。看着茶几周围的玻璃碎片，我尽量心平气和地告诉他。

不扫地，又死不了人。一听他这话，我小心地挪开玻璃片，坐到他跟前，他手胡乱摸了半天，终于抓住了我递过去的手，不停摩挲着说，你看你手都变粗糙了，辛苦了，对不起。

老丁，咱找个保姆吧。

他没说话。

我尽量让自己语气平稳,继续说,找了保姆,我不在时,有人陪你说话,陪你到外面散散步,吸吸新鲜空气,好不好?单位事情太多,你病了,我请了两月假,现在说什么也不好意思再跟领导开口了。现在单位改革力度很大,我们报社最近明确要求所有干部必须体能合格,上班要打卡。体能你可不能大意,不像过去,说说而已。现在不但发了体能服,还明确要求,比如我这样的岁数,21分35秒跑完三公里、25秒跑完三十米蛇形路,2分钟做完九个俯卧撑,仰卧起坐2分钟得做十九个,才算合格。一项都不能少。而且还明确规定体能与调职调级都要挂钩,一句话,我体能若有一项不过关,年底就调不了七级。如果我调职了,咱就有可能分更大的房子。儿子大了,也该谈朋友了。家里再添人,咱们这个三居室就不够住了。

是不是这样你就借口不回家了?你想飞就飞到哪个野鸡窝了?他腾地丢开我的手,站了起来。我压住火,站起来想扶他,被他推开,他一步三摇地走过茶几,我胆战心惊地看着地上的破玻璃说,你慢些,地上有玻璃碴儿。他也不理我,踩得玻璃啪啪响,我赶紧跑在前面不停地为他排除危险,他终于走进了卧室,我长长嘘了口气,立即扫起地来。边扫边自责,怪我说话不加考虑,还是新闻系毕业的,又在机关工作多年,怎么连人的心思都捉摸不透。千不该万不该,这时不该提分房提职的事。嘉树刚提升,就成了这样子。我的话语,等于判了他的死刑,相当说家以后就靠我了。你说说,这叫什么话。哎呀呀,寒烟,你要长脑子,要理解病人的心情。这么一想,我望了眼窗外,阳光灿烂,花园里姹紫嫣红,陪他出去散散心吧。上午给儿子包的三鲜饺子多,晚饭现成。他爱吃饺子。

我推卧室门,才发现门已经上锁。我又想发火,极力控制住怒气,尽量使自己发出的声音柔和些,嘉树,出来,咱们到河边走走,天很蓝,云彩朵朵,花开得正艳。

没有声音。

我轻轻敲了两下门,里面仍无动静。

他会干什么?又想啥?一道门,如堵厚厚的墙,使我无从知道他在里面干什么。会不会跳楼?这么一想,我敲门的频率增大了。他终于搭话了,说,喊什么,喊?盼着我死呀?我就不如你的愿,我要等着我儿子娶媳妇,等着我孙子叫爷爷呢。说着,门开了,他跟跟跄跄地从床边走过来,我忙扶住他的手。他说,走。

我怕他知道我哭了,悄悄地拭干泪。去世的妈曾说过,日子就是往前推,现在,只有我一个人推了。

家,怎么处处是雷

寒烟,你家老丁气色蛮好的嘛,这可都多亏了你的照顾。寒烟,你不简单呀,在单位,是处长,回到家,是好妻子,你看,两个人好浪漫呀。我才走几步,这噪音,就一波接一波,搞得我一点儿都没心情散步了。我知道他们都是妻子的同事。住在妻子的单位，对一个男人说，总是气短。我无法清楚妻子的同事心里怎么想？是看笑话，幸灾乐祸，还是发自内心的怜悯与同情？

可是我还得往前走，走在外面，日子就过得快些。寒烟挽着我的胳膊，出门时，给我戴上了墨镜，让我的虚荣心得到了部分满足。我必须去，我不去，她就不能逛公园，可带着我，她心情能好吗？

一路上，她给我讲单位的事，讲路边的花、草、行人，我有时专注地听，有时就乱想了。比如这时，她在跟别人说话，说的都是家常事，好像都是女人，可真的没有男人在场吗？我怎么闻着香烟味，是中华烟那种特有的味道？好像还抹着男士面霜。是她送给我的，小黑瓶。这么说，这个男人品位不低，搞不好他抹的面霜就是我老婆送的。这院里，都是她的同事。我因为病，离开了熟悉的军港，离开了我的大海，终于回到城里的家里。这个新家，我眼睛好时，只来看过一次，院子很大，有湖，有草地。当时家里，还是空荡荡的，除了我买的一个大鱼缸，被我催着早早送来了。

年轻时不少战友曾跟我说有个漂亮的妻子，对男人可不是好事，当时我一笑了之，说我信任她就像信任我手下的兵一样。可现在，我没自信了，她仍漂亮，而我却成了这鬼样子。她毕竟才刚过四十岁生日。三十如狼，四十如虎。这么一想，我感到心似被一条缆绳扯得生疼。

我明白抓得越紧，散得越快。可放得太开，怕再也追不到了。想当年，不，想三个月前，是她抓我呀。老说不该一年前调到省城，两地生活，怕我提职后，在美丽的海滨城市的大机关守不住，被单位里一群莺莺燕燕迷惑，一会儿给我说，儿子大了，我们在大学里相爱，后结婚，是年级里仅存的硕果一对，我们没了，整个新闻系的爱情神话就没人信了。要不就说，你走到这一步不容易，要好好珍爱你的翅膀呀，不要让某些事把梦想折断了，别说对不起养你的父母，对不起你的妻儿了，连自己都对不起了。

怎么了？给你说话呢。

咋了？

她却不再开口了。公园有人跳舞，那种踢踏舞，想必是年轻人。有人唱歌，歌名是《大海》。过去我最拿手的，现在才懒得听这走调的。不远处传来嗡嗡的发动机声，想必护城河里有电动船。男人说，女人笑，好像还有孩子在争闹。声音奶声奶气的，不知男孩还是女孩？旁边的花是香的，不知红的，还是黄的？不知是月季，还是玫瑰？前阵，我还用手去触摸，现在也懒得摸了。知道了又能怎么样？再说，他×的花再美与我一个瞎子有屁相干。

我说我累了，坐着歇会儿。你不是爱摄影嘛，去照照。

她说算了。

我说让我一个人待会儿。

那好，我去练练跑步。

她走了，我一个人坐在椅子上，椅子是木制的，摸到手里，热热的。我把手搭在上面，阳光好温暖。不知过了多长时间，我闻到一股炒辣椒的香味，这么说，快到吃晚饭时间了？平时手机都会在她下班时响铃的，今天出来有她，我就没带。

她走的时间也太长了。她去了哪里？跟女人？不会，她烦女人之间的婆婆妈妈。那么就是男人，一定是男人！我知道她有魅力，经常出去，男人都跟她说话。公园离家不远，他们会不会就在我家鬼混，就在我的床上，在我穿着漂亮军服的照片下，羞辱我？他会亲她，会动她，甚至做一些我这个丈夫绝不能容忍的事。他也许就是那个"中华烟"？也许刚才他们就约好了的。平时他可能就藏在我家，怕我发现，会光着脚，在我眼皮底下行苟且之事？什么声音？嘭嘭个不停。接着一阵热气扑到我面前，接着那东西似乎弯下身子，像风吹火苗般，在我腿间蠕动着，好似朝我扑来。我听到了急促的呼吸声，闻到了汗水和喘气混合的气息，那湿润的舌头一会儿嗅到我脚面，一会儿又扑到我面前，我感觉像是一只狗。接着，那声音远去，我感觉一只冰冷、灵巧的手又试图拽起我，我紧张地站了起来。什么情况？看来还是家里安全，可我悲哀地发现，没她，我连家都回不去。家离这个公园还不到一公里。

寒烟！寒烟！寒烟！你他×的到哪浪去了？我先是喊，最后就是声嘶力竭地大骂了。她是气喘吁吁跑来的，那急促的声音好像没撒谎，说，我就在你不远处跑呢，第一次，慢了五分钟，第二次慢了两分钟，准备再跑一圈……

跑个屁，回家！我说着，大跨步地朝左边走，我知道她在后面，走得又急又快。别想糊弄老子，老子从小就能分辨出各种鸟叫的声音，又当了多年的声呐兵，练的就是耳朵。耳机里传来的声音裹挟着海浪、海洋生物和各型舰船发出的杂音，而我能从这十多种杂音中甄别出目标舰船发动机和螺旋桨的声响，据此判断出它的国籍、型号，甚至舷号。鲸鱼悠长的叫声、海豚的翻滚声、飞鱼划过水波的声响、小狗受伤时的哀鸣、小鸟求偶的欢音、车遇险情时紧急刹车声、火车穿过铁轨接合处的声音、老人浑浊的咳嗽声、电饭煲煮稀饭发出的冒泡声、打太极拳人的推掌声、长跑者快到终点时的呼吸声等，都逃不开老子的耳朵。

谁想一周后，好不容易等到周末，寒烟却打电话说她要开会，说已给我订了饭，一会儿会有人送到家里。让我听清是常到家里来送快递的保安声音后，方可开大门。回来时，已经九点了，他×的，四个小时，啥事干不了？趁她洗澡时，我特意闻了闻她的大衣，没有中华烟味，可怎么又有一股汗味？她身上闻不到汗味的，一定是男人！他×的，一定是会男人去了。

寒烟，我的妻、我的眼睛、我的司机、我的厨娘、我的拐杖、我的梦想之光、我的烦恼之源。我离不了、管不住，我的灵魂、我的罪恶。让我大声吐气，再把它使劲儿咬断：寒——烟。寒——烟。叫一句，恶气消一半。

第二天，我向她大声宣布我同意找保姆了。条件是有文化，必须是大学生，且学中文。还有，要聪明，当然，漂亮也是需要的。虽然我看不见，可漂亮又不只是脸蛋，声音好听，脑子反应快，文字处理能力强，身高一米六五以上，年纪二十五岁以下，不含二十五岁，会开车，会跳舞，有一定的写作水平，发表过作品的优先。工资我定。身上不能散发着劣质的化妆品味道。别糊弄老子，找个丑八怪我可不依。咱多年的声呐兵，鼻子灵着呢，耳朵那是我的千里眼、万里风。哈哈，好，就这样定了。你说选美？那你想差了，我一个瞎子，漂亮与我就如长了一双瞎眼，但漂亮，总是给家里增光的，对不对，处长同志。没想到她竟然同意了，可惜我看不到她的脸色，想必一张粉脸，气得煞白。哈哈，这就叫你道高一尺，我魔高一丈。

一周后，她说经朋友介绍，学生会推荐，家里要来一个女大学生，品学兼优，长相漂亮。小姑娘来了，寒烟先在家里带了几天，按她的话说，培训上岗，后来就放心地去当她的处长了。这样家里就只有老子和漂亮的女大学生了。寒烟也有要求，小女孩不能住家里，当然，不能，绝对不能。住了，不就易出情况了嘛。不住，也可能出情况。可这概率少。晚上是一个携带着罂粟的恶时辰。人得病多在晚上，犯罪多在晚上，暧昧多在晚上，当然欢乐也在晚上。我相信她一定这么想。怎么忽然间，我的情绪大为好转。哈哈，自从得病，再也没这么高兴过，我美美地喝了两杯酒。

我后悔怀疑妈了

一出小区门,我就后悔那样对妈了。

坐上高铁,眼睛一闭,眼前全是妈的影子。一学期不见,妈已有了白发,脸蛋全陷进去了,穿衣也没过去讲究了。两月前爸得病,妈一直没告诉我,我还是从同学口中得知的。当时我担心可能都无法上完大学了,工作在妈心目中,那可是她实现人生价值的唯一途径,她怎么可能不工作,整天在家陪着爸爸?况且她深爱自己的那身绿军装。我是怀着不安的心情跟妈打电话的。我不知道跟爸怎么说,更不敢听他声音。我不能想象一个男人正在事业如日中天时,忽然得了这样的病,他如何应对?妈说,没事儿,你安心上学,有妈呢。一听这话,我竟有种如释重负的感觉。我无法想象病中的父亲会是什么样子?更无法想象妈每天是怎么过的?可是大学生活毕竟有更多好玩的事,比如谈恋爱,比如看电影,上网,打游戏,跟同学一起去吃饭,踏青,旅游,哎呀,要干的事太多了。

当我真的回到家,看到爸一刻都离不开我,我对妈就有了恨意。没得病前,爸可是一表人才,海军大校,两个月时间不到,从一只眼睛看不到,到一双眼睛看不到,据说与常年在水下生活有关。

爸说妈妈起初对他不错,后来看病不能好时,就对他态度变了,经常借口单位有事,会让邻居、保安给他送外卖,还再三说要给他找保姆。爸说这话时,哭了,我也心里很不好受,跟妈妈好几天都不想说话了。

可真跟爸待了一个多月,说实话,我理解了妈妈。爸爸说妈妈外面有人,他怀疑那人经常到家里来。我不相信,可是我又一想,妈妈也是人,又那么漂亮,谁能保证没人喜欢她?爸爸那样了?妈妈难道就这么甘心守着?况且他们以后的岁月还长着呢。

哎呀,我怎么这么乱想呢?不想了,打球去,反正这一切都会过去的。好在,家里有妈妈。

对了,我先给妈妈打个电话。

妈妈说她在给爸爸洗澡,我不知怀着一种什么心理,按平时要放电话了,可这时,我却忽然说,你让爸爸接电话。

我说爸爸,你在洗澡?

爸爸笑着说,对呀,你妈在给我洗澡,我说我一个人行,你妈非要给我洗澡。这不,就洗得很舒服。你放心,儿子,好好学习,争取将来当个银行家,这财经大学,可不是白上的。

放下电话,我唱着歌,去打球。

刚爸爸给我打来电话,说,新找的保姆很聪明,又能干。这我就更放心了,有保姆,妈妈也轻松了,当然我就不用惦记他们了。

咱是陪读,懂不?

我无论如何没想到我竟当了陪读。我宿舍同学很无知地说什么陪读，那比保姆还下作，也就是不光彩职业的另一种叫法。我说你们真无知，我只是给盲人读书罢了。你以为什么人都有当陪读员的资格？告诉你们吧，我是经学生会推荐，经主人考核，男朋友介绍才去的。

简·爱三姐妹，给人当家庭教师，我比她们还上档次。是陪读。陪一个海军大校读书，要是没水平，怕不到两分钟，就让人家踢出门了。

同学们嘻嘻一笑，说，陪读，读得火花飞溅，再深一层，不就陪那个了嘛。

我本来要发火的，可我才不会拿别人的愚蠢来气自己。这个世界上只要我男朋友黎光不在乎，我就无视任何人的态度。再说我还要读研，学费我给妈说了，靠自己挣，这工作是黎光给我找的。他说他同室哥们儿都说，他是把一只羊送到了狼口。黎光说这话时，一双小眼紧紧盯着我，我歪着头，笑眯眯地问，那你怎么回答他们的？

黎光寒光闪闪的眼神盯着我，说，你猜？

我笑笑，说，好了，那人喜欢什么，给我提供相关资料，我要做足功课，方能战无不胜。

黎光一把把我拉得坐到他怀里说，我感觉有些后悔了，对方要真是狼呢？

我抱着他说，你睁大狗眼好好看看，你女朋友是一只任人宰割的羔羊吗？再说不还有你这么一个弹无虚发的狙击手随时等待出击吗？黎光哈哈干笑了两声，说，我的女朋友可装着一肚子锦囊妙计，还对付不了一个瞎子？就当组织考验你了。不过，千万别轻敌，你看这是丁嘉树的资料，说着，他递给我手机，我一瞧，不禁肃然起敬：

丁嘉树：男，1970年5月9日生，1991年毕业于中国人民解放军政治学院新闻系，海军潜艇学院。山东蓬莱人，历任声呐兵、机电兵、鱼雷班长、某潜艇政委、基地主任，大校军衔。

其妻寒烟，1976年3月出生，曾与他是大学同学，现某部宣传处长，上校军衔。

我看了一眼，摇头道，太简单，我要他们更具体的资料，比如兴趣、爱好，有无孩子，孩子多大？

你要这么详细？插足呀？黎光眉头皱起来了。

真是笨到家了，还硕士生？知己知彼，方可百战百胜，你不懂吗？

黎光迟疑片刻，不情愿地在手机上又输入丁嘉树与妻子，丁嘉树与中国人民解放军政治学院，丁嘉树与海军潜艇学院。没想到，网上还有不少关于他的报道，这一搜，不少资料全冒出来了。一句话，丁嘉树是一名优秀的海军军官，发表过多篇作品，比武获过奖，立功数次，还有一个二等功，名副其实的文武双全，还是一个合格的丈夫和爸爸，据一篇通讯稿他妻子自述，儿子得病，在医院陪护的都是爸爸。我说，好了，你忙你的去吧。说着，打开笔记本电脑，边看边在手机记事本上挑重要内容，一一记录下来。

我虽然准备得足够充分，可一进门，还是怯了好半天。

女主人并不是我想象中的军队女干部那种特革命的飒爽英姿，相反，看起来柔弱，说话也文气，可一见她，我原有的怜惜感，荡然无存。对了，我想起来了，她跟丈夫一样也是学新闻的，身上有股知识分子的清高和傲慢。她打量了我一眼，说，进来吧，老丁等着你呢。

然后我就看到了我的聊天对象。

他真不像中年人，浓发、细肤、腹部平坦，一副墨镜遮住了那怕人的眼睛，本人比网上照片还帅。

我说丁叔叔好。

他阴着的脸慢腾腾地抬起来说，我有那么老吗？称我大校。

大校好，这次我明白了瘦死的骆驼比马大的确切含义，叫他"大校"的声音大了一分贝。他仍冷冷地说，我职务是副师，副师是什么概念，你懂吗？

我心里冷笑一声，心想，都惨到这步田地里，还念念不忘头衔，官迷一枚。嘴上却是羡慕的口气，说当然知道了，在我老家，跟市长官一样大，我妈每每骑着三轮车带我走过市府时，说，咱们市市长在那办公。市长是谁嘛，孩子，就是咱们这个城市的老大。

看来脑子还好使。简要给我介绍下你的形象与个性魅力。

这话让我听得好一阵紧张，忙回头瞧了一眼，客厅里只有我跟他，我转过头脸有些热热地说，还行吧。

什么叫还行？你不是中文系毕业的学生？老师没教你怎么写自我鉴定？给你三分钟时间，从个人形象、品行及能力，用最精准的语言，给我汇报。

我沉思了一下，说，我，王玗，1992年9月出生。身高一米六八，体重五十公斤。至于长相，自己说了不算，据同学说中等偏上，皮肤细腻，性格柔中有刚，认死理儿。我男友说我人看着还算能吃得下饭（怕他有非分之想，赶紧把我的狙击手男朋友先抬出来，把他的不良之念消灭在萌芽状态）。虽不敢说德才兼备，但品学兼优是老师的评语，这次学校保研就是证明。自我感觉皮肤虽白，尚细腻，但左额有豆痣一个，听说不祥。人不聪明，还算好学。信奉诚实，讨厌虚假。对小猫小狗神灵万物，皆抱敬畏之心，悲悯之情。

我还要说，他摆摆手，电视机旁边有把小木椅，我拉过来坐到他对面。他可能感觉到我坐到了他对面，脸直视着我道，怎么没回答你平时喜欢什么？

我没回答他的问话，言道，大校喜欢听我聊什么，我就聊什么。我知道得虽不多，可网上啥都有，我若不知道，会尽快查清，再向您汇报。

爸妈干什么工作？为什么来照顾一个瞎子？

我不是来当保姆的，是来陪你聊天的。

还不是把猫叫了个咪咪，半斤八两。告诉我，你爸妈干什么的？家在哪儿？为什么来照顾一个瞎子？说实话。

爸爸跟妈妈离婚后，妈妈下岗了，我想自己挣钱交学费。

你喜欢你所在的城市吗?

不喜欢,我家在西北的一个县级市,位于盆地里,整天都是雾霾,啥地方都灰蒙蒙的,人好像也是一个模子刻出来的。不过,我喜欢吃我家乡的臊子面,可香了,上面放着豆腐、海带、蛋皮。蛋皮你知道怎么做吗?就是把鸡蛋摊成片,再切成菱形,很好吃。我看他认真地听着,又说,如果你想吃,我可以给你做,我会擀面条。还会包饺子、包子,只要北方的面食,我会做十七八个花样。但我不是保姆,吃饭须跟你们同桌,还有,我只陪你聊天,其他事统统不干。这两点,必须达成共识。

你学的可不是家政,我请的也不是保姆。

我考试成绩年年都是年级第一名。这是我的考试成绩。我正要给他,才想起自己太笨蛋了,便说,对不起。

他没有生气,上嘴角咧了咧,但没笑,又问道,中文系的高才生,你读过《西厢记》吗?

没读过,听说过有一出戏叫《拷红》。

他扭了一下脖子,我估计他对我不满意,马上说我回校就去图书馆借。

他手往茶几上摸了一下,不知是因为没把握,还是改变了主意,又抬起手指梳理了几下头发,看茶几前放着粗粗壮壮的棕色保温杯,我在商场见过,是磁化的,再看旁边还有两个杯子,有玻璃的,也有紫砂的,比这小一号。我犹豫了一下,把磁化杯打开,一股醇香的茶味扑入鼻中。我递到他手里,他喝了一口说,你计划跟我聊什么?

我顺着查到的他相关爱好说，聊新闻，聊时政，聊优秀的文学作品或中国历史，或者也可聊聊你的大学时代。你的爱情故事，你的从军经历，都是我感兴趣的。采取的方式是我先听你说，然后作为交换，我可以给你也讲讲我的大学生活。你是"70后"，我是"90后"，虽有代沟，但差异也是一种学习对吧，大校。

说到这里，我瞧了一眼他的反应，他嘴动了一下，马上又闭住了。这鼓励了我，我接着说，咱们方式多样，只要你配合，我管保让你谈得兴致盎然，你要知道，我在学校，可是讲故事的高手，听得我们同宿舍的同学不停地说，后来呢，后来呢。大校你看，这样行不？如同意，我就回去做准备。我现在空档，除了参加研究生复试不能来外，在明年九月开学前，其他时间，我随叫随到。

你叫玗？王于的那个玗？嗯，名字不错，二十二岁，好年华，那么王玗，明天上午八点，准时上班。我是军人，时间观念极强。

明白。我出门时，女主人不知从哪间屋出来了，她家房子都在走廊里。她说，你是第三个应考者了，祝贺考试通过。

我说谢谢处长。

她笑了下，这是我看到她后的第一次笑，笑得还挺好看。边下楼，我边盘算，一个月，不多，三千块，可以了，比我打工强，等明年，我就成研究生了。我忽然感觉头顶好像有人，仰头一看，主人家的窗帘动了一下。

谁？肯定是女主人。背后有眼睛盯着可不妙，不过，咱行得光明，遇事不怕。走起！

主人家书真多。书是男主人的，女主人从不看书，只看没完没了的材料，边看边用笔画。可爱看书的男主人却看不成书了，人生就是这样，买金偏撞不着卖金的。比如我，长相好，成绩佳，可是因为爸爸跟别的女人好了，妈妈没工作了，我只好边打工边上学。

女主人对我起初很好，后来好像对我老不放心似的。她也真是，把我当成什么人了。难道我会爱上一个瞎子？笑话，对他好，说好听些，是职业道德，拿了人家的钱，给人家服好务，天经地义。说难听点，为了多让他给我钱。他经常背着女主人给我钱，先是一二百的，后来一千，我拒绝了，咱可不卖身，我有男朋友，他是我的师兄，在上研二。他说等他毕业了，找个好工作，安定了就娶我。

男主人说，我误会了他，他给钱不是想跟我干什么，而是去检查他妻子离开家后都干了什么。

一听这话，我感觉这个中产家庭看来不像表面那样风平浪静，这倒是个新任务。我只好接受了。做这样的事，在我看来，不地道，但好奇说服了我。

我把男主人带到院子花园安置好，然后尾随着女主人到了电影院。一个女人到电影院去看电影，要么就是孤独，要么就是约会。我买了一张票，跟她隔着一排就座。

不久，她左边坐了一个男人，跟她年纪差不多。右边一个女人，比较洋气。她跟男人和女人都没说话，可我总觉得奇怪。电影实在好看，是爱情片，大海、草原、温泉，正是我想象中的幸福生活，电影结束曲响起，我才顾得上再盯女人，糟糕，目标不见了，旁边的男人也消失了。

这事闹的，怎么给主人交代？

有了，先不告诉他实情，但可以告诉他可能有情况，在电影院。我也没说假话，好好的电影还没结束，就不见了，肯定有猫儿腻。会看电影的人都知道，要把后面的字幕和音乐都全部看完，直到 END 出来。

我把情况报告了男主人，他让我不要慌，要记着留证据。就是拍照片。他还给我买了华为最新版手机。为了新手机，我也要不辱使命。

盯了好几次，女人上班下班，一切正常，可男主人认为我骗他，扬言要开了我，我一气之下，回校找男朋友说不干了。

可好奇怪，昨夜躺在男朋友的怀里，我竟然梦到了男主人。他告诉我他眼睛好着呢，是故意装看不见的，他想看看他看不到世界时，他的朋友和亲人如何对待他？忽然一只手打在我头上，我惊叫一声，说，你怎么能对我动手动脚呢？灯啪的一声亮了，男友正盯着我看。我一下子坐起来，说，我……我个不停。男友说，我刚才梦见蛇咬我，是不是打疼你了？我松了一口气，说，不疼，睡吧。

又做梦了。男主人正在洗衣服，是给我洗衣服，洗的是内衣。

这都是什么乱七八糟的梦。我对男友说,你毕业后,咱们就结婚。

为什么那么心急,你不是说三十岁才结吗?

说实话,我心跳得像小鼓。我摸着男友细嫩的手,眼前却不时闪现着一双粗糙的手。

这时,女主人打电话来说,男主人让我尽快到家,他有事找我。

我上了一艘再也无法上岸的潜艇

王玗不错,我原以为待不了几天,她就烦了,没想到我们竟然聊得挺投机。

起初我让她给我念卡夫卡的《变形记》。她的声音真好听,当念到格里高尔的爸爸一手拿报纸一手拿拐杖把儿子往房子拨时,她忽然不念了,说心里难受,要换一篇文章读。

我说继续念!

当念到格里高尔妹妹说他不是我哥哥,他是一个怪物时,她哭了。看我半天没说话,又说,你不要难过,你的妻子很爱你,你的儿子也爱你。

她真是聪明,怎么猜中了我的心思?

她读完后,我说卡夫卡写《变形记》,最让我叹服的是主人公变成甲虫后下床开门的细节,这很考验作家的功底。最让我感动的是这一段:"萨姆沙先生和太太在逐渐注意到女儿的心情越来越快活以后,老两口几乎同时突然发现,虽然最近女儿经历了那么多的忧患,脸色苍白,但是她已经成长为一个身材丰满的美丽的少女了。他们变得沉默起来,而且不自然地交换了个互相会意的眼光,他们心里打定主意,快该给她找个好女婿了。仿佛要证实他们新的梦想和美好的打算似的,在旅途终结时,他们的女儿第一个跳起来,舒展了几下她那充满青春活力的身体。"我问她读了这一段,有何想法?她说,你意思是?

我说,卡夫卡尽管对文中的小妹妹失望,但他仍然期望假如自己真的没有能力再给家里做贡献了,小妹妹仍然能够有好的生活。让我看到了作家的悲悯情怀。还有,"葛蕾特的眼睛始终没离开那个尸体,她说:'瞧他多瘦呀。他已经有很久什么也不吃了。东西放进去,出来还是原封不动。'"我认为这一句,表明作者已经原谅了这个小妹妹,而这个小妹妹在我心里就不是一个可憎的形象了,相反她有了人的质感,这是此作品的魅力所在。

我刚一说完,她忽然说,大校,你比我们老师讲得还好,你好有艺术感觉呀,你为什么不把你的人生故事讲出来,我写下来?我做你的笔,好不好?

一听这话,我心里一热,眼泪差点儿掉了出来。

她是一个好听众,不,还是一个很好的诱导师。她让我想起了我的大学生活,想起了我中断的军旅生涯。三十年了,我怎么能忘记我的从军岁月,我的大学时代?我给她背黑夜给了我黑色的眼睛，我却用它来寻找光明。我给她唱《冬天里的一把火》，熊熊火焰燃烧着你我。我讲尼采，讲苏格拉底，讲蓝色文化，讲我们在学校饭堂里的舞会，讲我跟妻子亲吻时，咬破了她嘴唇。

她笑得连问我，为什么呀？

我说，军校不让谈恋爱呀。

她说，我的天呀，天呀，笑死我了，你快摸摸我的心跳，是不是跳得特别厉害。她说对了，初恋是什么滋味呀，大校？

我说别叫大校了，就叫我哥吧。

她说那不行，大校就是大校，大校，那是什么滋味？你不是谈过恋爱嘛，她说不一样嘛。我好想20世纪80年代末呀，你们亲个吻，都能咬破嘴唇，想见那时性是多么压抑。我有时想，那也好，得不到的东西人才珍惜嘛，那时写信，十天半月回信才到，就像十八九世纪送信人，带着一封信，赶着马车，跑遍大半个城，多有意思呀。我就不喜欢手机，你走到哪儿，就打到哪儿。

我说你这个小姑娘挺有意思。

她说因为你有意思，我才要变得更有意思，否则我怎么能胜任这份工作呢。

她像孩子似的拉住我的手，说，你的大学生活多有意思呀，你再给我讲讲。就讲讲你们的教室什么样子的，那时你们跳的什么舞，唱的什么歌，吃的什么小吃？大校，快讲讲呀，我可喜欢听了。一听到她甜美的声音，我又亢奋了，说，好，

你要记下来哟，否则我不会讲第二遍的。

她边听还边说，你讲慢些嘛，我记下来，多有意思的写作素材。

我说你写，我无偿把我所有的经历全讲给你，我当潜艇兵从战士到大校主任，整整在大海上待了三十年，可有意思了。

哇，潜艇，我从来没见过，大校，我愿给你当秘书。那个丘吉尔不就有女秘书吗，保尔·柯察金不是也有女秘书吗？还有宋庆龄不也给孙中山当秘书嘛，还有那个许广平。我一听她还要说，忙说，王秘书，就这样办，咱不扯名人。

要得。她说着，拍了我一下掌。

从来没有什么救世主，老子要自救，不再看别人眼高眉低，老子还不是废物。至于寒烟，爱去哪儿就去哪儿，一个四十岁的老娘们儿，能浪到哪儿去。爱跟哪个约会，尽管去，老子有年轻漂亮的女大学生陪着，不吃亏。

我要借助漂亮的女大学生之手，写出一部惊世之作。不，也不惊世，只聊以自慰，老天把我逼到这步田地里，我总不能等死吧。死容易，一口气的工夫，可我不甘心。最近听了小说《追忆似水年华》，咱也是新闻系的，也发表过一些作品，又在潜艇待了多年，有别人没有的生活，就不能当个作家？就像保尔·柯察金、贝多芬，身残志不残，趴着也要在这个热闹的世界里，为自己争一席之地。

这一夜，我竟然一觉睡到天亮。古语说，舍不得孩子套不住狼，咱得先把小丫头片子忽悠得神魂颠倒了，不怕她不帮我向我规划的阳关大道前行。

先解放思想,再付诸行动。对,干革命要循序渐进,这是第一步。想了好几天,我终于琢磨出了第一句:

> 当了三十一年的潜艇兵,我终于回到岸上工作。没想到,六十二天后,我又下到另一个潜艇,再也没上得了岸。

小姑娘一听,拍手叫好,大校,一听,这就是名著开头的样子,咱写完第一部分,先发微信,再放博客,我让我男朋友放到学校的公众号上,让朋友群、同学群、老乡群、姐妹群等等一一转发,大校,你一定会红的,会红遍全中国。文章宣传语我都拟好了,你是新闻系毕业的,看行不行:潜艇大校盲眼著书,水下世界刀光剑影。世间多少事,没人写,就无人晓。你一定能成功。她说着,握住我的手,哎呀呀,真是一双娇嫩的手,可惜我看不到,年轻的手感真好,使我一颗沉睡的心渐渐复苏起来了。

被我猜中了

儿子说大学毕业后,想去北京发展。说实话,我内心很不情愿。儿子虽然不能全心照顾他爸爸,可有他在身边,我心里多少踏实些。可我不能自私,堵了孩子前程,同意了。嘉树没有说话，搂着我，像孩子一样哇哇大哭了。嘉树在潜艇工作三十年，每次出航，我送他上船时，他都说你要做好准备，如果……我马上捂住他的嘴，搂住他的脖子，死死地不想松开。他没有流一滴泪。八年前，出航潜艇遇上暗礁，全艇人都哭了，他没有。现在，他却在我怀里哭了。就在那一刻我理解了什么叫夫妻。扯上爱情，虚了点儿，那是年轻人的事。人到中年，我感觉夫妻就是对方的胳膊、腿，已经习惯了彼此相依，没了哪一个，都失了血肉和筋骨。

可我实在受不了他的猜疑，真想离开家，躲到远方一个清静的地方，让自己静静。好朋友提醒我，说你是领导干部，还有上升空间，抛弃残疾了的丈夫，这可与众人心目中军人形象不符呀，想想社会舆论吧。可猜疑是把断魂刀，戳得我五脏俱碎。

原谅他，可以，毕竟我们一起生活了二十年了，而且还曾经在大学共读两年。可让我恼怒的是他竟然让小保姆盯梢，这传出去，我怎么在单位做人？

王玗刚来时，比较单纯，盯了我几次，我回家她都不敢看我的眼睛，我便啥也不说，只送了她两件新衣服，只想让她对爱人好些，没想到几件衣服，她就再也不跟踪我了。其实，盯不盯，实在无关紧要，人到了这个岁数，对爱情，除了失望，还是疲惫。让我好奇的是，她怎么给我猜疑心重的丈夫解释的，使他中止了这荒唐的举动。

更让我讶异的是，小姑娘来了不到半月，爱人竟变成了另一个人，比他健康时还有活力，我下班还没进门，就听到欢快的笑声和低声而亲昵的交谈声，他竟然叫她小狗，那可是我们热恋时，他给我起的外号。我一回家，一切欢快瞬间烟消云散，而我好像误闯别人家了，浑身不自在。小王一看到我，脸上虽然还挂着笑，明显充满了不安、惊慌，连语调都充满了虚假。让我恼怒的是小王没有告诉他我已回家，我也没出声，可我一进门，就能感觉到他们的默契，他们以一种虚假的方式来应付着我不合时宜的闯入。跟我生活了二十多年的丈夫，刚刚还在欢笑，因我的回来，脸上木讷而酸楚。如果让我描述所见，那么就是一幅如此让人沮丧的画面：严肃的男主人，规矩听话的小保姆，傻瓜一样的妻子。

现在，我出去一天，他也不刨根问底了，一会儿不见小王就问半天。她呢，虽然嘴上大校大校地叫，可那眼神，分明就是瞧恋人的那种。灼热得足够烧死一只大象。

他说他们在写小说，他情绪好极了。晚上搂着我时，跟我大谈他小说的某一个细节，某一个人物的塑造。他终于走出了精神低谷，这不是我盼望的嘛，可我怎么一点儿也高兴不起来？他说文中有个轮机兵想家了，就一次次地给战友讲他家的泡桐树，讲他家桑葚结得多么繁密。结果每个战友听得都能背了，给他起了个外号，叫"他家的"。我说此人写得好，他马上接口道，是小王建议加上的。那一晚我们做了爱，他说好久没有这么痛快淋漓了，可在我看来，也许在他脑海里，躺在他身下的就是小王。

过去他嘴里动不动就是潜艇，现在他一张口，就是要写的书和王玕，魔鬼王玕。

他爱上了别的女人，我离开他，不正是机会吗？可为什么如此的难受？难道是小姑娘的爱，使我发现了他潜在的价值？还是我潜意识有一种优越感，不容许别人对自己东西的占有。我跟嘉树多年生活，虽谈不上如胶似漆，却也相敬如宾。

我盼着那小姑娘开学，她走了，我可以给爱人当秘书，我新闻系的高才生，又在大机关当宣传干事、处长多年，文字功底难道还不如一个黄毛丫头？要写，也得推倒重来，我不容许另外一个女人的声音再在我家像鬼魂一样弥漫。

谁想到小姑娘整天往家跑不说，还说即便上了研，功课也不会太紧，她还要来帮着记录小说，写书不能半途而废。难道她看上了一个瞎子？为了省城的户口？为了房子，他在青岛有套三居室，他病了后，我把他接来，想着好好照顾他，准备把房子卖掉，他坚持不同意。还是为了其他？起初我不相信，可是女人的第六感相当准。活了四十多岁，一个小女孩的神态我能看不出？她的眼神、举止，瞒不过我的眼睛。如果是她一厢情愿也罢了，知夫莫如妻，我感觉我身边的这个人也变了。他睡觉打呼噜，常吵得我睡不好，过去我提出分开住时，他几天都不跟我说话。前两天他忽然让我搬到儿子屋里，说怕影响我休息。什么意思？难不成他心里也长了虫子？

当我缝他睡裤前门襟即将脱线的扣子时，发现竟然有人捷足先登了，浅色扣子，缝的线却是粗黑线，针脚粗笨而淫荡。

我感觉，他现在有了多种角色。在我面前，他听话、顺从、和气，再也不发脾气，可我知道，这一切告诉我，他在我面前，戴上了面具。一个离我越来越远的面具。他试着想摘下这面具，可越摘，越让我难以忍受。我们就像两个曾经相携前行的伙伴，忽然间一个人不想走了，可拂不开面子，只好跟着对方走，走几步，回头望望，欲言又止，再挪一步。走的人难，等着的人更揪心。

他们竟然去了他的老部队，也是我曾经的老部队，在我出差时。如此地招摇过市，把我这结发之妻置于何地？她的男朋友知道又该咋想？我的同学可是他男朋友的老师呀。家丑绝不能让熟人知道，我可是一个有脸面的人。

吃不香，睡不着，我第一次理解了丈夫对我的猜疑，体会到他派人盯梢的心情。

不行，我得找她男朋友，这个念头强烈到我好像被人推着，不去，啥都干不成。我借口到他们学校找个熟人，顺便去看他。他们两个人一间宿舍，老远就闻到一股脚臭味。

她男朋友一见我，怔了一下。我解释说离开大学快三十年了，想看看现在的大学生是如何生活的。他又是递水，又是递苹果。一看就是个特有主见的孩子。桌上放着王玗的照片，穿着一件白色连衣裙，很是清纯。

小伙子衣服脏了，胡子没刮，难道王玗好长时间没来看他了？我拿起那张照片，笑着说小伙子你女朋友长得可真漂亮，得盯紧些，现在我们院里可有不少年轻小伙子望着她眼睛都发直了。

他笑了,说,我放心她。他说着,端起茶水递给我,可手明显有些哆嗦,难道真被我猜中了?

我感到浑身发紧,心里抽噎。

放弃他,还是让小姑娘走?放弃他,我身体是解脱了,可心里怎么总是割舍不下?万一他被小姑娘骗了,以后生活更艰难,我还能回到他身边吗?毕竟我们深爱过。还有,是不是给儿子打电话,他毕竟成人了,而且是我唯一的亲人。

盲眼能传染吗

这几天我怎么感觉我是简·爱,他就是那个满目沧桑的罗切斯特先生。这个感觉可不好,两周了,我一点儿都不想见男友。我心里怎么生出这个念头?荒唐。

我可以堂而皇之地说,我离开他,他的小说就无法完成。他的书已经写了一半,在网上炒得厉害,有好几个出版社已经盯着他了,而他说,他的书离不开我。他说我在他面前,他才文思泉涌。而他却不知道,他使我懂得了世界上有那么多的好书,那么多平凡的军人。他的肚子里装了许多有趣的事情。每次,他一开口,我就想笑。他把我叫什么,你们猜。他一会儿叫我小狗,一会儿叫我小兔,一会儿又叫我小白菜。好吧,我承认,他风趣,会体贴人,有成年男人的魅力。我不为钱,不为户口,就是被他本人迷住了。

他说你知道为什么画里不能表现人的愤怒,而诗里会?小坏蛋,读读《拉奥孔》吧,我敢说,你读了,肯定会很漂亮。不信,你就试试。

小狗,怎么今天话不多,什么,你对人生绝望了?小小年纪,知道绝望一词是怎么写的吗?看看电影《遗愿清单》,就知道了。要把心静下来,把手机放到远处,走进人物心里,跟着电影里那两个病人,去体会他们只有半年或一年的时间,去体会那个黑人第一次跳伞的感觉,体会那个富翁一个人守着大房子的孤独,或者来采访一下我这个已居黑暗四五个月人的心理感受。

今天就采访?告诉你,小女孩,就像我们潜艇在深海中,所有的浪涌向你,所有的危险全齐聚你周遭:空中有飞机,海面有舰艇,你真不知道还能不能再上岸,能不能看到阳光和天空?对了,说到这里,我可要告诉你,你是我得病后最信赖的人,为什么?因为我在你身上闻到了一股气息,这气息不是化妆品,是雨的声音,是风的气息,是一个还没有污染的孩子身上散发出的纯真味道。

何以见得?

你第一次跟我说话,叫我大校时,那声音充满了害羞。你递给我水杯时,我感觉你手指在颤抖,手心有汗。你说你脸上有痣,可我听说你皮肤是光滑的,是白净的,这还不能说明你真纯吗?

你刚来那天我让你给我念《变形记》,你起初不念,后来哭着念。我妻子给我念过,她没哭。我儿子给我念过,也没哭。只有你是哭着念的,我知道你心软,你能猜出我像格里高尔一样怕被家人抛弃。

他絮絮叨叨,像个老大妈,可不知为什么,我竟然现在一离开他就急着来看他。如果你刚离开他,又想跟他在一起,难道就是爱?

他说着捂住了眼睛。

我知道他流泪了。我默默坐到他跟前,把手轻轻搁在他肩上,说,你放心,我永远也不会骗你。比如你的眼睛我刚开始,就很害怕,可现在,我不怕了,因为你是我的亲人了。

他说他只有一个心愿,就是能看一眼这世界,可这世界,我只能用我的语言来向他细细描述。我给他说今天天空上的云像群山、像彩练、像羽毛,可他还是说,如果让我看一眼就好了。

他说他的故事一辈子也讲不完。我第一次懂得,迷上一个人的灵魂是多么可怕。我忽然感觉我不是我了,理智使我想躲开他,我有一周没去,我想让自己往明白地想,可我发现自己瘦了,我真的像《西厢记》里那个崔莺莺,一听张生走,立马松了金钏。他让我一定要读研,他说他要供我,说我是一个好作家的苗子。可他妻子忽然说不用我了。我给他打电话,也没人接。我想一定是有人控制了他。

可怜的他呀。一个盲人,在世界上是多么无助。我接触了他,才了解了这个过去从不会去想的世界。

他让我清晨起来跑步,叫我别睡懒觉,教我珍爱大自然,用自己的皮肤、声音和感官去感受生命中的每一个过往、一只猫、一只狗、一片落叶的形态或经脉。他说当你看不到这个世界时,你才知道自己有多遗憾,你才会多么留恋这个你曾经没在意的世界。

我最喜欢听他在潜艇的生活。他三句不离潜艇。想起他给我说潜艇长得啥样时,我禁不住笑了。他说潜艇你见过吗?我说我连真的大海都没见过。他说潜艇我怎么才能给你说清呢?他挠了一会儿头,说,对了,它像只鲸鱼,我们潜艇兵就是在鲸鱼肚子里战斗。你总不会说你连鲸鱼都没见过吧。说实话,我在动物园见过猴子、老虎,还真没见过鲸鱼。他叹了一口气说,给我拿纸来,我给你画潜艇。他边画边说,潜艇的形状是圆柱体,中部设立一个垂直的塔,叫舰桥,也就是指挥塔,它是潜艇的大脑,里面有通信、感应器、潜望镜和控制设备。又指着鲸鱼肚子上一个圆说我们就是从这个口里下到潜艇肚子里的。潜艇是令人胆寒的国之重器,它无声、隐形,游弋在大洋深处,游弋在人们的视线之外,是制敌的法宝。

我听得云里雾里,没说话。他可能听出了我的不耐烦,声音又高了几个分贝,说,你渴望旅行吗?潜艇兵不用花钱不用办护照,就可以环球旅行。站在舰桥上,可以看到美丽的大海,可见异国风情,可瞧沙滩上帅哥美女。

我说我心目中那在水面上航行的带着高高的发射炮的军舰才带劲儿。

他嘴一撇，说，你知道什么兵要求最高？潜艇兵，不但要求文化水平高，心理素质也要过关。男人嘛，当兵当然要当潜艇兵。

我有点儿小感动，便道，你还想着你的部队？

他半天才说，我的病可能就是因为我离开了潜艇，老天对我的惩罚。他说你知道我为什么听力好，不是因眼睛了，而是我过去在潜艇声呐岗位上待了好多年。声呐是什么，就是潜艇水下的眼睛。可笑的是，老天把我真正的眼睛剥夺了，却让我的听力异常敏锐。

不知是他的故事，还是他的声音，反正我越来越想见他，甚至梦中看到他一身帅气的海军服，向我走来。

有天他忽然说，你这么向往海军生活，我带你到我的部队去玩玩。坐高铁，也就一个小时。不过，潜艇兵并不是你想象的那样浪漫，千万别失望呀。

我说，哪能呢。

二月末的北方大海，宁静、寂寥。海风吹到脸上，硬而冷，沙滩游人稀少。军用码头倒是热闹，笛声不停地长长短短地响着，吵得人心里慌慌的。我虽有了准备，但潜艇比我预想的还难以忍受。官兵穿的并不是我在电影里看到的白军装，一件类似工作服的蓝色工装油乎乎皱巴巴的。大校说那叫作训服。船舱如春运的车厢，狭小、拥挤、闷热、汗臭。水兵睡觉是帆布式的可拆卸式吊铺，睡时装上，起床拆下。有三四层，层与层之间只能侧仰而入，人要翻个身都不易。让我惊诧的是水兵没有固定床位,两个人共用一张床,一个人值班,另一个休息。

舱与舱之间有一个比脸盆大不了多少的圆形水密门,进去时,弯腰、低头、跨腿,稍不协调,头上就会碰个包或磕青了腿。

在潜艇走路,只能猫着腰,艇内两侧管路密布、仪器设备林立。卫生间很矮小,因为潜艇排污容易暴露,每个人要克制如厕次数,就得少喝水。我第一次见二十四小时刻度钟,官兵们靠它分辨时间。空气中永远有股刺鼻的汽油味,让人一刻钟都无法忍受。

他给我说,每次出海前,官兵们都会留下家书,小到电话号码、银行卡密码,大到房产证,事无巨细。因为,每一次出航,随时可能面对着生死。

听到这儿,我说,真没想到还有这么一个世界。

他叹息了一声,说最难熬的是寂寞。在航海期间,潜艇上的官兵们不能使用电子设备和网络,长时间处于密闭、狭小的空间里,对人的生理和心理都是巨大挑战。潜艇兵不光要忍受艇上的高强度工作,还要耐得住深海航行的寂寞。特别是极限长航和极限深潜,那真是很考验人的,我们最长的一次长航是九十三天,你想想,在海上,大部分时间在水下,看不到蓝天,闻不到新鲜的空气,听不到花香鸟语,只有对时间的麻木,空间的麻木,对万物的渴望。渴望阳光、渴望新鲜空气、渴望闻土壤的气息。大家最盼望潜艇浮出海面,轮流到舰桥上去透气，那真是幸福的时刻。

我说没想到潜艇兵太苦了。他说，不但苦，危险远胜于其他部队。浩瀚的海洋，表面上天蓝水绿，风光旖旎，可是水下却是刀光剑影，暗战汹涌，我们的潜艇从来没有一帆风顺地出去过，随时可能面对敌人来自空中、水面以及水下威胁。但仍有很多人都愿意当潜艇兵，因为它虽然危险，但充满了挑战。他说大家最爱说的一首诗是：国家之重剑，敌人闻胆寒。纵死忠骨香，海疆魂飞扬。

我走在冷得要命的鱼雷舱，根本就无心听他兴致勃勃地给我讲那长长的管子里能放多少枚鱼雷。再进机电舱，又热得浑身出汗。待在潜舱不到半小时，我感觉好憋气，想叫他上去，他却跟兵在一起，已经无视我的存在了。

奇怪的每个兵都是乐呵呵的，包括他。他在这里，比在家还熟悉。从那个类似鲸肚子里往下进潜艇时，我一个正常人，手紧抓舷梯，腿肚子都打战，他却腾的一声，人就站到了舱底。在舱间，像正常人，自如穿梭其中。听说要走，兵们拉着他的手哭，他则半天不出舱，我坐在码头边，望着黑乎乎的潜艇，感觉自己好像第一次长大了。

返回的火车上，我忽然不想说话了，他也沉默了。快到家时，他说，对不起，这次旅行让你失望了。

我握住他的手说，不是失望，是钦敬。一个人，总要对某些事物，投入地去爱。不是它美，也不是它有用，而是时间久了，它已经浸染在你全身细胞了。

他无语。我紧紧握着他的手,解释道,因为我也有体会。

此后他妻子对我明显有敌意,同学们也认为我对他有想法。他从来没有像外界人以为的对我有什么不轨行为,我也从来没跟他有任何不正当关系,最过分的也就是他摸了我的脸,他说他战友们都说我长得漂亮,他只想知道我到底有多美?美在眼睛、鼻子,还是嘴唇?他手指划过我脸上的皮肤时,一阵震颤使我全身哆嗦起来,都站不稳了,感觉有股奇异的力量推着我,我不知道我要干什么,只觉得心跳个不停,胸中有团火,烧得我坐卧不宁。我红着脸说,其实我美在胸,要不,你摸摸。

他腾地坐回沙发上,说,你这孩子。"孩子"一词是从嘴里悄悄吐出来的,几乎是游丝状的,只有我听到。

让我们没有想到的是他的妻子在门外,听到了我们的对话,我猜后面他的话她没有听到,以为我们做了什么见不得人的事。

他妻子不愧是机关干部,说话滴水不漏,表面更是风波不起,我知道她为此瘦了很多,可她说出来的话总是那么无可挑剔。她说,小王,你到我家半年多了,大家都说你聪明、能干,你帮了我很多忙,可我这个做妻子的,总不能把照顾丈夫的任务全推给别人,对不对?你是一个懂事的孩子,应当能理解我的心情。她说得含蓄,眼角好似还有泪。她用一把水做的刀,轻轻一刀就把我跟她家划开了。

我男友没骂我,对我客气而礼貌,现在动不动就王玡王玡地唤我，好端端的名字，现在听来，好像是陌生人在星球上呼我。瞬间，两行泪水淌过我的脸颊，但即便这样，我唇角还带着笑。他说你说话呀？我死死地咬住嘴唇，生怕一个字从嘴里跑出来。要么说谎，要么如现在一样，保持沉默。

只有他儿子打来电话直截了当，你要想房子，想存款，那是做梦。不等我说完，扣了电话。

学校老师也在劝我，我有嘴说不清，可我真不是为那些无用的东西呀，我逢人都说，你们听听他内心的诉说吧，关心下一个弱小的群体吧。人们，我请求你们。

他不是一个废物，他有血肉。一个有血有肉的人难道就不值得人爱？就因为他瞎？难道我爱他就是图他钱，就因为他有房，有不低的工资？你们不知道他舞跳得有多棒，他的歌唱得有多迷人。还有，他坐在潜艇曾经的战位上，手摸着一个个键，让我感到彻骨的痛，就在那一刻，我忽然想陪伴他终生。

我要发微信，要发公众号，要让朋友圈里的朋友转发我真实的内心表白。你们为什么不相信我，连我最亲的妈妈都不相信我。妈说了，若我做了伤天害理的事，她就死给我看。

老师说，你是不是疯了？你若没疯，就不要说疯话。否则你读研都悬了。

天好冷，雪花，把大地裹得一片惨白。宿舍里的同学个个都不理我，连我的指导老师都说，孩子，你去医院看下病吧。

我真病了吗？瞎子又不是传染病。

不，我不能病，我还有妈妈要养？我怎么办？对，先准备复试。学业第一步，工作第二步，其他一切，都当是过路的风景。对了，这是黎光说的。

想到这里，我闭上了眼睛，瞎子样在宿舍踟蹰起来。最近，我一个人在房间里，老想闭着眼，去干任何事。摸着洗衣，摸着接电话，摸着打电话。这时，我耳边忽响起他给我背的一部电影中的结尾：无法分辨你的轮廓，只因你围绕在我左右。我眼中满是你的笑意，我的心变得柔软战栗，只因你无处不在。

没有她，什么都不甜蜜

我没想到妻子赶走了她。现在照顾我的是妻子的一个远方侄子，一个粗声粗气找不到工作的职业中学毕业生。我妻子给我解释，要找一个可心的保姆很难，这个小伙子虽然不会做饭，可手脚麻利，且是学电脑的。我哼了一下，没说话。我知道她的用心。小伙子脚臭满嘴大蒜味，打字速度根本跟不上我的思路。动不动就说，姑夫，你停下，我还没打完。对了，姑夫，那个荫翳的"翳"字我还不会用五笔打，能不能写成阴气。气得我前面说的什么全忘记了。他连个打字员都当不好，充其量是妻子给我带回来的一只看护我的会说话的狗。在我饿时，给我到食堂打顿饭。在我需要帮助时，他能应一声。而不像小王。小王是一个有艺术感觉的作家。不，她是一个美神，她让我还有活下去的勇气和信心。我不是爱她，我是离不开她。

想起爱人不在时，她陪我划船，陪我跳舞，她没把我当废人。对了，说到这里，有件事我不得不说。我让她跟踪妻子，她有天握着我的手说，你盯了她有啥意义？如果真有事，你会离婚吗？我摇摇头，她说这就对了，你不离婚，查她干什么？还不如放手，她自己没意思了，自然会回家。一个中年女人，不会生活在空中。咱们把自己变强大，还怕谁？

一个小姑娘，现在竟然成了我人生的导师，而我，一个做了十年思想政治工作的政工干部，竟不知不觉顺着她的话做了。

在我绝望时，她救了我。是她，让我重新回忆起我人生最美的时光。

她不止一次地说海军的服装最美，说她听了我讲的潜艇兵的生活后，专门在网上看完了电视连续剧《深海利剑》，她说海军衣服好漂亮，白军装、藏蓝军装，还有羊毛修身大衣，简直帅呆了，我听了心里美滋滋的。

有天妻子出差了，她来帮我做饭收拾家。给我整理衣柜时，她忽然说，我看到你的四颗星的海军服了，好漂亮。你啥时给我穿穿，行不？

我说这有何难，分分钟的事。我喊，王秘书，她说到。

我说你应当立正。

她果然啪的一声收了一只脚，说，报告大校，王秘书到。

我忍住笑，故作严肃地说，王秘书，在书桌靠左第二个抽斗里拿《人民海军进行曲》光盘，放音乐，然后准备拍照，我穿军装给你瞧。

我进卧室，穿衬衣、扎领带、系皮带，这对于一个瞎子来说，可惨了。妻子平时啥都不让我干，自眼盲后，我从来没有动手去办一件事。反正有妻子呢，反正有儿子呢。现在，可真是难坏了我大校军官丁嘉树。

终于，我浑身汗津津地穿上了春秋海军服。我摸领带，正着。我摸肩章，四个星都在。我摸胸牌，四排，井然有序。还有臂章，姓名牌，领花。一个都不少。一个绝不能少，大校军官，怎么能在一个小姑娘面前失去军人严正的形象？

出门时，我又整理了一下服装。从帽徽、配饰，到四个口袋的扣子全部扣好，我才清了清嗓子叫道，王秘书！

到！这啪的一声，干净利落，这孩子，真是一块当兵的料，不像我儿子，我怎么劝，都不愿当兵。

准备好音乐和相机，本大校要闪亮登场了。

在熟悉而雄壮的《人民海军进行曲》中，我拉开门，准备迈着正步进到客厅。可刚一迈腿，全身就失去了平衡，差点儿撞到门框上，只好踩着稳稳的步子，循着那散发着香味的地方走去。

哇，天呀。丁哥，你真是太帅了。她说着，一下子扑到我怀里。

我忙推开她说，王秘书，见了长官要敬礼。

她敬礼时差点儿打翻了我的军帽，可惜我看不到她敬礼的动作是否规范，可我感觉到她敬礼时速度太慢，检查她五指是否并拢伸直，手腕是否弯曲。说实话，她军训没白训，做得还比较规范。

她说上衣竟然是双排扣呀，帽子还是白色的，不过跟白衬衣很配。

我说这身藏蓝色毛呢军服是冬常服，且指着袖章告诉她海军军衔就是在这体现的，因为海军交往时在各自军舰上，相隔距离较远，肩章太小，不容易判别；而袖章上宽大、醒目的明黄色杠条一目了然。军官军衔袖章由金黄色人造丝装饰带和将、校、尉星徽组成。最粗的代表将官，其次为校官，最细的为尉官。表示军衔时，相应星徽与装饰带组合成军衔，比如我是大校：一枚校官星徽加四条校官装饰带。

真好看。

我们海军军旗才漂亮呢，在八一军旗的下半部为横向的海蓝色和白色条纹相间，象征万里大海和海浪，表示人民海军是中国人民解放军的组成部分，为保卫社会主义祖国的万里海疆而乘风破浪。你猜陆军军旗是什么样子的？考考你。

让我想想，大概是绿色的吧。

很对，王秘书表现不错，给予口头嘉奖一次。

她咯咯笑个不停，长长的头发大概因窗外风大，不时拂过我的面颊，我能感觉她是真正的快活，声音是那么灿烂，使我好像看到了艳阳、春天，看到了妖娆的花朵。我看不到她快活的举止，可我能感觉到地板在欢快地抖动。

我让她拍照，我说我要留下纪念。其实我想这照片可以作为我的遗像。我刚下的大校命令,还没来得及在公众场合穿呢,这一辈子怕再也穿不成了。

有一时,她忽然不说话了。我问她怎么了?

她说,你要是在蔚蓝的大海边,雄壮的军舰前,穿这身衣服就更帅了。

我说这有何难?订两张火车票,咱们去北海舰队,我的老部队。虽然我病退了,可它还是我的老部队,我在那服役了三十年,要不是病,我还将在海军基地干到退休,继续跟着我的军舰航行。

她说我真的能见到我向往的军舰,能看到帅气的水兵服,能在军舰上,去看水兵们的生活?

我说当然,坐高铁也就一个小时。立即给我拨刘光景电话,1369××××××,他是我的战友,×××潜艇艇长,曾是我的搭档。

当她跟我上驱逐舰听到口哨声,问我这是什么意思?我说长声表示立正或敬礼,两短声,表示稍息或礼毕。我说军旗看到了吧,上面写着八一。我摸着战士舱内的蓝被子、带飘带的军帽,告诉她,我当海军时,十七岁。说这话时,我忽然想,假如我忽然变成年轻时的模样会是什么感觉:穿着蓝白相间的海魂衫,宽大的蓝裤子,在码头上跑呀跑呀,左岸是翻卷的浪花,右岸是高高的白杨。想到这里,我眼角湿了,好在我戴着墨镜。

最后,就是下到我心爱的潜艇了。空间虽然狭窄,我却比

家都熟悉，我边摸边给她介绍道，这是指挥室、声呐室、鱼雷，还指着密密麻麻的航海图，让她帮我念那熟悉的海里。我又流泪了，因为我再也看不到它们了。

她说我没想到海军的生活这么苦，让我一个人好好待待。据我战友说，她在码头边坐了两个小时，那可是冬天的海呀。而我那时跟战友喝了个烂醉，喝着喝着，我哭了，我说，他×的，老子真想再去远航一次，老天爷呀，你让我睁开眼睛吧，哪怕就一只。

一个多漂亮的女孩。我的战友问她是谁？我说我的秘书，我的妹妹，我的女儿。

我的小秘书回来时，头依在我肩上，说，丁哥，丁哥，叫着叫着就说不出话来了，我一摸脸，全是泪。她想说什么，我没问，我猜她一定是爱上了大海，或者，她为我这个该死的病难过。

回家后，妻子已经出差回来了，她说干什么去了？

我给她讲我的部队，讲我的军舰，我正讲得带劲儿时，才发现妻子不在了，还有我的王秘书也不来了。

我的小秘书，你在哪里呀？我爱她吗？我不知道，我喜欢听她的声音，喜欢听她念整理出来的文稿，她怎么那么懂我呢，念出来的话，不是我说给她听的，却是我心里想的。还有，我爱闻她身上的气息，甜甜的、淡淡的，像草莓、像樱桃，或者像桃子、牛奶。我多么渴望用自己的掌心去感受她皮肤的光滑和细腻。

中午刚睡起来,儿子的电话就来了。他叫了一声爸爸,再也不说话。他不说什么,我也从那冷冰冰的语态里猜出他想说什么,我说儿子,安心学习,我跟你妈挺好的。

儿子真的长大了,再也不像过去那么无所顾忌地说话了,他半天才说,爸,我打电话只想说,我爱你和妈妈,任何时候。等着我毕业回来照顾你。

我重新陷进沙发中。一阵脚臭味,随着啪嗒啪嗒的拖鞋声靠近了我,姑夫,要不要咱们继续写作文?哼,他×的,你听听我们像小学生一样写作文?光听这话,我还有创作的欲望吗?

我不耐烦地说你出去转转吧,让我一个人待会儿。对了,你姑呢?

她出去买菜了。

屋里终于只有我一个人了。静得好可怕。

我躺在沙发上,忽感觉一股白烟从窗外飘进来,原子弹?鱼雷?水雷?怎么眼前是一层白雾好像扑过来要吞噬我?又好像一块块石板从我头顶压下来,难道房顶要塌下来,还是身后九组书柜要倾倒?我曾经在一本书上看到一个女人就是躺在沙发上睡着了,书架忽然倒下,压在身上,导致全身瘫痪。不行,我不能在沙发上坐了,等寒烟回来,把这些该死的书都烧掉。反正这些书对我无用了。我起身坐起,又觉得地面好像有一群虫子朝我脚面爬上来,我全身一阵紧缩,立即把腿搁到沙发上。正在这时,电话铃忽然响

了。我起身，几乎小跑着去接电话。

一定是小王，肯定是小王。我扑到左边的电话桌前，差点儿压翻了小方儿，不是小王。是他×的问我有贷款需要吗？我恨恨地扔了电话，可能是电话没搁好，吱吱响个不停，我循着声音摸去，可它忽然不响了。我手扶电话桌，想找话筒，话筒没摸到，头顶花几上的花盆却砸落在我身上，我腿一软，全身撞在一块冰凉的东西上，先听哗哩哗啦一阵脆响，接着就是一股大水淹没了我，鹅卵石硌着我的肋骨，水草缠在了我的手指上。难道我把鱼缸撞倒了？三米长七门开的双面屏风式的红木鱼缸，是我上次休假回来特意买的，它把客厅和饭厅一分为二。新房是寒烟单位分给她的，全按她心愿装修和买的家具，我只买了这么一个鱼缸。没想到往日心爱之物，竟成了置我死地的罪魁祸首。

肚子钻心地疼，一摸，手上全是玻璃碴儿，衣服也湿透了，好像还有鱼在我身上蠕动。房间暖气足，我只穿了一件薄纯棉睡衣，此时冻得瑟瑟发抖，寒冷和玻璃碴儿刺痛了我的皮肤，我蜷缩在地板好半天，才积蓄了点儿力量，想起身，可胳膊刚一撑地，就感觉玻璃碴儿好像钻进了手心，手疼得撑不住地，只好一点点边往门口爬，边喊，王秘书！不，王秘书走了，新来的内侄姓孙，小孙，快，扶我起来。没有动静。手上是黏黏的血，全身伏在玻璃碴儿上。没人出声，也没人来。他×的，我的家怎么现在越来越像牢笼，难道妻子囚禁了我？是因为嫉恨，一定是嫉恨。

寒烟！寒烟！你死哪去了？还不来帮下老子，老子变做鬼，也要把你带走，叫阎王爷让你下地狱，进油锅。你怎么能丢下我不管呢？我边挪边骂，双手摸着冰凉的瓷砖，双腿一蹬一移地往前挪。我侧耳朝左边听一听，好像听到钟表时针嘀嗒的走动声，朝右听，好像有人在偷笑。难道是寒烟跟野男人在嘲弄我？我尽力使自己的声音变柔和些，寒烟，亲爱的，我错了，你来吧，快来，我错了，来帮帮我吧，看在我们二十年的夫妻情分上，你不能丢下我不管呀，想想我们婚后的快乐生活。上军校两年，每次跟你在一起，我都想干那事，可怕给你带来困扰，宁愿同学耻笑，说我是柳下惠，也像花一样怜惜着你。你知道后，抱着我说，我愿意，你想要就拿走吧，你身上光光的，一丝不挂，我拿件大衣披在你身上，让你走，你不走，我一个人跑到外面，在雨中待了一个小时，我发誓一定要在结婚那天，才对你做那事。我做到了吧。寒烟。我当了基地政治部主任，那么多年轻漂亮的女兵喜欢我，我都没动心，为什么？因为你是我的妻子，是我的初恋，我怎么能做对不起你的事。还有，我心里想着你，怎么能跟别的女人再行亲密之事？你都不想想我现在是个废人了，只有你心善，不忍离开我。小王那孩子让她走吧，你做得对，咱好好过日子，等着咱儿子娶媳妇，等着抱孙子。我再也不写什么东西了，也不跟你生气了，你说咋办就咋办。不过，我还是要给你严正声明，我跟那孩子头发丝小的关系都没有。这可是原则问题，不得含糊。你想想，她跟咱儿子一样大。说这话时，我心里当然不这

么想，还是有其他念头的，那么青春的女孩子，我要不动心，怎么能算一个男人？可是有些话，就是不能说出来，说出来就是祸。这不，老天就因为我心中的恶念，惩罚了不是？

寒烟，对不起，以后我要练习自立，你说人家盲人能干这，能干那，可我却在自己家里，要不是你扶着，都寸步难行。从明天起，不，从今天起，我要熟悉咱家，我要学着干家务活，给你做饭、洗衣服，不再当你的拖累。原谅我，快些来，我全身都泡在了水里，地上水怎么这么多？是不是小孙因为我说了他几句，使了坏，打开了家里所有的水龙头？砸破了鱼缸，那鱼缸可结实了。对不起，我不该骂他，不该说他笨得像猪，一切都是我的错，也许每个人都跟我一样有难处呢，我应当理解他们。难不成，他没锁门，有坏人闯进家里来了，要偷钱，暗害我？他在卧室，还是书房？我侧耳听听，一点儿响动都没有。我又伸长鼻子闻闻，也没声息。他×的，这屋子难道闹鬼了？

伤口越来越多，黏糊糊的血，也流得越来越多，衣服沾在伤口上了，一动全身就撕裂地痛。老天呀，快些爬呀，对门离家不到十米，那家孩子我曾给他上军校提供过咨询，让他当海军，到我的部队去，他已报到了。他爸一定在家，今天是周日呀。他们一定会救我。

丁嘉树，你当了三十年的潜艇兵，在大海里不知遇到多少次风浪，这草芥般的麻烦算什么？想前年，在深海演练时，潜艇下沉到二百多米深的大海深处，多舱漏水，你跟战友们一个个地堵，不照样成功地回到水面了嘛！你给别人做思想工作引经据典，滔滔不绝，怎么到自己身上，就不行了？

向前，向前，我们的队伍向太阳。脚踏着祖国的大地，背负着民族的希望，我们是一支不可战胜的力量。我爱这蓝色的海洋，祖国的海疆壮丽宽广。我爱海岸耸立的山峰，俯瞰着海面像哨兵一样。啊……海军战士红心向党，严阵以待紧握钢枪。我守卫在海防线上，保卫着祖国无上荣光。国家之重剑，敌人闻胆寒。咱纵死忠骨香，海疆魂飞扬。我好像听到我的战友在千里之外的潜艇里，宣着誓，而那个最大的声音就是我。我！丁嘉树。眼泪哗地流了下来。

现在身上水少了，手脚上虽然还有玻璃碴儿，但地面光了，干燥的瓷砖使我身上渐渐热了起来，浑身也有了些力量，我冷静回忆了家里的布局，对，右边离门不足三米就是餐桌，餐桌旁边有四把根本就挪不动的椅子。寒烟说，是实木。他×的，老家的树全是木头，也没这么沉。不过，现在沉好，我就可以扶着它站起来坐到桌前，餐桌上应该有保温瓶，只要喝口热水，我就会好起来。这么想着，我伸长右手使劲儿地摸椅子。空的。再往前。摸到了花的叶子。就是说离饭桌越来越近了，我信心大增，爬行的速度渐渐加快。终于，我的手摸到了木头，一动不动的椅子。我双手使劲儿把椅子往餐桌外拉，头撞在了身后的另一把椅子上，一阵眩晕，头痛得好像裂了般，我一摸，感觉手上热乎乎的，拿到鼻前一闻，有股血腥气。这么说，脑袋也破了？老天，今天看来真是考验我了。所有的风

浪都来吧，老子决不放弃，决不。家毕竟不是潜艇，再危险，总没鱼雷、水雷、导弹厉害吧。

现在我离大门更近了，门缝的风吹到了脸上，冷冰冰的，可王玨说，快立春了。坚持下去，丁嘉树，你是一个军人，你一定要坚持住，别倒下。你还没闻今年的花香，还没感受到艳阳，还没听见新型潜艇启航呢？

旁　白

此时，离大校家五百米远的十字路口，他的妻子寒烟坐在驾驶位，给家拨了七八个电话，都没通。现在等红灯。车后备厢里放着一箱空运过来的螃蟹，一袋排骨，两条鲢鱼以及一些新鲜蔬菜，她准备晚上给爱人做他最爱吃的红烧螃蟹，还有，她决定好好陪陪爱人，想耐心地听他讲讲话。自从他病后，他们几乎除了病和儿子，都很少再谈论其他话题。虽然她给他下载了听的书，给他放了音乐，让他听电视，可这些并不能代替活生生的她呀。她想明白了，如果他愿意，那就让那小姑娘继续来陪读。他们一起生活了二十年，她应该相信他。

今天午休，她忽然发现自己眼睛看不到东西了，急得使劲儿睁眼睛，可眼前还是黑乎乎的。她想我的眼睛不能再看不见呀，否则两个瞎子怎么生活？半天，她还是看不见。爱人急着要喝水，可她怎么也看不见杯子在哪里。就在这时，手机响了，她醒了，她熟悉的家清晰地出现在眼前，原来是个梦。可为什么做了这样的怪梦？难道爱人的病是因我而起？我整天让他调回来，他为了调动急出来的，还是因为我赶走了小保姆？对我的一种暗示，抑或其他？

越想心里越内疚。与其无用地后悔，不如马上行动。想到这里，她马上给侄子说，她出去买东西，晚上好好庆祝一下，快立春了。

天飘起了雪花，真冷，别说下雪，就是下刀子，今天也得出去。不能再凑合着过了，怎么都得过，还不如好好过。

她走时，爱人在睡觉，他一般都是按部队作息时间，两点半准时起床。现在三点四十了，他怎么还不接电话？两点半她打时，电话通了，不等她说话，电话就没声了，她再打，都是忙音。难不成，他在跟保姆通电话了？

该死的红灯，快点亮呀，老天爷，求求你，不要让家里再出啥事。她给侄子打电话，侄子说，姑夫不让他干了，他已经在回家的路上了。她狠狠地骂了句不懂事，扔了电话，心更慌了。

刀只有架在自己脖子上，才知什么滋味。过去只是听妈说，以为那是老人随口一说。可现在，她头头脑脑都体会到刀架在脖子上是什么滋味了，那是疼，是刀一点点割肉的滋味，可这痛，你却没办法止住，就像这该死的红灯，一个接一个。不，我要沉得住气，啥事都没有，越急越会出乱子的。镇静！镇静！爱人一定在睡觉，他肯定戴了耳塞。小王一走，他几夜都没睡好，让他多休息一会儿吧。这么一想，她心静了下来，甚至还想起他们初次相爱的那些日子。

此时，南方大学。大学一年级学生林林满脸青春痘，双腿跟着音乐晃着正跟女朋友在游戏厅过一个个关。女朋友开着车，他一只手帮着他，一只手给她喂着爆米花，心里还在打着小九九，先不要告诉她爸爸是个瞎子，等她真的爱上他后，再说不迟。对方爸妈得知他爸爸是海军大校，妈妈是某军机关处长，在省城，有房、有车，马上投了赞成票。不过这事，先不跟爸妈说，等毕业时，他还爱她，她也离不开他，再给爸妈说不迟。

这时，游戏厅里传出的是一阵歌曲，他不由得跟着哼起来：

  这是一首简单的小情歌
  唱着我们心头的白鸽
  我想我很适合
  当一个歌颂者
  青春在风中飘着
  你知道就算大雨让这座城市颠倒
  我会给你怀抱
  受不了看见你背影来到
  写下我度秒如年难挨的离骚

此时，北海舰队三位军官正在去他们家的路上，其中一位中尉手里提着一只银色的长方形箱子,那里面是他们首长最心爱的新型潜艇模型。

也在此时,本市华北大学中文系205教室里,少女王玕正参加文学系研究生复试考试,回答众考官的各种提问。她计划考完试就到大校家去。妈妈说,孩子,妈妈老了,后半生就全靠你了。

咱 那 个

一

好容易等到起床时间，我放下手机，走进卧室，爱人还在睡觉，一团阳光穿过窗帘，落在了眼角，他也没察觉。我拽起他，说，快，掐掐我胳膊。爱人揉着惺忪的双眼，说，怎么了，又犯神经了，还是写作走火入魔了？我嘴唇有些哆嗦地说，别废话，照我说的做。他拧了一下我的胳膊。我说，怎么像个女人那么绵，使点儿劲儿。一股锐痛半天才消散，让我知道这不是梦。我决定今天上班不开车。开车，是要出事的。

好在本月稿已发，也无课。我关上办公室门，打开手机，查到微信"咱那个"，死死盯着每一个字，一字一句地读出声来：

9月10日　早上06：10
姑姑，我看到了你在报纸上发表的那篇《咱那个》了，我哭了。我想你、想妈妈，还有爸爸，还有你们那个可看可摸的世界。你别害怕，我太孤单了，想跟你说说话。

因为第二次看，前次看的那种惊悚减弱了。微信后面附的是我发在《××市报》上的一篇散文。

咱那个

"咱那个说他挺好的。"在小区散步时，四嫂不紧不慢地跟我说。我心里翻江倒海，表面水波不兴地听着，"他昨晚回家了，我先是听见门响，后来，就看见他站在我床头，跟他那年寒假走之前一个模样，穿着军装，说，妈，我想你了。"

四嫂说的"咱那个"，是我侄子，也是她的大儿子。八年前，在军校上游泳课时，不幸溺水，走时，二十一岁。我们老家有个风俗，离开人世的人，是不能再叫他的名字，否则他在那边不得安息。所以四嫂每次提到大侄子，就称：咱那个。一米七的个子，一米五的水深，人怎么说没就没了？校方无论怎么解释，我们都想象不出具体的情景。通情达理的四哥只提了一个要求，就是到游泳池看看。四哥不善言谈，他去了，看到了什么，他从来没有跟我们讲。远在老家的母亲见四哥几天不回家，一遍遍地给他打电话，他都摁了。直到妈第三次打电话，那时四哥刚从殡仪馆出来，他握着电话，一字一句地说，妈，我好着呢，过两天就回家。妈还要说，四哥挂了电话。妈又打过去，说，你好着呢，妈就放心了，咱睿娃怎么一周多了，还没给我来电话？四哥哽咽了，妈，我们都好着呢。

怎么可能瞒得住母亲呢？侄子从小是妈带大的，他无论在县城上中学，还是在外地上大学，每周都要给他奶奶打电话。妈接不到侄子电话，又给也在部队工作的大哥打电话，做了一辈子思想政治工作的大哥，想了一夜，决定循序渐进。先给妈打电话说侄子感冒了，在住院。妈说，感冒了有什么要紧的，连个电话都不接，怎么老四也不回家？大哥说，病比较严重，老四在医院陪着。妈说那就找医生好好看呀，大哥说医院已经组织专家正在全力抢救。妈第三天再打电话时，大哥先给妈讲战争年代多少英雄血洒疆场，抗洪救灾多少官兵为了抢救百姓被洪水冲走。穿上了绿军装，命就交给国家了。妈哆嗦着说，是不是咱娃没了？大哥说，是的。妈放下电话，又打给四哥说，儿你挺着，娃是因公牺牲，光荣。而那时，父亲已瘫痪在炕上，妈怕他看出苗头病情加重，就借口感冒，住到了另一间房子。家里人来人往，父亲问妈家里来那么多人是不是出啥事了？母亲说，人家来看你哩，你不是病了嘛。父亲又问，睿睿怎么好几天都没打电话？妈双手揉着眼睛，说，打了，问你好哩。父亲一直到去世，再也没有问过大侄子。妈说，你爹指定知道了，怕我伤心，就不问了。

　　回家后，四哥抱着侄子的军装和课本，让四嫂锁好。太阳好时，四嫂会把军被、军装晾在阳光下，四哥会端着小椅子坐在一边，看半天，不知他心里想的啥。四嫂告诉我，出事到现在，四哥从来没跟她谈过关于大侄子的任何

话题。有一次，她在四哥办公室枕头下发现大侄子在军校时的影集，侄子和他的同学要么在校园悬铃木下散步，要么在训练场上摸爬滚打。她怕四哥老看伤心，悄悄把影集带回了家。第二天四哥说，你昨天拿的东西，从哪儿拿的，放回原处。

四嫂经常会跟我提起大侄子，起初说时，是流着泪，慢慢地，眼泪没了，话却越来越密，说大侄子小时爱哭，声音大得吓人。说他小时就爱干净，穿衣服一定要平展。军校放假，每次回家都要骑着自行车带着奶奶去逛县城走亲戚……

八年后，我和哥嫂参加完外甥女婚礼后回到家，四嫂坐在沙发上，电视放着秦腔戏《龙凤呈祥》，是四嫂最爱看的。她关了，坐在我对面，说，咱那个要是没走，该结婚了，他跟李超同岁呀。李超是我外甥女婿，也是那天的新郎官。我说，是呀。过了几天，四嫂又说，咱那个昨晚在梦中告诉我，他结婚了。

你说咱那个在现在会有孩子了吧，快三十岁了呀。四嫂把我从思绪中拽回，我慌忙说是的。你哥喜欢男孩，我喜欢女孩，现在让生二胎，他要是生一男一女就好了。

我赶紧接口，咱镇镇也快结婚了，让他生两个。

四嫂说，是呀，我就等着抱孙子了。你说，孩子是把咱那个叫大伯呢，还是叫大爷好？我望着四嫂鬓边的白发，啜泣着说，都好，都好。心想，他要活着，肩章上应是二道一星了。

叫"咱那个"的微友我不认识，可他的微信号用了我的散文题目，让我陡生一股亲切，我是在清晨六点坐在马桶上刷屏时，看到他的申请后，略假思索加了他。现在我又仔细查看了他的微信，除了微信号，地区：梦幻王国，个人相册：无。个性签名：我心飞翔。来源：群聊。

好容易熬到下班，吃过晚饭我给四嫂打电话，东拉西扯了半天，要收线时，四嫂叫了我一声，我问啥事？她在电话那边停顿了片刻，轻声说，没事。晚上睡觉前，我翻看微信朋友圈，外甥女转发了我的那篇《咱那个》，我发现在下面的留言栏里，四嫂写道：感谢他小姑在军人节之际写一篇思念《咱那个》的文章，"咱那个"，妈妈永远爱你！你永远活在妈妈心中，你虽然离开了我们，但是你的气息永在我身边。然后是三个娃娃流泪的图标。

写到这里，亲爱的读者，想必你已知道，"咱那个"是我侄子，已经去世十年了，所以看到这个微信，我说不紧张那是假的，当然我是唯物主义者，不迷信，知道一定有人借着侄子的名义来跟我对话，他要干什么？我无职无色也无财，也不年轻，只是一个普通的文学编辑，他此作何由？起初我想拉黑他，可是不知为什么，我留下了他，而且还有些期待，他会说些什么。

二

9月12日　中午11：30

"咱那个"：姑姑，希望我没打扰你，我知道你这时一般吃过饭，还没睡。

你相信死人能回到阳间吗？

日本电影《岸边之旅》，故事讲的是死去的丈夫重新回到妻子的身边，与她探访自己曾经工作过的地方，才发现多年来他们忽视了生活中的种种美好。

死人复生确实只是电影情节，如果现实中能有的话该多好。我脑海里一直萦绕着一个问题：究竟什么是死？我真的死了吗？如果我死了，为什么你们每天干什么，我都知道，比如刚看的这部电影，比如你的文章。

我觉得生和死之间是有联系的，死去的人能回到生者的生活，能感知身边和他一样的死者，就像影片中的鬼魂那样，他并不是独立的存在，而是和生者、和你们的世界，都有某种联系。这种联系我想它是出现在世界上的所有地方的，套用一句话，世界上所有的河流都是相通的。

你是不是在心里仍然能感觉到奶奶、爷爷和我在你身边？我多么希望我们死去的这些人能够和你们活着的亲人在一起聊天呀，吃饭呀，像电影里那样，去世者回到生者的世界，来弥补自己曾经生活的缺憾。

姑姑，我的缺憾太多了。首先我走得太早了，再有一年就毕业了，就成为副连职中尉军官了，这从我考上军校就朝思暮想了。不，应更早。姑姑，你还记得你穿着帅气的军官服第一次休假的情景吗？

那时，学校放秋假，我回到老家，跟爷爷奶奶一起坐在院子里把刚收的玉米的老皮剥下，留下里面柔韧的那层，相互系在一起，一串串挂在房檐下晒。那晚天已黑透，但是月亮很圆，很亮。奶奶剥皮，爷爷把一串串玉米三五对系在一起，这样，我挂起来就很省事。就在这时，电话响了，我一个箭步跑到堂屋去接电话。因跑得急，一只脚踩到一个玉米棒上，摔了个狗吃屎，把奶奶心疼得拉着看了我半天膝盖。我说没事儿，不就蹭点儿皮嘛。

电话是在市里工作的爸爸打来的，他说妈妈到市里开会去了，让我明天到县城长途汽车站去接你。

放下电话，我给爷爷奶奶一说。奶奶立马扔下玉米说，我去烧炕了，东厢房好几年都没住人了，明天烧，炕太潮。我说奶奶，我跟你去收拾房子。爷爷头也不抬仍剥着玉米皮说，急啥，明天不是才回来吗？这么一堆玉米不剥，丢在院子，天一下雨，玉米都发潮了。

潮了就潮了，现在玉米也不值几个钱，连我最小的女儿都挣钱了，有钱啥买不到？奶奶嚷着提起筐子到院外撕麦草去了。我看爷爷脸阴得很，就继续挂玉米，可我的心早飞到了远方。

平常我们都早睡的，可那天晚上，奶奶睡了不到一个小时，就起来又剥玉米皮，我一直就没有睡着。爷爷睡了一觉，一看到我跟奶奶还在忙乎，也起来了。我们想快点儿干完，好让你回家时，看到院子干干净净的。奶奶剥得腰都直不起来了，我胳膊酸得连一串玉米也挂不上去了，可玉米棒堆得还像座小山。

鸡叫三遍时，奶奶放下玉米棒，起身给我做早饭，她捶着背，走得好慢。我马上跟着跑进厨房，帮着奶奶去烧火。烙的是葱花油饼，里面还放了几片花椒叶。真是好吃，多少年过去了，我再也没吃过那么香的饼子。姑姑，你知道咱那时，白面还比较少，日常饭，一般都吃高粱面和玉米面。

我是天一麻亮，就骑着自行车到县城去接你。咱家离县城二十里路，爸说你坐的是早班车，估计六七点就到了。

那时，庄稼人还在睡着，四周还没收割的高粱叶子吹得哗哗响，可我一点儿也不害怕，我把车子蹬得飞快。谁知到了车站，卖油茶、锅盔、水豆腐的摊子还冷冰冰的，车站只有扫马路的老头在不紧不慢地扫着落叶。

他看到我，说，小伙子，起来这么早？我说接我姑姑，从省城回来的。

老头说怕还有一两个小时呢，听说下面堵车，拉货的车一个挨一个，挪不动。

当时，已到秋末了，我站在一个卖五金的小店门口脸冻得发颤，心里还是高兴的，我一直想着穿军官服的姑姑是什么样子。

终于来了一辆车，只在咱们县城停了不到十分钟，没有你。

第二辆，还是没有你。我很想跑到邮电局给爸爸打电话问怎么回事，可又怕姑姑你来了，没人接你，只好继续等。

第三辆还是一辆长途汽车，终点站是咱们县。我老远看，车上没几个人，心又灰了。谁知车还没停，我就听到了你在叫我。我看到你了，你的绿军装大檐帽，在窗口是那么惹眼。

你摸着我的脸，说，都冻红了，车一直等人坐满了，才发，让你久等了。我说就等了一会儿。

姑姑，我当时十五岁了，个子比你高，你坐在后面，抱着一个大提包。我骑着车，车把上还挂着一个大行李。下坡路很少，上坡路挺多。上坡时，我让你坐着别下车，说我行，我在学校跑步，是全校第二名，可你还是跳了下来。你在后面推，我在前面蹬。人来人往地看我们。我知道他们看的不是我，而是你，穿着有四个口袋的军官服的姑姑真漂亮，上面写着八一的铜纽扣在阳光下闪闪发光。还有最惹眼的那金黄色的肩章，上面只有一个豆，姑姑你说，这是少尉，也就是排长。我问一个排有多少人。你说二三十个吧。可是你没带兵,你是写材料的。我说姑姑,我以后也要当军官,也要上军校。你说,少尉刘洁等着准尉刘睿来陆军139师报到。

每年咱们县有不少回来探亲的军官,可是姑姑,全县这么多年,我只见过一个女军官。那就是你。我得意,人家有人问,你们是哪个村的?我骄傲地答,方庄的,我姑,是我姑回来了。人家不问,看着他们脸上羡慕的表情,我故意把姑姑叫得很响。这时,我希望能碰到我的同学、我的朋友,可是那天好奇怪,一个也没见着。也是,秋假,学校放假就是让学生回家帮父母收秋的嘛。

晚上,奶奶不让你干活,怕弄脏了你的新军装,你却说,爹妈年纪大了,还干这活,我坐着,心里咋忍?爷爷瞟奶奶一眼,说,我就说嘛,我闺女当了再大的干部,也不嫌弃咱家乱嘛。奶奶拿着玉米棍打一下爷爷,说,你知道?现在你说好听的了,当年,娃上学,都不给买本子钱,还说闺女是人家的,咱不费那钱呢。老两口打打闹闹,把姑姑你逗得直乐。

你一点儿都不怕脏,红红的软软的玉米缨子沾在你的手上、腿上、胳膊上,你也不管,剥玉米皮时,手虽然有些生,但比我灵活。我有时,手一用力,就把嫩玉米叶给揪断了,结果光光的玉米,太老,不能煮着吃,也没尾巴挂上去了,奶奶只好把它放在簸箕里晾。

你比照片更美。照片中的你,虽也好看,离我很远,

可现在坐在我跟前的人，让我能听到你的呼吸。我就边干活边看你，结果不小心，玉米缨子钻进了袖子里，痒得我满身挠，结果越挠越深，你放下手中的活，掸净手，揭起了我的毛衣。你离我很近，嘴上的热气呼到我的脖子上，手指刚触到我后背，我就感觉一股温热的喷香的肉体挨到了后背，下体瞬间产生了反应。真该死呀，你是我的姑姑呀。你可能看出了我的窘态，脸红了。

你说军校，说你现在的师机关，说打枪，投弹，这些我在电影里看到的情景，从你嘴里说出来，好像也充满了一种让我无法抵挡的诱惑，就是那晚你的一席话，使我坚定了考军校的想法。

当时，我戴着你的大檐帽，戴着你给我买的手表，爷爷抽着你递的香烟，奶奶穿着你给买的花毛衣笑得合不拢嘴，村里来了大人和小孩，你跟小孩递糖，给大人剥水果。有人问你一月拿多少工资。你说，三四千块。哎哟哟，刚毕业，就拿那么多。村里人啧啧称赞着，我更是无法想象三四千，得在炕上放多少呀。

真想那时，真想回家跟你们在一起，可又一想，天亮了，我们又要走，又要生离死别，还是别聚的好。

写到这里，姑姑，泪水淹满了我的眼眶。

我盼着你跟我说句话，哪怕就一个表情，让我知道，我写的话你在看。没有读者的作者是提不起兴头的，对不对？虽然现在这一切对我都没意义了，可是，我还是想你们，想得到爸爸妈妈的只言片语，我怎么就梦不到你们呢？虽然我死到了外面，可我的魂灵一直跟你们在一起呀。

我擦了把眼泪，想这家伙一定是跟侄子要好的朋友，否则他不可能写得这么真切。是中学的同学，还是大学的？中学的，可能性不大。农村孩子，二十五六岁，就娶亲生子了，一大堆农活儿压着，不在家里伺候果树，就是到西安、广州打工去了。大学的？自从侄子去世，我跟那个曾每天必看天气预报，听到那名字心里就热热的城市，已然是仇敌了，想躲都来不及，更何况八年过去了，那些年轻的学子大都走上了工作岗位，怕不少人都结了婚，有些可能也有了孩子。大学嘛，就是一个过渡，也是一个易让人遗忘的地方。

这个小家伙还蛮有些想法，一个爱看电影的人，文笔还不错，那么且看他怎么说，于是我给他发了一个微笑的表情。

三

已经上第二次课了，按说不该再紧张，可今天我一站到讲台上，心莫名地又慌起来，说了一句，又忘了下一句，竟然在黑板上写字时，连"芳菲"的"菲"都不会写了。大概是好几天没有收到"咱那个"微信了，精力有些集中不起来，老想看手机。

休息时,手机响了,我赶紧拿起一瞧,微信是大学同学夏梦发来的:又到咱们母校上课去了?找了个小情人吧。

我回道:做梦。

怎么做梦了?人家法国总统马克龙不是爱上了比自己大25岁的女老师了吗?你看那女老师多抢镜。

你没看布丽吉眼角、脖子上的皱纹,世界都知道了,她也真敢。

对了,现在大学生怎么样?大家对"90后"颇有微词,我感觉他们不懂事,自我意识比较强,不会关心人。

是呀,我第一堂课没有带水,整整讲了三个多小时,嗓子都快哑了,他们没一个人想起来给我倒杯水。上课有人睡觉,有人玩手机,还有人给我请假说他要取快递。

唉,我们当年,可都是那么热爱学习。你说多好的年龄呀,二十来岁,一切都可以从头开始。过阵我去母校,你学生里有没有写得好的?我约些稿,顺便在校园里也拽拽青春的尾巴。

你也没老呀。至于稿子,我真不看好,再说吧。不贫了,上课啦。

我是业余上课,当老师纯粹是种偶然。不,也不能说是偶然,从小我就想当一名语文老师。所以在一次开会时,母校一位师兄说我能否给他所在的文学系学生讲一学期的小说创作课,离开大学二十年了,一想起一个个年轻的身影,就恍若回到大学校园。大学校园,总是跟青春、梦想相连,便慨然应允。

八名学生坐在足能坐百十名学生的教室，实在显得空旷。他们坐在前两排，一色的绿军装。我起初也穿军装，后来，一是为了方便，二则总想老师须跟他们不一样，而且女老师，还是穿便装好看。况且下面除了两位少女，还有六名花般的男少年，侄子曾跟他们一样，肩扛一道黄杠绿底的学员肩章，和他们同龄，都是二十一岁。

八个学员跟八十个学员需要我一样对待，备课、制PPT、引用的文章反复读好多遍。首先消灭错别字，在查词典时，我才知道世上竟然有那么多的字我还不认识。当然，大部分字出自古文，也有一些想回归古代的作家再引用。每周四，从八点到十二点，须讲多少话，且每句话你不可能写在纸上，所以口头表达很是考验人。而且要保证每句话都准确，你不能说《长恨歌》是杜甫写的，也不能把《玫瑰的名字》作者是翁贝托·埃科写错。更何况还有数以万计的经典作品，你都想告诉学生，比如托尔斯泰是如何描绘安娜的唇，你说"生动"，当然不行。作为一个作家，一个告诉学生要熟读经典的老师当然不能用这么一个概括性的词来解释经典的魅力。你要征服他们，征服这些年轻的心，你看看他们的眼神，跟你那个时代是不一样的，你们那时，老师说啥就信啥，可他们不一样，他们一直在想办法打倒你，在击败你。所以为了说服他们，我必须出口就能背诵："伏伦斯基发现她脸上有一股被压抑着的生气，从她那双亮晶晶的眼睛和笑盈盈的樱唇中掠过，仿佛她身上洋溢着过剩的青春。她故意收起眼睛里的光辉,但它违反她的意志,又在她那隐隐约约的笑意中闪烁着。"

虽如此用心,还是会有人给我出难题,你看,第二排第四个男生站起来了:

老师,我想问你一个问题,请你给我们画一幅安娜压抑着的脸,还有充满激情的唇。

我心不悦,嘴里冒出生硬的话语,我不是画家,文学的美当在想象中。

可是老师你不是说,文学一定要有画面感吗?画个呗。他说着,朝周围的同学挤了一下眼睛,其他同学也不停地说,就是,老师,画一个吧。

我生气了。不再理他们,开始说下面的内容:翻译也很重要,比如洛丽塔的开头,作者要通过感官体验,想要把我们带入这个特殊的体验。

于晓丹翻译的那个,真如诗:

> 洛丽塔,我生命之光华,我欲念之火。我的罪恶,我的灵魂。洛——丽——塔:舌尖向上,分三步,从上颚下轻轻落在牙齿上。洛——丽——塔。

再看黄建人是怎么译的:

> 洛丽塔,照亮我生命的光,点燃我情欲的火。我的罪

恶，我的灵魂。

主万译：

洛丽塔是我的生命之光，欲望之火，同时也是我的罪恶，我的灵魂。

我正讲着，眼睛朝着窗外，余光中，发现那个黑影又高高地戳起来了，这次他没有举手，也没有报告，他就这么没有礼貌地又站了起来，说，老师，你应当把这段原文发言给我们放一放，让我们去体会这发音的妙处。

我一下子忘记了自己在讲什么，转过头，七双眼睛看着我，不，还有他的，我说，张子轩同学，放不放录音是我的事，而听不听课，是你必干的事，现在，我要问你，你给我描述一下洛丽塔是什么样子？

他身体晃了一下，我以为他被难倒了，可气的是，没有，他推开椅子，竟然朝我走来，他要干什么，越来越近，他要打我，打他的老师？他走到我跟前，我闻到一股青年男人身上清新的味道，他从我身边轻轻擦过，他的身体碰了下我的身体，我穿着薄如蚕丝般的裙子，能感觉到那具年轻的身体是温热的。他走到桌前，拿起一支粉笔，开始画，我紧紧盯着他的手，那手指细而长，但粗糙，中指上半只指甲不知什么原因，没了。我只看着他的手，全然忘记他在画什么，直到那身体再次穿过我的身边。这次,他几乎是带着情绪,撞了下呆若木鸡的我,然后回到座位上。

学生们的笑声和窃窃私语提醒了我,我这才仔细地打量着他的画:这一看我肺都气炸了,他画的是一个人形,却是鸟的头部,还有身体长着翅膀。

可是我是老师,而且知道他想让我生气,我面向大家,同学们都说说,这是洛丽塔吗?

没人回答,我让七个学生站到讲台上,看着这幅画,让他们跟洛丽塔比较,是相近,还是甚远。

学生们的回答五花八门,让我奇怪的是,他们大多都是赞成张子轩的。我最后叫了他,我说,你来讲讲。我以为他会讲很多,可他说得极简单,他说,我心目中,洛丽塔就是一个人鸟。有人的体,有鸟的不安分。大家都以为是教授引诱了她,其实是她勾引了教授。比如他们的初夜,比如她无数次地玩失踪,要是我,早削了她。

他的神态是骄傲的,我慢慢地用板刷擦着人鸟说,今天的作业,就是针对自己心目中的洛丽塔,写篇作业,不少于三千字。

M大学,也就是我的母校,比我上学时更美了,有山有湖,遍地如画。我每天从不走原路。比如今天,我来时,是沿着内围墙步行半小时到教室,满树的紫薇开得灿烂,回时,我沿着湖边走的,发现那个美丽的塔倒映在水中,真是夺目。还有,每次看到在竹林或湖边的少男少女,虽然都穿着军装,可神态都不一样。你看那三五个学生，男生，在踢着球。女生呢，三五一堆地在拍照。还有一个男生，背对着我，一会儿哭，一会儿笑，好像在练台词。

随后的几天，从清晨、中午、晚上，我看了无数次微信，还是没有"咱那个"的只字片言。

四

9月15日　中午11：30

"咱那个"：姑姑，今天是我的生日。我的生日，就是母亲的受难日，我给妈妈发了个红包，请你买束花送她。

九月十五日，果真是侄子的生日。

我打开红包，是二百元。

我：可我告诉你妈妈说是谁发的呢？

"咱那个"：就说想她的一个人发的。

我：好。

"咱那个"：姑姑，你猜我为什么不给你发邮件，我们这儿也可以发邮件的，因为我知道你们人类现在寸步都离不开手机。人跑步时，把手机绑在胳膊上。上班、开会、等车、吃饭，甚至夫妻之间行房，也拿着手机。手机可以买东西、可以照相、可以偷情、可以作为罪证……生活各种需要,手机几乎一网打尽。你可能没时间看我的邮件,可是你不能离开手机。再说现在哪儿都有网,你随时能跟世界交往,甚至跟我来自另外一个世界的人这样聊天。

我:赞同。

"咱那个":姑姑,这几天我病了,原谅不能跟你聊了,我要去住院了。

我:要紧不?

"咱那个":一个小手术而已。

这是我们第一次互动,他显然很高兴,一会儿给我发成串的鲜花,一会儿发蛋糕西瓜礼物,有时还站在坦克车上吹着小喇叭。我故意冷落他,他说十句,我回他一句。

"咱那个":你不问我是谁?

我:你是我侄子呀。好了,我要开会了。

"咱那个":好的,有空再聊。

五

9月18日　清晨06:30

"咱那个":姑姑,你说人生是不是没有意义?我怎么觉得有意义时,它没有意义。当我认为它没意义时,它又有意义。姑姑,你是作家,请告诉我。

我怕他消失,回答,人生本身是没意义的,可是我们给了它意义。曹雪芹一开场就借甄士隐对《好了歌》的注解,预示命运的总结曲,都认定,人生没有意义,说到底只是为他人作嫁衣而已,这个世界到头来是"白茫茫大地真干净",什么也不剩。可是他却要把一个缠丝白玛瑙碟子说半天,说只有这样的碟子配上鲜荔枝才好看,又把茄鲞如何做说半天,衣服如何搭配,诗如何作,细细致致地写,这就是意义。

他给我发了个拥抱的表情。

小屁孩儿。

虽骂,我心里还是暖暖的。

9月21日　晚上08:30

"咱那个":姑姑,我喜欢看那部电影,叫《人鬼情未了》,可惜我没有女朋友,唯一放不下的就是妈妈,爸爸有事业,男人嘛,有事业还可寄托,可是妈妈她离不了我。人到中年,失子,是百痛之痛。妈妈无论在哪儿,其实我都在她身边陪着。她说我的气息在她身上,的确是,我的身上也有妈妈的气息。我真想回到妈妈身边,回到你们身边,哪怕让我待一会儿。我只想让妈妈看着我好好的。

我:我也想你,想起你时,就想流泪。

"咱那个"：姑姑，我在那边能看电影、能上网，带着孩子上音乐课、上美术课。对了，我结婚了。妻子是咱们陕西人，爱吃面条，做一手好茶饭，会做面食，这是我找妻子的首要条件。奶奶和爷爷爱吃面条，我当然要找这样的好妻子了。

我妻子是个好姑娘，家是咱们关中渭南人，比我小两岁，她长得不漂亮，但耐看。我是在奈何桥上认识她的。当时明明看到妈妈了，叫她，她再也听不到我的声音，看不到我了，我的魂灵跟着她走了三天，她仍不理我，终于，我知道我跟你们不一样了。就在我难过得坐在奈何桥下流泪时，一个女孩走到我跟前，劝我别哭，说咱们已经回不去了，既然回不去，咱就好好在这过吧。我们到阎王爷那报了到，我上过大学，有文化，阎王就让给来来往往的人登记。那女孩呢，给我们做饭。她是上大三时，在上学的路上，被车撞的，那是一个花花公子样的男人，父亲有钱，开着宝马，一手还搂着一个姑娘，结果他成了残废，而那个和他在一起的姑娘，跟我女朋友一起当即死亡。我们能聊得来，脾气也相投，就结了婚。

我们跟你们阳世没太大差别，吃饭睡觉上班游玩，无非是用的东西质地不一样而已，比如我们用的是冥钱，你们用的是人民币，我们也有手机，也有互联网。这领导也搞腐败，天下都是一样的。就是在掌管这全阴间人头时，我查到了爷爷奶奶。因为你们常给我们钱，我们生活得很好。你们送的双门冰箱、滚筒洗衣机、智能手机、金元宝，我们都用着呢。放心好了。所以，我们生活得很好，奶奶给我看孩子，我妻子做饭，爷爷呢，还是跟过去一样，扫地、打水，话不多，跟以前一样。死就是生，生即死，没啥区别。

　　姑姑，最后再问你一下，你相信人的分体吗？最近我还看了一部电影，是泰国的，叫《能召回前世的波米叔叔》，波米叔叔发现自己得了急性肾功能不全，他决定回家，希望在家中度过残生。奇怪的是，某天夜里，他发现他的亡妻与失踪儿子的鬼魂竟然不约而同地也回来了，妻子安静地陪着他吃晚餐，失踪的儿子也以红眼猩猩的样貌向他表达自己未了的心愿，仿佛是要送他最后一程。

　　波米叔叔一直希望找到得病的原因，于是和家人穿越森林，被莫名的力量牵引到山丘顶的一个洞窟，他发现并确信这个洞窟是他第一世出生的地方，而几千年前有个半面残缺的悲伤公主，曾在这里将自己献身给湖中的一尾鱼。电影暗示我们也许这个悲伤公主就是波米叔叔的某一世。

我看到这条信息，头皮发紧，等到下午，给他回复道：发我一张你的近照吧，我挺想你的。

　　一直到第二天清晨，他发了一个：

898930 -143t8r10519—5r0 -285034595

这是什么？我问他。

一直到晚上，他才给我回了一条微信：

"咱那个"：姑姑，你说我发的是乱码？我明白了，那出自我们阴间的东西，要通过一个处理器，再转换成你们阳间的图片，如果有乱码，一定是转换器出问题了。可能你们人类现在用的数据越来越高级，就像现在你们都用苹果iPhone 8了，我用的还是华为Mate4。

好狡猾的东西，我真有些喜欢他了。继续给他出难题。

那你给我发个语音，我想听听你的声音，这么多年了，好想听到你的声音。我是用语音说的，腔里带了泪音。

他很快就回了，却是萨克斯演奏的《人鬼情未了》主题曲链接。

我本来还要揶揄他，可一听那曲子，就被那沧桑凄婉的曲子感动得无语了。听了三遍曲子，然后给他发了个拥抱的图标。

六

按计划今天给学生们讲"小说的情感"，我发现有人在睡觉，有人在玩手机，只有张子轩，仍然坐在那儿，好像睡着了，又好像醒着，头仰得高高地，眼睛却闭着。我打算临时调整讲课内容，让他们每人讲个真实的情感故事。

我点到正在睡觉的女同学李童，喊她名字时，她还在睡，我想起大学时，有个同学在睡觉，老师都站到他跟前了，他看了老师一眼，竟然头朝里，继续睡。我们大家就给他起了个外号叫傲慢。此女同学倒不傲慢，我没走到她跟前，只稍大声叫了一下她的名字，她的同桌拍了一下她的肩膀，她眼睛睁开了，腾地站了起来，头左右摇晃了一下，说，老师，你叫我？

站到讲台，讲个感动你的真实故事。

李童磨磨叽叽从座椅中出来，边走边朝身后的同学看，是求救，还是其他？我搞不清，只看到她伸在背后的五个手指头在哆嗦。她的腰好细，军用皮带一勒，真是盈盈一蛮腰，我莫名地妒忌起来。

她站到讲台上，我坐到她座位上，她先是羞涩一笑，然后说，这样，太突然了，我唱首歌好不好，老师刚才不是说了嘛，只要有真情，就不拘形式。

唱歌？同学们哄地都笑了，张子轩握着双拳大力支持。他跟我隔着走廊，我瞪了他一眼。讲台上的李童声音仍然小小地说，我只要唱起这首歌，就想起我的姥姥，就感觉她站在教室的窗前，看着我来上学的情景。姥姥去世时，我就在她跟前，她一直跟我说话，可是她的呼吸衰竭，发不出声音，她一会儿手指箱子，一会儿手指嘴，看我还是不明白，她就哭了。一直到去世，我都不知道她要跟我说什么。刚才我梦到姥姥了，她正要告诉我想给我说的话，结果醒了。我现在就唱首歌，告诉姥姥，我想她。这首歌是香港著名歌手邓紫棋写给她奶奶的，名字叫《不存在的存在》，我把这首歌献给天堂里的奶奶，也希望大家珍惜跟亲人在一起的日子：

> 当我看着你
> 发现你再也不像你
> 那只是画得很像你的皮
> 却跟你完全没关系
> 耳边是你平静的声音
> 最安慰最镇痛的声音
> 可一片忧郁谁能听得清
> 这一刻你在哪里
> 我们都只是自己眼里
> 那一群一个样的蚂蚁
> 哪一只消失谁真的在意
> 世界也没有什么差异
> 直到我的心察觉到你
> 直到我世界有你踪迹
> ············

她一唱完，我带头鼓起了掌，说，你这故事有真情，形式还别致，如果捕捉到更具体的细节，比如那个梦到唱歌，就很有意思，讲出故事的起伏，形成文字，会很不错。

随后其他几个学生讲的故事都不错，如果打分的话，差不多能打八十分，这让我一下子改变了对这些高中生的偏见。我们上文学系时，都是从部队选拔，又有实际创作经验，而他们直接从高中生来到文学系，满口学生腔不说，在我心里，还是孩子。我在表扬李童时，张子轩瘪了一下嘴，我马上让他上台。

我坐到他座位上，他的椅子还是热的，一股温热传递给了我。我很想打开他合起来的本子，可最终控制住了。他的抽斗里还有橘子皮，一看就是新剥的，让我不由得生起气来。这样调皮捣蛋的学生会讲一个什么样的故事呢？

他站在讲台上，身体摇摇晃晃，一点儿都不像个军人。唉，老师没提前说，否则我会借个吉他，还带上电脑，边配图，边表演就更有意思了。现在，我只好将就下，给大家来个rap，讲讲我的初恋故事。

这是怎么了，现在这些孩子，是不是走错门了？音乐系在三楼呢。我轻轻叹了一声，且看他如何表演。

    这个七夕，兵哥rap说爱你

    因为唱不出来

    所有的beats和flow只能写在脑海

    谨写给我最爱的女孩

和我们一起走向的未来
Put your hands up
Put your hands up
Yoyoyo come on

时光已过去三年
我们的第一天却好像一直在我眼前
三年前的那个夏天
我刚从苍山洱海回来
兜里没有一毛钱
却和最美的你遇见
你微卷的发际线
你点头的那瞬间
原来好感一个女生不用再看分数线
不吃辣的你吃了最辣的香锅
…………

他还没唱完,教室里就响起雷鸣般的掌声,有人在尖叫,有人朝他吹口哨。他站在我面前了,我才发现自己流泪了。作为军人,我懂得严酷的军纪,使年轻的爱恋不可能朝朝暮暮相厮守。我站起来,拍拍他的肩,说,词不错,情感真实。当个歌手还可以。

他得意地一笑,马上接口,我立志要写好小说,写出

《人鬼情未了》那样的好剧本。

　　我都站到讲台上了，忽想起"咱那个"在微信里也提到过这个影片。现在的年轻人，喜欢看这种电影的怕没几个。下课后，我故意没提前走，收拾电脑时我若无其事地叫了一声，咱那个。张子轩转过了头，我刚想惊喜，他却说老师，我要问你一个问题，在《包法利夫人》中，女主人公是主角，为什么小说一开场却说的是她丈夫包法利先生，从他上学，第一次结婚，一直到跟爱玛认识，显然违背了你讲的开门见山、主次详略的创作原则。

　　我说是否可以这样理解，就因为有这么一个可怜、爱气、窝囊，给人做坏手术不内疚还为自己狡辩的丈夫，才为爱玛出轨做了理由？好小说一定不会忽视主人公内心变化的外在推力。他马上接口我认为从书名中就可以看出作者不单纯是写他妻子，而且是两个人的合传，包法利、夫人，两个主人公，你看一开场包法利的帽子，写得多神。我回答也可以这么理解。意大利评论家艾森柯说：经验读者是每一个阅读文本的人，能多角度阅读书籍，没有固定的法则指示他们如何阅读，因为他们常将文本作为容器来储藏自我的情感，而阅读中又经常会因势利导地脱离文本的内容。模范读者是一种理想状态的读者，他既是文本希望得到的合作方，又是文本在试图创造的读者。老师，这是哪本书上说的，你慢点儿说，我记下。他在手机上认真地写着，看他认真的样子，我怀疑自己是否有点儿神经过敏了，这么一想，兀自笑了。

刚出教室，一个背着画板的女少校看看我，再看看教室门上的字，说，你们文学系学员还会唱歌？

难道你们美术系的学生只会画画？说不上哪天，我还要请你给我们文学系学生讲节美术课呢？我看着她军装上的胸牌，说，我记下你名字了，杨老师。说完，微笑着走进了电梯。她没进电梯，难道她是学生？学校规定，学生只能走楼梯。

七

9月24日　上午10：30

我：你在吗？姑姑想你了，今天上课时，出了洋相，竟然把一个学生当成了你。

没有回信。

八

9月26日　中午11：30

我：手术做得如何？你在哪儿？我很牵挂。

随后，我给他发了个"给你转账"：金额一千。
他没收钱，也无消息。

今天创作课我跟学生讲小说的魔法。也就是说只有一个小说核，如何把它生发成故事？我引用了英国小说家福斯特举的一个例子：

国王死了，然后王后也死了。

国王死了，王后因为伤心而死。

我讲了新闻和文学的差别。我告诉他们新闻只是报道一件事，不夹杂个人情感。而文学是带着情感的，比如王后因为伤心死了，是因为以后她无人依靠，还是感情太深，还是怕被人迫害？好作家就是从情感或情绪中一个个生发出故事，当然需要细节，一个个金光闪闪的细节。然后我让大家在课堂上讲自己认为这个故事如何发展。

我第一个叫的是张子轩，我不知道这次他又会给我一个什么样的惊喜。

根本就没有时间深入地思考，可是张子轩却胸有成竹地再次走上了讲台。

一个四季都开满了鲜花的国家，有一天，年迈的国王死了，丢下了三十岁的王后。王后在一个王爷的支持下，当上了女王。他们在宫里欢天喜地，过着纸醉金迷的日子。大臣们看不惯，大家都知道这个国家其实是那个摄政王说了算，于是大臣合谋把王爷杀了，让小王子当上了新王，让女王成为太后，住在一个前面有湖后面有花园的洋房里，啥都有，只是没有一个男人。太后整天思念着王爷，后来，梦到王爷说他恨死了她，认为她是跟王子合谋杀了他。王爷的妻子把这梦话说了出

去，搞得全国人都知道了。人哀莫大于心死，太后没有病，却像林黛玉一样，因为悲伤死了。她第一次上吊，被最小的女儿发现了，喊来了人，救下了。小女儿是她跟那个王爷生的。她想好好地活着，活着毕竟是美好的。可是有一天，五岁的小女儿知道自己是王爷的女儿，是母亲的不洁产物后，不再理母亲。母亲又一次自杀。这次，她真死了，因为她的身边没有了人，连她心爱的狗，都让她最钟爱的小女儿毒死了。她死时留下一封信，让她的儿子即现在的皇上看在她十月怀胎的分儿上，把她跟王爷埋在一起，她的儿子仍让她跟自己的父亲即老国王埋在了一起。王宫里传说，老王给新王托梦，说他不跟王后在一起，他嫌她身子脏了。年轻的王只好把母亲的墓迁到一个野地里。谁知没多久，一只黄羽毛、蓝脖子的鸟落在王爷的墓前不停地叫，嗓子都哑了，说，王，你醒醒，我真的是爱你的。我是为你而死的。那只鸟被王爷的妻子和儿女活活地打死了，皇上感觉丢人，就一直任那鸟儿的遗体丢在大路上，被来来往往的车流人流，踩来踏去，最后烂成一堆肉末，上面落了几片羽毛。

我说这个故事起初有些俗，可越到后面越新鲜，一般学生都认为，皇上死了，皇后是因为皇上死了，悲伤而死，而这个故事反其道而行之。细节饱满，写出了每个人，老王、王、王的妻子儿女、王后、王子、公主，各类人的真实心境，而且想象力丰富，特别是后面小鸟的桥段，颇有想法。如果在细节上好好琢磨，把每个人物的内心挖得更深些，肯定能发表。

我感觉此孩子脑洞较大,他以此故事写成的小说我给了全班最高分:93分,不久,此文发表在发行颇大的文学杂志上。当然,这是后话。那时,张子轩已经成为一名文学编辑了。

九

10月10日　晚上07:30

"咱那个":姑姑,我不想装了,我装得好难过,好别扭,好业余。装得连自己都编不下去了。为了装得真切,我书桌上放了一大堆的书,有历史、有地理、有碟片,几乎穷尽了我二十多年来所有的积累。可这一切,都因为是假的,所以让人信服不了。

姑姑,我知道你早就识透了我的把戏,只是不想揭穿我。

是的,那些电影上,死去的人回来了,跟亲人在一起,只是人美好的愿望,我的那些话全是自欺欺人。姑姑,你在一篇创作谈里说过,为人为文要真诚,情要真,文才能动人。

那么姑姑,我知道人死了,很可怜,再也见不到自己的亲人和朋友了,再也不能玩手机、看电影,更不可能吃好吃的,跟心爱的姑娘谈恋爱结婚了。姑姑,我有罪呀。在本该年轻的岁月里,却让一个年轻的生命极早地踏上了不归路,让亲人们肝肠寸断,让我追悔莫及。

你一定千百次地想过，想知道我是谁，为何要如此做？其实八年前我就跟你联系过，可你没理我。我只好采取这样的方式，对，我是刘睿的同学。是他最好的朋友。八年了，我每时每刻都被内疚折磨着、自责着，现在，我要给你说实话了。

我们上军校时，老师常说，冬练三九，夏练三伏，军人生来就是为打仗的，你们将来都是带兵的，自己军事素养不过关，兵怎么服你。上游泳课，老师让大家练习，刘睿怕水，不敢下，我就说你怎么这么胆小呢？亏你还是军人！难道只能在电脑上谈兵论剑，而不能真抓实练。说着，我把他拉下水，我带着他游。他还是不敢，说自己是北方人，怕水。老师说刘睿交给你了，好好带他。说着，去接妻子的电话了。刘睿还是手抓着我不松手，我就把他的头按在水里，让他练习换气，谁料到，就出事了。他怎么就不会换气呢？我叫他，他半天没出来，我才知道坏事了，喊大家。我背着他到了水边，老师给他做人工呼吸，我们有人给医生打电话，有人查手机如何救治。我们按网上说的，先清理他口鼻中的呕吐物，保持上呼吸道的通畅，然后做人工呼吸。我们一个同学捏住他的鼻子，我托着他的下颚，吸一口气，然后用嘴对着他的嘴进行人工呼吸。我们七八个同学轮流做了上百次，一直到医生来，他还是没有呼吸。

那个该死的学校门诊部马脸医生不停地摇头，说没治

了没法治了，我说滚你的没治了，你这个草包。说着，就跟他打起来了。老师拉住了我。我们一行三个同学和老师将刘睿送到了医院，医生说他已经离开人世了，可我不相信，我哭呀、吵呀，姑姑，你一定能理解我的心情。刘睿跟我是好朋友，他住在我上铺，每次上去时，床都要晃几下，刚开始我很生气。可一看到他那憨憨的笑，就谅解了他，不久我们就成了好朋友。他跟我讲你们家，讲你写作，讲黄土高原那漫天的土，把人的裤子半截都染成黄土色。他走后，我每天晚上都能感觉到床的摇晃，都能听到他说梦话的声音，每次我一叫他，同学们都吓得要死，我说，我不怕，我想他，真的，跟你们家人的心情一样。

这八年，你不知道我是怎么过的，同学中跟刘睿最好的一个女同学她知道是我把刘睿摁到了水里，但她不会说，即便其他同学知道了，都不会说，否则这是事故。说了，我们要害教我们游泳的老师，他想让家属随军的希望就泡汤了，他家属就会跟他离婚。我们怕害了系主任，他提职的报告都报上去了。所以，大家都一致口径，刘睿是溺水。

我爸也不让说，说，我说了，一辈子就完了。

我家在安徽的金寨，也就是书中称的巍巍大别山，我的家很美，山清水秀，可是很穷。我家以山地为主，地都在海拔八九百米以上，属于高山偏远的贫困村。父母都是农民，我的母亲去世得早，她是得病走的，是医生误诊。

父亲常年打工，我跟妹妹一直是奶奶带大的。妹妹比我小十岁，有次奶奶病了，让妹妹自己在院子里玩。结果妹妹跑出去，被人拐走了，奶奶怕爸爸回来说她，就跳了河。我发誓一定要争气，终于考上了军校。毕业后，我分到师机关的警通连当排长，任职不到两年，就提了正连，调到师作战科当了参谋，娶了一个城里姑娘，现有了一个美丽的女儿。我把父亲接到城里，跟我一起生活。休假时，我带着父亲妻儿去全国旅游，跟一起长大的伙伴或同学比，我过得还不错。可是姑姑，我彻夜睡不着觉，头发掉得稀极了，我知道我心里有一件事，压着，我一生都不能安宁。我不敢看关于陕西的任何事，遇到"睿"字，我要躲过。可是这怎么能躲过呢？我几乎一直关注着你的创作，喜欢你的作品，你的特点是真诚。所以，我从你文章里了解了你们家许多事。我一个南方人，也开始吃起了面食。刚开始很不习惯，可我强迫着吃。又找了会做面食的你们陕西人为妻。我们包饺子，做油泼面，蒸馒头。我感觉我好像在替刘睿活着。

　　心中的内疚我不敢跟妻子说，她太单纯，我怕她受不了。父亲心脏不好，我不想让他再难过。可我良心过不去，促使我给你写了这封信，想请你们全家谅解。如果可能，我还要尽我所能照顾刘睿的父母。

　　你同意吗？急等着你的回信。

我没有回他的信,我想他如果在我跟前,我会杀了他。但我仍然没有把他打入黑名单。

十

12月11日　中午11:30

"咱那个":姑姑,我等了一个月,你一个字也没回。我知道对不起你们全家,你们一定不会原谅我的,就是我,也不会原谅自己的。结果,今天我下去检查工作,突然想打靶,因为精力不集中,竟然忘记枪里还有一颗子弹,就把枪交给了一个新兵,新兵擦枪时,枪响了,打伤了一个战士的腿。我被关了禁闭。下一步,我可能按战士复员。我的妻子可能要跟我离婚,父亲也可能跟我重回大别山。姑姑,这都是我自己的错,我不怪你们。姑姑。最近我不能给你写信了,手机被领导没收了。请照顾好刘睿父母。在此多谢了。

我:你出什么事了?我代表我们全家都原谅了你,已经过去的事,就让它过去吧。好好工作,千万不要大意,训练时注意安全。千万千万,快点儿告诉我,必要的话,我去部队看你。

2017年1月13日　中午1:30

姑姑,看到你的留言,我的良心受到了很大震动,我看到了一颗伟大而辽阔的心，也体会到姑姑一家人山般的情义，在此更看到自己的渺小和自私。

姑姑，我的确是刘睿的同学，但我根本没有把他摁在水里，我只是生活无聊，毕业八年了，还困在山沟里，当排长，家里日子又艰难，老婆要跟我离婚，我真不想活了。无意中，在报纸上看到你的文章，知道你在报社，或许会给我办个调动什么的，就写了这么多谎话，请你原谅。

真是个神经病，我不再理他。

　　1月20日　中午11：30
　　"咱那个"：姑姑，在吗？生我气了？

　　2月10日　下午3：00
　　"咱那个"：我该死，我错了。

　　3月29日　晚上11：30
　　"咱那个"：姑姑，我睡不着。我要死了。
　　…………

　　5月21日　晚上12：00
　　"咱那个"：姑姑，我烦死了，脑子得病了，神经有些错乱，一直在胡说，就是我把刘睿摁在水里的，姑姑，你们已经原谅我了，为什么我还这么难过？我每晚都梦见刘睿，请他放了我吧。我给他烧纸，让和尚替他超度，我好想写信给他妈妈讲事情的真实情况，好不好姑姑？

我：千万别写，否则我的家人又要死一回了。好自为之吧。生命对每个人都只有一次，活着不易。不要再给我发微信了。

…………

6月10日　晚上09：30

刘编辑，你好，我给你发微信已经多半年了，差不多写了三百多条。你看看我文笔怎么样？请你告诉我，我写的这些是不是小说，如果是，能不能发表？我其实是一个业余文学爱好者，我既不认识刘睿，也没和他在同一所军校读书，我只在东北一个边防哨所当排长，我一直有个文学梦，也一直坚持写作，可从没有发表，请你看看我的文笔，原谅我一切的欺骗。不，这不叫欺骗，叫策略。如果我以一个普通读者身份出现，你估计连看都不看我的邮件。擒贼先擒王，攻心须知心，我做得还不错吧。哈哈！

我生在大别山一个偏僻的农村，父母都是农民，父亲种了一大片果园，母亲因为跟父亲吵架，喝了敌敌畏，去世时，我八岁，弟弟五岁。我跟弟弟是在又恨又爱的父亲抚养中长大的。父亲靠种苹果养育我跟弟弟。日子过得还算说得过去，我考上了军校，弟弟学习也不错，父亲说弟弟考上军校后，他就不用再种果树了。弟弟高考那年，分数比我考得还好，考上了国防科大。就在我跟父亲欢天喜地准备送弟弟上学，我顺便带着父亲到城里逛逛时，弟弟说他眼睛疼，我说可能是高考用眼过度，没事儿。给买了点儿药，结果大学还没上完一学期，弟弟一只眼睛就看不见了，暑假没完，两只眼睛就看不见了，只好退学。医生说是脑瘤。我跟父亲这几年的积蓄全花光了，也没治好弟弟的病。今年收成不好，冰雹把果子打得一塌糊涂。父亲给我说了好多次，以后弟弟就靠你了，我压力山大，没有背景，只想靠自己的努力生活。副连已经十年了，还没希望晋职。喜欢的文学梦，迟迟实现不了。我们部队在大山里，抬头是山，出门黄土蒙脸，有限的六个人，在一个哨位上，一站就是好几年。这儿的冬天很是漫长，经常是零下四十多摄氏度。而我隔两天就要起来查哨，半夜起来的那种感觉，不知你有没有，踩着冰凌，看着月光，听着风呼呼地吹着，很不是滋味。

我想转业，可父亲和弟弟还在农村，还指望我带他走进城市过幸福生活呢。我三十一岁了，还没结婚，没女的愿意到我们哨所来，估计有，也不会同意我还要养弟弟。我不知道何时是尽头，我身体弱，跑五公里，老不及格，四百米障也跳不过去。不是我不用功，农村孩子，啥苦都能吃，我在旁边平地上跳过去比障碍还多出一二米，可

真跑到那个深沟般的障碍前,腿肚子立马发软,怎么也跳不过去。一个排长,在部队,军事素质不过关,基本就没希望了。我一直想靠自己的笔努力,可是去机关的路,被一个有关系的战友顶了,他写材料全在网上下载。好像每年都有有关系的人分来,所以我的心就越来越淡了,有时,就想,要不是为了弟弟和父亲,真想死了。

可能我离开这个世界,什么都没留下,但这不能证明我的人生就没意义。粒子的质量虽为零,可是零也是有幅度的,也就是说零不是零,对不对,作家?

宇宙的一种解释,说它是物质世界,不依赖于人的意志而客观存在,并处于不断运动和发展中,在时间上没有开始没有结束,在空间上没有边界没有尽头。

另一种解释,说它只是人类视觉和触觉下的产物,也就是说是种思维世界。

你看,人生是不是就这么似是而非?谁能说对,又有谁说不对?

大家都说我得了精神病,可只有我知道我没有病,我是个幻想主义者。不对,我是魔术师,著名作家纳博科夫不是说过吗,大作家就是大魔法师。文学是创造,小说是虚构。

好作家一定是个魔术师,你能给我这个魔术师打多少分呢?我又要去忙了,还会回来,告诉你我新的故事,当然是在微信中。我相信你每天收到很多稿子,但我会写出好作品让你赏识的。你是个好老师，从你身上我学到了很多。谢谢你一直看我的胡言乱语，伴我度过了一生中最快乐的日子。好了，再见。

我：我不怪你，你一定会是个好作家的。

他没有回。

我还是不相信他说的话，总觉得他就是我这个小说创作班的学生？而且，我有百分之八十肯定就是那个经常跟我作对的张子轩。

第二天上课时，我望着台下八个学员，一字一顿地说，同学们，你们中间有一个人，给我发了微信，写得不错。我已经知道你是谁了，请主动承认，我不会批评，此事就了啦。否则我就报告教务部，或者要扣分。你们要毕业了，我知道高分对你们将来的毕业意味着什么。

我脑子里想的是名画《最后的晚餐》，想的是谍战片《风声》里的镜头，反正我的灵感不是从书里就是从影视剧里得来的，他们八个人，你看我，我看你，没有一个人吭声。我特意看了看他，张子轩，我认为就是他，我在课堂上每堂课讲了多少话呀，讲我的童年、我的侄子、我的家庭、我的喜好、我的文章、我的同事，我跟他们一学期说的话比跟爱人一年讲得还多。当然他们中的某一个最清楚我了。他太狡猾，可我知道他是一个年轻人。经验不足，是年轻人的通病。

一直到结束，也没有一个人承认，那么是我错了？

十一

天越来越热,一学期的讲课即将结束,从此,我继续当我的编辑,他们也将分往全军各个部队,先当排长,以后当干事、助理或参谋,再以后,当团长、师长或将军。最后一堂课,我前一晚准备好讲义了,才发现好多我最喜欢的书还没介绍给他们,特别是经典。上课,中间我只让大家休息了十分钟,教义还没讲完,下课铃响了。

我收拾电脑时,张子轩说老师我来。我说,好呀。他拔电源,整理线,身上一股年轻的气息让我迷醉。我忽然想起嫂子说的侄子的气息,是否也是这样的气息?清新、阳光,还有那么一股股让人迷醉的亲切。他一身夏季短袖常服穿得笔挺,腿修长、肩膀宽而温厚,不知他那个美丽的女友到底有多美,那女孩看到他写的情歌会怎样的高兴?

我忽然说,现在食堂没饭了,老师请你吃饭。

他说老师,我是男人,当然得我请你了。

可你是学生,还没工资,老师请你。

天还是很热,学校后门有家中央美院学生设计的餐厅,名字叫刘家香,我说咱们去那吧。

他说听老师的。

阳光照得他年轻的身材更加挺拔,我恍然看到侄子,看到他们合二为一。过马路,我忽然紧张了一下,他伸出手,那是一双年轻却宽大的手,他说,来,老师,挽着我的胳膊。

我让他点,他点了个酸辣圆白菜,我说男孩子都爱吃肉的。他笑着说吃饭只是一方面,主要是想跟老师多待会儿。我给他点了红烧排骨、麻辣大闸蟹、清炒虾仁。他孩子气地说,谢谢老师,我特爱吃,不过太多了,吃了都走不回去了。

你家在哪儿?

河南赤南县。没听说过河南有这么个县。看他表情,不像撒谎,而且脱口而出。我怕再问,在学生面前露怯,只好再换话题。

父母干什么工作?

农民。

平时喜欢看什么电影?

《战狼》《敦刻尔克》,对了,还有一部电影,我最爱看,是《生死朗读》,老师,你看过吗?

我当然看过,也挺喜欢,但马上把话题岔开,直奔主题,看过《能召回来世的格米叔叔》吗?

他很快摇摇头,说,没有,老师,是讲人与鬼的恋爱故事吧,老片吗?

我说好电影,一定要看。

他说好,手放在桌子上,不敢动筷子,但是眼睛盯着菜,那馋样特别可爱。

吃吧,专门给你点的。我说着,给他夹了一块排骨。他吃得很香,让我恍然看到另一个年轻的学子。

我说我有个侄子，他比我小八岁，八年前跟你一般大，最爱吃肉了。他爱打球，爱跑步，每天坚持跑五公里，他上的是军校，跟我特亲。有次他问我，姑姑，大家都说你那么年轻，怎么会是姑姑呢？姑姑跟妈妈一样大呀。我说那你喜欢我当你的姑姑呢，还是喜欢当你的姐姐。他想了想，说，叫姑姑，心里是姐姐。我说着，盯着他的眼睛。

他眼神清澈、明净，还似有泪痕，但不像里面装着其他东西。他说，那他参加工作了吧，现在应有女朋友了。

他上游泳课时溺水。我说，然后给他讲起侄子一件件往事。他听着，好像第一次听说。

我说喜欢读什么书？

只要是好作品，都读。反正走上文学这条路了，怕再回不去了。他说着，笑了。

毕业去向定了没？

还没定，学校说了，分配单位按分数高低选单位，如果按分数，我肯定会分到报刊编辑部，就怕走后门，老师，现在部队风气真的好了吗？

我说应当是，把你的简历发我。

谢谢老师，我会好好干的，怎么说，咱也是将军故乡人嘛。

将军故乡？

对呀，老师。

你加我微信了吗？我说。

当然加了。

我怎么没见你露头呢？

我微德差，潜水。他说，老师，我完成了一份作业，请你有空时批改。说着，递给我一个塑料袋，里面厚厚的本子上面写着《把经典刻在心上》。我要看，他说回去再看。说完，好像怕我要拉住他似的快步朝宿舍走去，绿色的军装跟树木慢慢融为一体，天真美，花草好像都为他开着，年轻真好，活着真好。一股惆怅涌上心头。

我第一次没有在校园逗留，快步回到办公室，迫不及待打开，除了本子，还有一副学员肩章。笔记本，全是上课我所提到的名著名篇，张子轩非但都读了，还把他认为精彩的部分都整理成这个本子。第一篇是《包法利夫人》，如此写道：

1. 千层饼结构：包法利先生的帽子，结婚时的蛋糕及爱玛死后她丈夫写的葬礼安排：穿结婚礼服、穿白鞋、戴花冠。头发要披在肩上。三层棺木：一层橡木，一层桃花心木，一层沿皮。

2. 包法利眼中的爱玛：让我学会了如何巧妙地去写人。

指甲：白而有光，尖纤细，刷得比象牙还光滑，剪成杏仁形状。

且慢，且慢，手怎么这么写？手不美，不够丰满，关节处显得有些干瘦，手掌也太长，不够丰满，缺乏柔和的

线条。是写实主义，还是有暗示，或者为了突出眼睛？是不是像断臂维纳斯？老福，你啥意思呀？这个得记下，有空要问老师。

眼睛：她真正美是她的眼睛，眸子虽然是棕色的，但由于睫毛的原因，却显得黑油油的，她看人时很大方，眼光显得天真而大胆。

明白了，明白了，老福就是要展现爱玛的眼睛，眼睛是心灵的窗户嘛，所以才要贬手，但说她手不美时又要突出她的美，所以又说了指甲的美。眸子是棕色的，因眼睫毛，所以眼睛就是黑的，天真而大胆？那只能说明她的眼睫毛很长。老福能如此地描写，一定观察了不少人的眼睛，我在镜子里看了半天，发现自己的眸子是黑色的，眼睫毛又短，所以，就不会像爱玛那么美了？眼神"天真而大胆"，真好，天真，与浪漫有关，大胆，暗伏以后的出轨。

脸：用像彩虹一般鲜艳的绸布伞映衬脸美，妙绝。白皙的脸上抹着一层闪动的彩光，微笑着，浸沐在轻微的暖意里。

还有裸露的双肩上看到的一颗颗细小的汗珠，鬓角处散乱的波浪形乌发，稍稍露出的耳垂……

别说包法利、鲁道夫、莱昂，我也爱上爱玛了。

3. 舞会上的侯爵细节：使我明白了如何掌控大的场面。

4. 蓝面纱、装毒药的蓝药瓶、葬礼上蓝色的光、爱玛第一次跟鲁道夫偷情时听到的乐曲，及临终时听到乞丐的歌，教会了我伏笔和呼应。

5. 药房小伙计的刻画，教会了我如何用简笔写配角。

我翻到最后一页，写着：爱玛死后，她的情人鲁道夫在庄园里安详地睡着，莱昂在城里也睡得很香。在她的坟墓上，有个孩子跪在那里哭泣着。作者没有说这个孩子是谁，说此孩子把悔恨压在心头，他的情感比月光更柔静，比夜色更深沉。

随后巧妙地说，看坟的人赖斯迪布都瓦，出来拿铲子时，发现翻墙逃走的是于斯丹。这个看墓的教堂杂役，我有印象，小说第二部一开场就说他在坟场的空地上种了土豆。而对药房的这个小伙计我起初读时，一点儿都没注意，接着我开始倒着读，发现这个小伙计暗恋爱玛，有例为证，爱玛来向他要药时，作者是这样写的：他瞧着她，她的脸，衬着夜色，是那样苍白，他感到吃惊。可是他又觉得她特别美，特别庄严肃穆，就像一位仙女。暗恋她的小伙子，却目睹了她吃砒霜的经过。老福呀老福，你太伟大了，我怎么做，才能向你表达一个晚辈的致意？

我刚才说小伙子暗恋爱玛，怕证据还不充分，把书往前倒着读，又发现了细节：

药店老板发现他徒弟很喜欢到包法利医生家里去，以为他喜欢上了医生家的女佣。小伙计经常围在爱玛的女佣身边转,看到爱玛衣服问个不停。女佣不让他在女人跟前混,他说:"好了,别生气,我去代你给她擦靴子去。"他擦鞋时那认真的样子,连女佣都诧异。

这个要求给爱玛当随从的小孩这系列举动,都说明他爱上了爱玛。可惜书中成年男人,鲁道夫、莱昂,有哪一个像这个孩子一样深爱过爱玛?

老福,你太牛×了,我要为你点一百个赞。你看看,我几乎把你一本书全画上了红线,这要是我写得多好呀。我是逐字逐句地在读你的大作。听老师说,女作家丁玲就把《包法利夫人》读了十遍。我若读了十遍,会写出好作品吗?

…………

后面还有《洛丽塔》《红楼梦》《牡丹亭》等分析,我就不再一一赘述。其笔记之细致之丰富,我从来没见过。有人物、有物件,还有根据图中描述画的:爱玛结婚的那个千层饼蛋糕、包法利的家、爱玛的老父亲,竟然还有形色各异的一匹匹马……让我好像重读了一遍《包法利夫人》。

我合上 323 页的五号宋体打印本,作为他的老师,很是欣慰。思索片刻,我拨通了好朋友夏梦的电话。

干吗呢?亲爱的。

准备去美容。再不好好美容,以后怕自己都不想照镜子,你看看,满大街都是漂亮的女孩子,你看那腿,修长得如咱大学校园里的翠竹，那脸，嫩得就像咱新发的红星帽徽，稍不注意，就蹭掉了漆。看着她们，才感觉自己不年轻了，都不敢相信，离开校园竟然十几年了。

怎么今天这么跟校园较劲？人家惹你了？

哈哈哈，还真是。你是我最好的闺蜜，给你实说了吧，咱们上大学时，那个学习委员。哎呀，你怎么忘性这么差？就是暗恋我的那个高个，小眼睛，厚嘴唇，去美国读博，后来听说在美国一个集团任高层。现在回来了，给我打电话，说他还暗恋着我，约我明天吃饭，你说我能不为悦己者美容一下？行了，不说我了，你快说什么事？我还开车呢。

我给你们编辑部推荐个人才。

男的女的，发表过作品吗？跟你什么关系？会不会是情人？

胡说什么呢，人家还是小孩。

你才三十来岁呀，正当年。亲爱的，如果不爱，你饭都不吃，家也不回，在办公室给我打这个求情电话，我不接，就一次又一次地打。夏梦笑嘻嘻地打趣完，正色道，让来实习一阵吧，好了，就要。我编辑部人不少，没几个能干活的。有个年轻人，连《狂人日记》都不知道是谁写的，领导却让我给安排当编辑，你说气人不？

他写的东西你看了肯定会喜欢的。先去实习嘛。好，我就说嘛，我都开口了，你不给老朋友个面子？好，太好了，谢谢亲，改天一起吃饭。再会。

放下电话，我一看表，六点四十了，早下班了。也就是说，从中午到现在，我把《把经典刻在心上》看了整整四个半小时，没喝水，身子没挪动一步。

张子轩没发表过作品，我决定把这个厚厚的本子连同他没发表的写王后的那篇作业寄给夏梦。寄时，我撕掉了扉页，那上面这样写道：老师，我从小失去了母亲，跟弟弟和父亲一起生活，三个男人的家，你大概能想象得出。是你，通过文学，使我对世界，对人们，有了细微的感受。谢谢你，老师，你像我的姐姐，真的，比姐姐还亲，我……

我把此话夹进了日记本里，锁进了办公桌的抽斗。连同他夹在本子里的一副学员肩章。我不知道他为啥要给我送这个？有时明白有时又好像糊涂了。

十二

手机忽然死机，所有的信息都没了，我好后悔没有把"咱那个"写给我的微信倒出来存在电脑里。手机修好后，我发现没有他的微信，他发了丢了，还是根本就没发？我不得而知。从此，"咱那个"，再也没有出现。

我的日子一下子空了许多。我不时还梦到他讲的那些神神鬼鬼，好几个晚上梦中都喊出了声，爱人叫醒了我。在他再三逼问下，我把发生的事，从第一封一直说到第三百二十三封。爱人听了，看着我半天才说，我看你是写小说写出了毛病，这一切都是你的臆想。

你怎么那么武断？

你没有证据，说破天也没人信。

难道我真做了一个梦？可是我的的确确收到了三百二十三条微信，有表情，有赞，有个红包，还有一个乱码，一个音乐链接。为什么我记得这么清楚，只因为我们部队有所医院，就叫三二三，我在那住过院。

我走在大街上，在单位，感觉"咱那个"无处不在，在我的手机里，在我的邮箱里，在我的办公室，在我家，在一次次的旅行中。我感觉四周都是他的眼睛。有天，我陪爱人去理发店，他签名竟是："咱那个"。我愣了好半天。

期末，我到M大学交学生小说考卷时，发现教务参谋的桌上放着我所带班的学员简历，我随意翻了一下，张子轩，安徽金寨人。高考以全省第一名成绩考上军校，爱好写作。最崇拜的作家：纳博科夫。我又查了下，过去的赤南县苏维埃政府遗址，就在安徽金寨。

花似人心向好处牵

一

柳昳韵告诉我她要学昆曲，这消息不亚于一位盲人说她要开战斗机，我吃惊得差点儿把车撞在马路牙子上。我们出版社，有十三位女编辑，除了柳昳韵，谁学昆剧我都不诧异，可柳昳韵四十九岁，体重六十五公斤，驼背，戴酒瓶厚的黑框眼镜，军事学博士，常年待在顶楼西头一间偏僻的办公室编军史，跟人鲜有往来。上下班在院子跟同事碰见，也不打招呼，但我们编书，遇到军史问题，总去找她，敲半天门，无人理，只好推开她那扇咯吱乱响的门。办公室书柜上是书，书桌、地上亦是书。墙上呢，是三张发旧的地图：左边是解放战争三大战役及渡江战役形势图，右边是解放战争战略防御形势图，中间地图最大是淮海战役，那上面蚂蚁似的字，看着都晕。我们说半天，她脑袋才从那些成堆的书堆里露出来，放下手中的放大镜，掸掸褪了色的蓝色套袖，推下眼镜，仔细看你好半天，好像确认你不是敌军后，才回答你的问题。她能准确地给我们说出哪场战役是几点打响，参加的最低职务的人叫什么名字，哪地方人，参加多少次战斗，打死多少人，比军事辞典还准确。

我从一家部队医院调到出版社文史编辑部，要编一些军事纪实文学图书，常有专业性知识向她请教，每问必答。再在院子里遇到，她仍视我路人，我热情上前，聊了半天，她木木地听了一会儿，然后说，对不起，就急匆匆地走了。吃饭，她也是最晚到，来了，坐最后一排靠窗角落，背对大家，面墙，埋头吃饭。她除了工作，对其他事都不感兴趣。单位春游、聚餐什么的，她总是借口她妈病了，家里水管漏水等，亦少参加。

上班，从家属院到单位坐班车半小时，我们女军人虽然深爱着合体的新军装，"姓名牌""资历章"，即便隔着窗玻璃，也还是很夺路人眼球的，可我们谁也不愿意在上下班的路上着军装。在这短短的时间里，我们一个赛一个地比着看谁穿得最漂亮。如果有某位一身衣服两天没换，我们就感觉她生活得实在潦草。而柳昳韵就是这样的人，她一天到晚都穿着军装，上班穿，下班穿。略不同的是，冬天穿我们部队发的冬常服，秋天穿春秋服。夏天呢，我们都穿花枝招展的裙子了，她也穿，只不过仍是深绿色的军裙。别人跟她说话，也只限军事内容。你再聊其他话题，她听半天，然后双眼一合，作摇头状。据说她刚来时，更呆。第一次穿军裙，竟然把前开衩穿到后面去了。当然，老百姓第一次穿军装，难免出错，我们姑且原谅她。还据说她起初到食堂吃饭是跟大家同步进行。结果又出事了。那时我们还没有实行统一的不锈钢餐盘，大家自带饭盒。据她自己回忆当时的情景，是这样说的。她吃饭时，感觉好像有个影子戳在面前，她没理，只管埋头吃饭。喝汤时感觉勺子好像比平常大了一些，进到嘴里不太舒服，但也只是想一下。她吃完饭，正要起身时，那个影子忽然开口说话了，不用洗了，那是我的饭盆。她这才仔细一瞧，可不，这饭盆跟自己的饭盆都是搪瓷的，上面花色也差不多，但比自己的旧，牡丹花多了两朵。从此大家暗地里就叫她呆子，书呆子。有人还总结道，怪不得是老处女了，谁愿意娶这样的呆子做老婆呢。前阵，她母亲去世，政委代表组织去吊唁，她竟把政委喊成了主任，生生给人家降了半级。陪政委去的军事编辑部主任，也就是柳眎韵的领导忙给调来一年的政委解释，柳编辑从小失去父亲，是母亲一手带大的，伤心得糊涂了，请政委理解。我不这样看，我认为这是柳眎韵心里根本没有这些俗世理念。比如前不久的一天凌晨，大概四五点钟，她忽然给我打电话，边抽泣边说不得了了，我起床上卫生间，忽然发现地上有好几只蟑螂，吓得跑到我妈屋子里，叫她也不应，推她也不动，我不知道该怎么办？说实话，那时我只到她办公室请教过几次问题，远远没到跟她分享这样伤心事的地步。我揉揉惺忪的双眼，不耐烦地说，这事，一、你应当打120。二、报告你们编辑部领导。三、如果情况恶化，赶紧通知所有的亲戚朋友，准备后事。好的，好的，我马上打120，马上报告我们主任。不过你能来吗？我好害怕，都不敢在屋子里待，我从没经过这样的事。

那是我参加过葬礼最简陋的一次，除了她们编辑部，加上我，总共五个人。我说你没通知亲戚朋友或者其他人？她摇摇

头说,别麻烦人家,咱们社领导要来,我都没同意。灵车来后,我们几个人帮着她把老人遗体放上车,她让大家都回去,自己一个人跟车前去处理后事。她上灵车时,我发现她腿直打哆嗦,便陪着她一起到了殡仪馆。从那以后,她不再叫我赵编辑,而叫我芷。此后,三天两头给我打电话,芷,我家水管漏水了,怎么办?我说找物业呀。我没电话。这事刚解决完,她又打电话了,芷,你说炒菜放少许盐,少许是多少呀?你别烦我,你是我最好的朋友,这些事以前都是我妈妈做的。想起我妈妈,她好狠心,怎么能丢下我不管呢,呜呜呜。行了,你不是三岁小孩,你快五十岁了。

自从她妈走后,她过得更马虎,上下班仍穿军装,不是把右领上的领花别到了左领上,就是把冬天的硬肩章别在了短袖上。有时,我们在班车上无聊,除了说说衣服品品电影,偶尔也开开玩笑。有次,不知谁说假若你有一双翅膀,咋办?有人答,飞往世界各地,看从未见过的景,吃从未吃的美食。也有说到人迹罕至的地方,邂逅一两次艳遇多妙。这时,社花忽然回头问柳昳韵,你呢?柳昳韵好像大梦初醒,待明白问的内容,一本正经地说,那当然得去医院把翅膀做了呀,要不,岂不成了怪物。逗得我们大家差点儿笑岔了气。她仍一脸无辜,我答得没错呀,这是一道脑筋急转弯题,不信,你们去看央视二频道五月九日的节目。

所以,我不相信她这样的人能学会昆曲。昆曲是什么,是缠缠绵绵的水磨腔,是你侬我侬的儿女情,一个不晓风花雪月无意撩拨心事的老处女扮多情小姐，我想大多数观众跟我一样，没有兴致瞧一眼。

你说，我能不能学会呀？她在电话里不停地问，声音迫切而急促，好像我说她会她就能立马登台。

我把车停在一处安静的路边，说，我听得感觉就像是要把大炮磨成绣花针。柳编辑，你怎么会冒出这稀奇古怪的念头？

柳昳韵在电话里清清嗓子说，这不是还在特殊时期嘛，咱们在家办公，编稿之余好无聊。一次偶然的机会我知道了昆曲这个剧种。一出戏没听完，竟迷进去了，我这半月反复看张继青、沈世华、华文漪、王奉梅等这些名家的演出，同一支曲子，我看了不下五十遍，每天往电脑前一坐，就想看，而且一点儿也不烦。我看了老一代的，又看中生代的，你看看张志红五十多岁了，那个美，简直就是仙女下凡。人家跟我同岁，可你看她们美得不可方物。沈世华多少岁了，老太太七十九了，你去看看她的《牡丹亭·游园》，妥妥的一少女嘛。这么一看，我就再也放不下昆曲啦，就想说不定我也能学昆曲呢。芷，我给你说，我琢磨了好几天，越发明白女人不学昆曲，这一辈子算白活了。

我记得你好像在社里组织的青春奋斗演讲会上，说女人不当兵，这一辈子才白活了。

哎，当兵是职业，昆曲是爱好嘛。

看我没接话，她在电话那头仍在追问，你听见了没，快说话呀。你是不是觉得我这把年纪了学不会。可你就不想想，穆

桂英五十还挂帅呢,她婆婆佘太君更厉害,百岁还出征呢。

人家只是克服体能上的困难,而不是半辈或百岁才初次学艺,博士,拜托,你要搞清概念,方可辩论。

吴昌硕四十岁时拜师学画,齐白石六十岁才成正果,金星都把自己的男子身变成了女人体,这世界上没有办不到的事,只有你想不到的。我打电话问过全京城最厉害的昆曲胡同一号,问我这种老白能不能学会昆曲。人家说,还有八十岁的老太太来学呢,我还不到五十,胳膊腿总不至于硬过那老太太吧,你说是不是?

我望望大街上戴着口罩的人群,知道她一根筋,一时半会儿劝不住,本想调侃,我还没见过戴近视眼镜的杜丽娘,又怕伤了她敏感的自尊心,便打断她的话,说我正在开车呢,晚上到家后给她电话。

她说,真的,芷,昆曲好美呀,你一定要听听,一定要听听,现在疫情期间,不能出去,听听昆曲,也是一种享受。真的,特享受。我就想如果我学会了昆曲,也许我的生活就跟现在两样了。

你就能从大校军官变成闺门旦?

啊,你也知道闺门旦?看来我找对人了,好好好,我不说了,你开好车,晚上到我家里来,咱们好好聊聊。

我们住在一个院里,共处一年了,这是她第一次请我到家里去,实属难得。听同事们说,她从来不让人去她家。但现在特殊时期,我除了家,连买菜都不敢去,更别说到别人家去了。

等段时间吧。

来吧,来吧,芷,你是我最好的朋友,没有之一。我有要事与你商量,刻不容缓,求求你了。你不来,我会失眠的。失眠你没经历过,得上了,就像得了重症,可不好治呀。

我犹豫片刻,答应去。我可知道失眠的痛苦。再说我编辑的一本书《中国战舰备忘录》,能得鲁迅文学奖,她功不可没。这书当时只是一个业余作者写的一部反映本单位建设的报告文学,我为了史料的准确,让她给我把下关,因为人生的第一本书,又是初次从政工干事转身当编辑,心里没底。而她是出版社的优秀编辑,名牌大学毕业的军事学博士,这对我这个从战士入伍后来上了军校的人来说,是致命的诱惑。还有令我信服的是办公楼大厅两边的优秀编辑排行榜上,她是第一位,佩戴大红花,厚厚的眼镜下,那双眼神凛然,好似傲视众生。虽然在众多帅男靓女中,她一点儿也不突出,相反,显得又老又憔悴,但是她排名第一的图书销售量,还是让我下决心,让她帮我看下书稿。第一炮,要打响,你才能在这个知识分子成堆的人群里,站住脚。这是当过兵的爸说的。

结果,她不但把军舰型号、吨位,还有鱼雷尺寸,甚至声呐、舰艇这些专业用词一一核对后,还在全书结构上,提出了建设性意见,比如此书不能只写北海舰队,要写全海军的驱逐舰,甚至要延伸到全世界的驱逐舰最新状况,书名叫《中国战舰备忘录》,既全面又有权威性,而且肯定有良好的社会效益和经济效益。

我把此事跟作者说了，作者在后记里不但表扬了我，还表扬了柳眹韵。柳眹韵看到书稿后，拿起笔，就把自己的名字划掉了，说，一、我就是一个编辑，不是作家，还知名作家？言过其实。二、自己做点儿力所能及的事，不是为表扬，为的是朋友的信任。她的一番话让我脸红心跳，因为我在作者后记中发现他少提了我一部书，还特意加上了。听她这么一说，立马把写我的那部分也删掉了。

书得了奖，还拿到一笔不菲的奖金，我好兴奋，要请她吃饭，她一句话就把我呛了回来，你怎么那么俗气呀？虽如此，我仍感觉欠她一份人情，没事时，常到她办公室坐坐，虽然跟她谈话很无趣，她不是枪，就是炮，但也能增加业务知识，跟她就比别人走得近些。

她现在能把这么重要的决定告诉我，还再三不让我告诉别人，我更感到信任是多么弥足珍贵，决定冒险去她家。

二

她家不跟我家一个单元，她再三叮嘱我走防火通道。防火通道低低的天花板，好压抑，长年人不走，上面肯定灰尘遍地，便问她为啥非要走此偏道？

走防火通道，你就不用换出门衣服了。

这话，让我心里一暖，没想到一向待人冷淡的她还这么贴心，晚上吃过饭，给爱人说我去一下同事家，爱人说，特殊时期,你串什么门。

院子管理这么严,再说都一个单位的,安全,待在家里三个月了,除了一周上一天班,整天一家三口都在家待着,好烦。

那也得戴上口罩。

那是当然。

在电梯里,我一直想象柳昳韵的家肯定跟办公室一样,全是书,博士嘛,不读书,怎么成博?

到了她家门口我正要摁铃,门开了,她戴着口罩,手里拿着电子体温表,好像守在单位和家大门口的守门人,我刚还感动的心立马凉了,摆摆手说,算了,我还是不进去了,有话就在这说吧。

安全第一嘛。柳昳韵说着,抓起我的胳膊就测体温,我这才发现她也像守门人一样戴着橡胶手套,更没兴致跟她讲话了,想挣开她的手,她却主动放下了,又问,三十六度二。你有什么不舒服吗?

我发烧。我气呼呼地说着,转身就要走。

她笑着一把把我拉进门,又让我踩脚垫,又在我掌上喷上消毒水,还让我搓下手,更让我恼火的是,她拿出一身睡衣,让我换上,再三说这是新买的,她刚洗过。但我这次没主动提出走,也没生气,因为她说这是专门给我预备的,还说我是她唯一的好朋友,她可是第一次请好朋友到家来做客,我不能不给她这个面子哟。

我是一个易感动的人，听她这么一说，就听话地换了衣服，要坐沙发时，又不高兴了，她的布艺沙发上，还铺着一块格子棉布。

你不要多心，我每天就是这样的，一个人拆套沙发套，可折腾人了，累得每次都是一身臭汗。柳昳韵说着，要给我沏茶，我说不用，我坐坐就走，有什么话赶紧说，特殊时期，不应串门，不宜聚集，这是社里三令五申的。她还是进厨房了。我瞧了下四周，没想到书柜上一本书都没有，门后倒是放了三大堆书，都捆在了一起，显然是要卖的。茶几上除了一个杯子和电视遥控器，空空如也。阳台无花无草，只有一件睡衣寡淡地挂着，一看就是一个没有情致的老处女的住所。

这样的女人，活该单身，还学昆曲，真是痴人说梦。我心里暗想。

她端着一盘苹果出来，拿着刀子削皮时，苹果滚在了地上，她不好意思地又拿起一个，手笨拙地边削边解释，我这还是第一次削皮，人说，吃苹果，连皮吃，有营养。不瞒你说，我是独生子，妈一直惯着我，我除了读书，啥都不会。

看她把皮削得那么厚，果肉上都有了指痕，相信她是第一次削，便接过来说，我自己来。她说，这怎么好意思，你到我家来。我削好一个，递给她，自己又削，她像研究军史一样，扶着眼镜一眼不眨地看着我削说，你真可以，削了一串整皮。好厉害呀。你给我讲讲，你是怎么把苹果削成一个完整圈的？

我咬了一口苹果，味道还不错，说，你叫我来不是为学削苹果的吧，快说，何事？

她腾地站起，指着客厅空空的书架，说，我要换一种生活，我要和旧我告别了，想请你帮我出出主意，怎么布置房间。你看，四个房间，我都清理出来了。

的确，除了卧室有张床和衣柜，其他每个房间也是空的。

我说你不是学昆曲嘛，这与房间有什么关系？

就因为要学昆曲，才要营造美的环境嘛，现在不用每天上班，刚好有大块的时间可以支配。

可在特殊时期，你怎么布置，得安全了再说。你连我都信不过，买东西，外人怎么进来？

这我已经想到了，可我一天都不想让家还是老样子了，你帮我出出主意，怎么布置房间，其他的事你就不用管了。

我说房子嘛，我不能给你具体说，但得有花，有草，有可爱的书，别致的茶具吧。你一个人，房子大，比如这十四层的阳台，叫上三两知己，晚上坐这喝茶，望着三环高架桥上的灯光，肯定不赖。还有别再盖咱们部队发的军用被子了。你到网上看看那些美丽柔软的织物，不仅舒适，花色雅致，也让人心情愉快。还有靠垫、地毯，都买可人的，那些淡雅的妩媚的花卉棉织品可多了。

你说得对，我得记下，你说慢些。她拿纸一一记着，还动不动说，你慢点儿说，这牌子名字是这俩字吧。对了，你说我这书柜是不是不好看？

橡木色泽大众了些，上面放些书、你的美照，还有这儿，

吊盆花，就不错。

我布置家，老跟爱人有不同意见，在这，可是有了自己兴头。我说到高兴处，干脆拿笔给她画起来。我说衣柜，这样放。对了，客厅墙上，挂些你拍的风景照，当然油画最显档次。一句话，家里要温馨，不要像老处……

我还没说完，发现她脸色变暗了，忙改口道，不要像老楚，就是我一个姓楚的女同学，我们都叫她老楚，从上大学叫到现在。她可不是什么老处女，四十多岁了，愣是找了一个比自己小三岁的男朋友，人家现在开着大奔，住在郊区的大别墅里，整天天南海北旅行，天天在朋友圈秀滋润呢。我越编越有兴致，好像我真有这么个女同学存在似的。怕越说越假，忙把话题扭了回来，说，你别整天把家整得色泽灰扑扑的，好像人陷进了水泥堆，人没进门，就没胃口了。人不说了嘛，家的气氛很重要，窗明几净，温馨可人，凯风自南。

说得好，说得有道理。我妈走了后，我忽然想我日子怎么过呀，她在时，都是她说了算。门后那些书，是我爸的，我爸是我们县法院的，搞了一辈子法律，这书是《经济犯罪学》《计算机犯罪学》《刑事犯罪学》《禁毒痕迹检验》《法医学》《刑法学》，预审科，笔迹检验，法医学，微量物证与毒物检验，还有大箱子里的那一堆案例，都是他留下的。我看着名字都害怕，晚上老做噩梦，让我妈扔，我妈是农村老太太，可固执了，说，丢了就没你爸的念想了。从老家搬到我这里，说书在，我爸就在。我当时很不高兴，可我爸妈养大我不容易，我生命中最好的年华,就全给他们了。

对了,你为什么一直不找男朋友?

她递给我一杯茶,然后坐到我跟前,叹了一声说,上学时,为了考个好学校,没心思,也没精力。我是高考考上的本硕博连读,毕业后,已二十七了。工作后,别人也介绍了一些,要么是我爸不喜欢,要么是我妈不喜欢,我就顺着他们的意,结果生生把我耽误了。我喜欢过一个人,是在图书馆遇到的,他好几次送我回家。可我妈说那男人跟我属相不合,鸡猴不到头,不让我跟他接触。后来,出去开会时,又遇到一个,我们处了三个月,带回家,我妈也还满意,就要结婚时,我妈说什么也不同意了,你猜她说啥?她说,那男人他爸妈寿不长,估计他也活不长。我哭过,我求过她,她就一会儿上吊一会儿要吃毒药,那时,我三十五岁,一气之下,就谁也不见了。后来才明白,我妈怕我结婚了,她不能在我这长住。我一听,心里更不想找对象了,我爸走时,我妈怕找后爸我吃苦,就没找。我妈为了我,牺牲了自己的幸福,我还有什么放不下的。

我爸走后,我没感觉,因为他平常跟我关系就一般,特严肃。可我妈走后,我感觉自己的天一下子塌了,心里好空,不知道以后的岁月怎么打发?给你说句笑话,我妈刚走,我都不知道下一顿饭吃什么,怎么做?一个朋友的一句话,忽然使我茅塞顿开。他说,难道你后半生就一直守着这个死气沉沉的家?刚开始,我听了不舒服,后来豁然开朗。父母到那个世界团聚了,我要活出自己来。所以,我要把这些书全卖了,我不

能再让它们放在这儿左右我的生活。妹妹，我快五十了，人生好日子越来越少。不说这些了，快，帮我出出主意，买东西，比考研可难多了，对这，可是我的盲区。

你可以到网上好好查查，网上什么都有，喜欢什么，买什么，这是你的家，你的家，当然你做主了。

哪个网？

哎呀，我的博士姐姐，鼠标在你手，随便点，天下都是你的呀。对了，戏剧演员都是从小练功的，你现在这腰还能下得去吗？

我仔细看了，毕竟杜丽娘下腰、卧鱼的动作少些，而我喜欢的是她舞水袖和折扇的动作，或者脸上生动的表情，至于唱腔，我小时学过简谱、五线谱，不成问题。

看来你真不是说着玩的，对了，咱们单位有人学茶道，有人学插花，有人学瑜伽，为什么你要死心塌地学昆曲？

因为昆曲妙不可言。我现在最难的是……

这时，爱人给我打电话，我说我得走了。

等一下，她说，今天光整理这三个书柜的书，累得我浑身都疼，你帮我贴几片膏药。我刚一搭手到腰上，她就喊个不停。我说这岁数了，悠着点儿。长城也不是一天建起来的。

话是这么说的，可我性急，一想某事就立马坐不住了。

出门时，她给我一副手套说，你戴上手套，仍走防火通道，这样，跟人接触少。还有，不要告诉咱们社里的任何人我学昆曲的事。

这是好事，又不是做贼。

我相信你不会瞧不起我，别人就难说了。请你按我说的去做，你得以军人的名义向我发誓。

我没想到她把此事看得如此之重，再瞧她那脸上庄重的表情，便拍着她的肩说，放心，这话我已放进了保险柜了。

结果我一回家，就失言了。刚到家，爱人正在关电视，问我老处女叫我干啥？天这么晚了，不叫还不回家。

我顺嘴就说她要学昆曲，要改变生活。爱人咧嘴一笑，她能唱昆曲，母鸡就会打鸣。

我才觉得柳昳韵的叮嘱确有必要，便对爱人没好气地说，她肯定能成，而且此事不要说与别人听，否则咱就离婚。

怎么跟老处女待了一会儿，你也变神经了。

你才变神经了。虽然我起初跟爱人一样怀疑，可这时我忽然想，兴许柳昳韵能成呢，人家把那么枯燥乏味的军史都能学成博士，还有啥事干不成？

三

后来我常在家里的书房窗前看到柳昳韵一次次到大门口去取快递，穿着黄色连身防护服，戴头盔般的防护镜，黄色橡胶手套，好像防化团的人。院子里戴着口罩的几个老太太坐在花园石椅上聊天，看到她搬出搬进的，不停地嘀咕，是不是这老处女要结婚了？马上有人反驳这可是疫情防控期间，没见她跟谁去约会呀。她不知听到没，反正目不斜视，不是背就是扛，后来又拉了辆小平车，东歪西扭的，放在上面的好几个大小不同的箱子也摇摇晃晃的，看着人好紧张。看大门的老李可能动了恻隐之心，帮着她扶上面的箱子，手刚放上，她立马喊放下，快放下，那架势好像老李头非礼了她似的。老李六十出头，认为侮辱了自己，骂咧咧地说，你以为你是刘晓庆呀，边说边朝小车狠狠地踢了一下那箱子。这么一闹，搞得众人都更像躲病毒一样，绕着柳昳韵走了。

一天我又无聊地站到窗前望着满院的姹紫嫣红却不能下去细赏时，爱人走到我跟前，这时，柳昳韵正要进单元门，仍是一身防化兵装备，爱人瞧了一眼，冷笑道，丑人多作怪。

难道你是潘安？

这话不是你以前说的嘛，说那个老处女丑人多作怪。

以前是以前，现在她是我的好朋友。

有时，她在单位，快递到了，就让我帮她取下，放到她家门口。说她要拿回去消毒的。因为现在快递小哥不能进院，快递不能放丰巢。

大大小小的箱子，不一而足，我也懒得看。但是有不少书，我倒是第一次看到，比如著名昆剧表演家沈世华的《昆坛求艺六十年》、张继青的《春心无处不飞悬》、王晓映的《好花枝》，还有一本《水袖的妙用》，让我第一次以作家的心思去体察这个老处女的内心世界了。

有次，她在朋友圈晒了一位书法家给她写的一幅字，春心无处不飞悬。我说这句子好美,她马上打来语音电话,说,这是昆曲《牡丹亭》里的句子,还有一句也很美,是最撩人春色是今年。

再撩人,也出不去呀,整天在家闷着,怕再待一两个月,就忧郁了。我烦躁地说着,叹了一口气。

哎,心里有春,就不怕眼中没春意嘛。对了,你说,这两幅字,哪个更适合挂到客厅?她又急不可耐了。

我随口道,春心无处不飞悬吧。

很好,我也这样想。

对了,你打算如何学昆曲呀,是学一出戏,还是学一折?

先学杜丽娘的唱词,哪怕就学会《惊梦》,我也知足了。

你老实说,你为什么要学昆曲,我总觉得不像你给我说的那样简单?

她哈哈一笑,说,我听一个朋友说,像昆曲一样生活,那才是女人。还说走进昆曲,就打开了一颗少女之心。我就看了《牡丹亭·游园》一折,文辞美不说,词里还有韵律,可以吟,唱,念,做,表。唱腔美,身段美,意境美。光水袖,我统计了一下,就有翻、折、甩、搭、扭、拧、披、转、缠、掸、抖、挑、拨、勾、打、扬、撑、冲十多种呢。水袖靠着众多的基本功的相互搭靠,把主人公的情感表达得淋漓尽致。还有扇子的运用,抖、遮、开、合、摇等,简直太多了。扇子呢,又分团扇和折扇,团扇主要是贴旦,也就是年轻活泼的小姑娘用,比如《牡丹亭》的春香。折扇男女主角通用,但尺寸不同。一般生角的扇子，要大些。旦角的扇子小些，它又分为两类：一类是宫中嫔妃、大家闺秀用折扇，如《贵妃醉酒》中的杨玉环、《游园惊梦》中的杜丽娘等。另一类是娟质团扇，如《火焰狗》中的黄桂英，《西厢记》中的红娘等。文生以扇尽展其潇洒，旦角以扇掩其娇羞，花脸以扇平添其威武，丑角以扇更逗其滑稽……总之，戏曲与扇子结成了密切的关系，以至于扇子被称为戏曲表演中的"万能道具"。你想想把这些动作做美了，你不美天都不容。

我的天，你这么一说，连我也喜欢上昆曲了。可你怎么学呢，拜师，还是向视频学？

我先吃透本子，理解了人物，然后拜师学唱。最近我在电脑上把北昆、苏昆、上昆、浙昆等著名昆剧闺门旦的戏全看完了，又把在北京的全国著名的昆剧旦角的戏仔细研究了一番，我决定向最喜欢的昆剧名角沈世华老师学戏。

她多大，一线演员吗？得过梅花奖吗？

看来戏剧你还是懂一些的，沈老师没得过梅花奖，但她培养出了三十多位梅花奖获得者。

嗯，那她现在肯定很忙，不一定教你。

她七十九岁了，年轻时风华绝代。离开舞台很久了，近两年才复出。

年纪这么大？复出也是老人了。一个老人，教一个零基础演员，笑死人了。这家伙真不按常规出牌，我又问，她那么大年纪，还能唱念做打吗？

你有空看看她表演，可以说这是昆剧界最厉害的一个闺门旦。她把戏演得自然极了，你看看她的眼神、手势、圆场，简直就是一个古代知书达理的大家闺秀。我是拜她为师，多贵的学费我都出，我一人，无家无业无孩子，要钱干什么，我好像第一次才知道生活也可以这样过。

在她说话的当儿时，我顺手点开电脑网页，沈世华真是昆曲界最优秀的艺术家，柳昳韵选老师规格都这么高，必定成功，便笑说，好呀，我等着看了。

等半年后，你到我家来喝咖啡吧，我会给你一个惊喜。

我笑着说，你不要再给我喷药就行了。

安全不能不防，须喷还得喷。

昆曲是最美的化妆品，不信，你试试。

看来我以后不叫你博士，该叫你闺门旦了。

哈哈，这称呼我爱听，我从小在农村长大，我妈说，人心里惦记什么，什么就来了。所以，闺门旦不错。不过，你务必记着，不要在社里当着同事的面叫。我不想让任何人知道我学戏。不过，你是我的好朋友，另当别论。好了，有人敲门了，以后再聊。

四

两月后，柳昳韵又打电话让我去她家，说一切停当，让我验收。

一进门，要不是她朝我笑，我真疑心走错了门。在疫情防控期间，我不知道她是怎么把这些东西一股脑儿搬到家里来的，客厅书架上，仍是书，非军史，亦非法律，而是昆曲，是诗词，是花花草草。还摆了不少盆盆瓶瓶，色泽漂亮极了。比如电视柜前地上，淡灰色小桶状的花盆里插着满天星，茶几上青色的茶壶状花瓶里斜倚着一枝梅，而进门玄关处，半人高的黑色花瓶里插着一束大红的郁金香。那幅《春心无处不飞悬》的书法，挂在沙发最上面的墙上，还镶了镜框。

我笑着说，人家要么挂国色天香牡丹，要么挂瀑布山河，你倒好，挂这个。我仔细想了想，这句诗太文艺了，不，或者说，太直白了吧，好像一封情书，让进你家的人，特别是男人，会有许多联想哟。

她扶着眼镜说，有道理，这是闺阁体，不宜放在大庭广众之下，不过，我家里来的也是闺蜜。这诗挂着每天看，让我觉得自己还没那么老。

阳台上果然放着茶几，上面是一套完整的茶具，只是上面的拆封还没拆，好孤单。她说，你是第一个来坐这喝茶的。来，红茶怎么样？

我说，我先检查每个房间吧。主屋除了一张大床，阳台上放的也是花。左边床头柜上放着留声机，放着昆曲。这是名角张继青演唱的昆曲《牡丹亭·游园》，柳昳韵边给我解释边手里打着拍子，说，好听吧。右边床头柜上放着一个大镜框，上面是一位身材绰约、满头珠翠、手执纸扇，穿绣有紫蝴蝶的白袍的古代美人，含笑半依梅树旁。

杜丽娘？我问。

是。你猜这演员多大？

我拿起相框，先瞧脖子，被立领遮着，有无皱纹，不甚分明。眼角，没细纹。一只纤纤玉手握着合着的纸扇，另一只手掩在水袖里。二十多岁，最多不超过三十吧。

芷，我也不相信，这是七十九岁的沈世华老师最近在长安大剧院唱的《牡丹园·游园》的演出剧照。

这就是沈世华？我真不敢相信一个老人扮得满满都是少女状。

不是扮得像，唱得更是。

到更衣室，衣架上挂着一排绣着粉色的、白色的、水粉色的带着水袖的戏服。

真漂亮呀。

那当然，它们可都是我梦中的衣裳呀，你摸摸这花骨朵，可都是货真价实的苏绣。

我的天，博士，你是动真格的了。服了，真真地服了。对了，昆曲，学得怎么样了？

学着呢。

能不能表演一下？给我开开眼界。

还没过关，怎能示人。不过，我要给你表演另外一个才艺。她真的是这么说的，"才艺"一词，让我浮想联翩。她说着，拉我到沙发上坐下，拿出一只芒果，熟练地给我削起来。

说实话，削得很棒，皮薄，还是整块，手又干净。强过我。

博士，你啥时学的这才艺？我笑着问。

最近呀，我就一只只练，我就不信它能比军史还难搞定。手割破了，才艺也成了。她托着眼镜，笑眯眯地望着我。

不错，好女孩，继续努力。

你看，我最近是不是有什么变化？她说着，摘下眼镜，一双眼睛忽闪地瞅着我，还真有那么一点儿妩媚劲儿。

可我没说出来，装作上下打量了半天，说，没发现什么呀。

你没发现我的眼神的变化？有时我说话说到兴奋处，眼神会亮一些。不高兴时，眼神会收一些。她边说边做动作，说实话，要是她不说，我还真没瞅出来。

她叹了一声，说，算了，你太马虎，这样细致的眼神，你看不出来也罢。她站起来，在我面前呼地转了一圈，说，妹妹，这下，发现了没有？

我还是摇摇头。

我瘦了五斤，五斤呀，一袋米的重量，你竟都没看出来？我晚上在家里跑步机上跑一小时，白天一起床，到公园里跑五公里。还有吃饭，数着米粒吃，唱杜丽娘没好的身材，怎么做动作，身段也不会美。

天，原来是杜丽娘给了你减肥的力量。

记着，我的目标是瘦二十斤。

昆曲光演员瘦不行，毕竟唱才是主要的。我说。

那当然,边喝茶边慢慢论证。她说你看,三环的夜晚好美。远远看去,好像一串闪光的河流。我正欣赏着,她又是烧水,又是洗杯,还说要醒茶。然后兰花指伸着,递给我一小杯茶。那小茶杯里的茶是琥珀似的,不知是因为小巧的杯子,还是茶色,反正握在手里,感觉超好。

她坐我对面,微微侧着身,身材的确瘦了些,她这么一讲究,让我也不由得把搁在藤椅上的双腿放了下来,做淑女状。

她说,你随意,怎么舒服你怎么来。

我本想表扬她,可不知为什么,心里很不得劲儿,便充满优越感地重新把腿放在藤椅上,品着茶,装着老到地说,茶味有些飘。

她一脸懵懂地问,飘是什么意思?

我想起有一个据说很懂茶道的人的话,便说茶喝进去,口腔不滑,有些涩。

她说我买的大红袍呀。咱从来不喝茶,要喝,就要喝上品的对不对。难道这茶是假的,不对呀,人家是品牌店。

我一看她又较真儿了,忙说,咱不聊茶经,说正经的。

她挺了挺身子,说,我给你说,我最近先把宋话本,也就是《牡丹亭》最初的小说看了,跟汤显祖的剧本故事情节差不多,剧本美在细节。怎么个美法呢,音乐曲调咱不是专业人士,说不来,可是你看看这些曲牌名,本身就像一首诗,慢慢品读,不自觉就唇齿留香。比如鹊桥仙因欧阳修有词"鹊迎桥路接天津"一句,取为词名。《如梦令》原名《忆仙姿》,

相传后唐庄宗李存勖自制曲，因曲中有"如梦，如梦，残月落花烟重"一句而得名。

江儿水，若叫江水儿，是不是就俗了。你听听《牡丹亭》里那些曲牌，我把它们连起来，就是一个美妙的小说，你仔细听，告诉我讲了一个什么样的故事。

几天不见，你真玩得越来越高大上了？

别打岔。她说着，拿起一个精致的棕色牛皮本子打开，大声念起来：

秋夜月，锁窗寒。小桃红，一枝花，滴溜子，点绛唇。红衲袄，绵搭絮。朝天懒，剔银灯。风入松，转林莺，粉蝶儿引凤凰阁。亭前柳，集贤宾。鹊桥枝，锦缠道。红绣鞋，舞霓裳。金蕉叶，字字双。香柳娘，沽美酒，倾杯序，三登乐，鹊踏枝。

一封书，梁州令。千秋岁，朱奴儿犯。簇御林，收江南。

菊花新，榴花泣，绕红楼，江头送别。鲍老催。渔家灯，清江引。一江风，夜行船。孤飞雁，罗江怨，驻马听。好姐姐，醉扶归。月云高，雁儿落，水红花。小桃红，懒画眉，意难忘。滴滴金，香遍满，醉花阴。好事近，一落索，金珑璁，长相忆。

番卜算，征胡兵。太师引，霜天晓角，破阵子。出队子，斗双鸡，胜如花。夜游朝，四边静。朝天子，普贤歌。吴小四，大迓鼓。水仙子，普天乐。杏花天，字字双。玉芙蓉，真珠帘。满庭芳，九回肠。蝶恋花，意不尽，桂花锁南枝。

你听懂了没有？

我看她迫切的样子，故意喝了一口茶，摇摇头。

我再给你念一遍，你可是学中文的，不会听不懂吧。

她又扶了扶眼镜，要念，我忙摆手说，虽然有些刻意，但故事还是有的，不就讲了一个小姐与所爱的人花前月下，所爱人忽然出征打仗，小姐夜夜盼归。后来，凯旋，天子封赏，夫妻团圆的故事嘛。

哈哈，证明我成功了。这只是牛刀小试。哎，芷，我给你说，懒画眉，这个词牌我最喜欢了，小姐心情不好，就不画眉毛。山桃犯，一个"犯"字用得真好，非挑逗、非招惹，而是浩浩荡荡地占据。你想象一下，山桃样的女子，红艳、野性、滚烫，一颦一笑间，被"犯"之人即使稳若青山，也来不及反应，便慌不迭捧上一颗心。还有集贤宾、山坡羊，多大气，少了脂粉气。还有好姐姐，步步娇，多妩媚，这词牌之美，我就是一天也跟你说不完。你再听听这词，夜深人静，我依在床头，反复读，越读越美，原来姹紫嫣红开遍，一个"遍"，多美，多巧。可马上就出现了断了栏杆的井，断了的粉墙。让人岂不伤春。

我听着听着，不禁忘了喝茶，忘了赏景，生怕漏了一个字。

她显然受到了鼓励，讲得更加投入：然后就到了我最喜欢的地方，越读越觉得它就是为我写的。也就是杜丽娘做梦前唱的那一段：没乱里春情难遣，蓦地里怀人幽怨。则为俺生小婵

娟，拣名门一例，一例里神仙眷。你听听，她要门当户对，还要能说到一起、天下少有的神仙夫妻。甚良缘把青春的抛得远？俺的睡情谁见？哎呀，芷，你说汤显祖一个大男人怎么能体察到我们女人之心呢。我可不就是在人面前循腼腆嘛。我不就是和春光流转嘛，再听听，这衷情给谁言？除问天。你说是不是我？如花美眷谁知晓，很快就似水流年。芷，一晃，我就五十了呀。她说着，放下本子，泪花点点。

说实话，汤显祖的《牡丹亭》剧本我看了不下十遍，却从未留意这几句。没想到动她情处，却是我忽略之句。我递给她纸巾，她摆摆手，可能一说完，又后悔了，马上又说杜丽娘，这梦如何醒来呢？我们一般人都会说有人叫，或被其他声音吵醒。但杜丽娘寻梦时，却说是一片花瓣儿把她吵醒了，多美。还有"写真"是工笔，也就是一个个细节，从画眉、脸、神态、动作一直到倚在梅树边。到了最后的《离魂》，它没有多少动作，因为《游园》和《惊梦》已经做了大量的动作，有一个人的，有双人的，再做动作观众就烦了，而且杜丽娘在病中，所以这时要体现她离世时的悲伤。凡事成是它，败也是它，所以这时虽然没有多少动作，可是能深刻地挖掘演员的内心深处，所以我突然喜欢上了它。既然已经画了像，就要给最知心的春香交代画如何处理。对不对？还有，向养育自己的母亲告别，向母亲提出把自己的遗骨埋在太湖石底下梅树旁。然后还盼着重生，既为后文的情节埋下了伏笔，也给全剧充满了希望，所以她的梦并不悲伤。

行呀,博士,以后你出去讲课不要再说军史了,你直接讲昆曲吧。

她摆摆手,喝了一杯茶,要沏,我忙说,你继续,我来。

现在咱抛开剧本的词美,再说这个故事点,它为什么那么吸引我?

一是故事情节吸引人:一位十六岁的官家少女在自家的后花园玩后,做了一个春梦,竟然为此而死,一奇。死了还能复生,二奇。偏偏就有一个秀才遇到,整天叫她的画像,竟然把她叫来了,还让她再生,三奇。小姐痴,秀才痴,这样人物先感动人。好故事的基本元素都有了。

二是人死了如何复生?这可以大做文章,也是小说最吸引读者的地方。地府里的判官被她感动了,自己都没命了还问判官她所爱的人到底是姓柳还是姓梅,判官没见过这么痴情的女子,恻隐之心顿起,让她与书生相见,重回人间。

三是做梦不稀奇,寻梦才有意思。没有寻到梦,留下自己的写真又是惊人,而遇到拾画人,偏偏他又姓柳,才是奇中有奇。

四是故事情节固然稀奇,细节更有意思。比如,这秀才手里什么拿不成,偏要拿个柳枝?这样一方面显得他不俗,一方面也表明他姓柳,有画面感。在梦中,是花落惊醒,多棒。还有画要让人收拾好,还装到紫檀盒里,压到梅树下,太湖石边。依依可人的梅树,累累的梅果,多美呀。月落重生灯再红,不说花再红,而说灯,因为月亮落了,又重新升起来了,当然天黑了，所以要点亮灯。游园是欢快，惊梦是甜蜜，寻梦是失落，《写真》是期冀，《离魂》则是悲而不伤。还有少女之心的一层层描述，简直比 B 超还精细。当然，也有不足，如果给春香说一句好好照顾父母，我认为就更妙了。

哎呀，不愧是博士，真是一个字一个字地抠。

当然要一个字一个字地抠，研究军史，跟唱昆曲一个理儿。

姐姐，你不是研究昆曲，你是在学唱戏。

磨刀不误砍柴工，了解透了才能学好戏嘛。

对了，你跟沈老师联系上了吗？她同意收你了吗？我看了她的演出，视频好少，但每一折确是精品，特别是《牡丹亭》里的杜丽娘，《思凡》里的小尼姑，简直后无来者，无人能企及。你这家伙，眼光刁，眼光准，导师选得好。

沈老师是名人，岂能随便见？她半天才说。

你是我好朋友，我一直在关心着你，知道你买东西总买最贵的，学习也要找大师。可是咱还现实些吧，一步一步来。先打基础，就像你上了硕士，才能上博士，循序渐进嘛。我在网上查到小井胡同里有个昆曲班，它聘请全国著名昆曲演员作为老师，采用小班授课，点对点教学，分级教学的制度，手把手教你学唱昆曲，学费也不贵，一年八千块，包教会。学会课时内规定唱段及相应身段，达到可以登台表演的水准。同时了解相应昆曲剧目内容及背景知识。通过半年学习，能培养学员的身段气质，灵活身体协调性，掌握一定演唱技巧，提高审美情趣。每周一次课，分零基础班和提高班两类分开教学。里面还有国学、国文、国画、书法篆刻、茶艺、围棋、古筝、琵琶、笛箫、古琴等传统文化艺术课程的综合性教育培训和研究机构。他们倡导"生活艺术化"，人生向美处走的生活理念，这与你的想法是吻合的。你何不先从这起步。

不，我就要向沈老师学戏，一次找不到，我找两次。两次找不到，去三次。只要想到，就没有办不成的事。铁树都能开花，更何况是肉身，怎么可能刀枪不入？她说得豪迈，我听得凄凄，便也不好再说什么。

爱人又打电话来了，柳昳韵很不高兴地说，他什么意思呀，是不放心你，还是不放心我？别理他，今天晚上你住我家，咱们聊它一个东方之既白。

我走出门了，才笑着说，你有了爱人就知道怎么回事了。

五

因为要急着赶一套丛书，好久我没有跟柳昳韵联系。

春末，有天她打电话兴奋地说，我给你说，我今天去小月河散步，有人问我，是干什么工作的？我说你猜。你猜人家说什么，说，姐姐，你肯定是演员，好美，有种古典之美。你知道不，对方是个年轻帅气的小伙子，最多三十。

哈哈，你可防着，嘴甜的小伙子八成是骗财的。

人家穿着不俗，谈吐也文雅，看我读《牡丹亭》，还说出了男主人公叫柳梦梅，搞不好是附近电影学院的学生，还戴着白金丝眼镜呢。

现在骗子都走高端了，小心不但骗了你色，搞不好还要骗你财哟，可不能引火烧身。

不跟你说了，芷，我给你说正经的，你不知道昆曲有多么神奇，我要好好学。现在我已有成效了，不能像猪一样生活啦。

真的，你明天上班不，我要亲眼看看你这个现在的闺门旦美到什么程度了？对了，我听人说你又是吸脂，又是打减肥针，减肥固然是好事，可别伤身。

那是他们胡说，我是科学减肥。

明天你上班不，我要亲眼看你是如何魅力四射的？

哈哈哈，我还没修炼好，改天吧。我给你说，我一本书也快编完了，这本军史，图文并茂，到时送你一本，你工作时查起来就更方便了。

哎呀，哪有心情编书呀，不是年底我要调六级嘛，考不过三公里，一切免谈。

三公里算个啥？你才三十来岁，我都奔五十了，现在跑十公里呢。跑步好处多多，脂肪肝没了，体重减轻了，不失眠了，人也利落了。

我能行吗？

这应当问你，只要你能坚持住，就肯定行。

跑了几次，我头昏眼花，终究还是算了。

夏天也到了。我们接通知，换上夏装按时上班了。终于大家都相聚了，发现三个多月，都变胖了不少。有一个女编辑笑着说，自己胖得手指上的戒指都取不下来了，要找消防队员去，而变化最大的是柳昳韵。

大家平时都在办公室，门一关，各干各的事，只有在班车上，才像跟开小会一样热闹，我们所有的话题基本都是在班车上开始的。

班车是依维柯，基本都是我们女人坐，男同事要么骑车上班，要么开自驾车接送孩子上学。本来有个男同事，他可能坐在女人堆里，颇不自在，没多久，也骑自行车上班了。这下，班车上除了十九岁的列兵司机，就是我们一帮二十到五十岁不等的女人了。

因为是第一天全员上班，我们大家早早收拾一新地上了车。刚落座，你的衣服好漂亮，什么牌子的，普拉达还是博柏利；哟，你的皮肤好细，用的是雅诗兰黛，还是兰蔻，杂七杂八就聊开了。

快看，被誉为出版社社花的文化编辑室的张明明指着一个朝我们走来的女人说，快看，那谁呀？

一袭中式碎花长袍，还戴副墨镜，袅袅娜娜地朝我们车走来。最后一排柳昳韵的位置空着，我说不会是柳昳韵吧。

不会不会，你看那身材多棒，最多五十公斤。

扶住车门，她就热情打招呼，大家好。这是柳昳韵第一次跟大家主动打招呼，我们都愣了一下，一时没有反应过来。小

列兵反应快，嘴上回答好，眼睛一直就没离开柳昳韵。柳昳韵已坐到了后排她的老位置，也没人主动跟她说话，她戴上耳机，闭着眼睛，也不再搭理我们。

大家集体噤声，我相信跟我一样惊诧。稍停，随着车缓缓融入上班的车流人流中，车里空气渐渐松动了，有人说话，有人咳嗽，有人玩手机。这时社花讲起一部电影，大家马上议论男演员是否帅，女演员是否有儿女。我在前排坐着，本想跟柳昳韵主动打招呼，可一看大家都不想理她，也就放弃了跟她打招呼。快民主测验了，我可不想树敌，现在搞什么，都要大家投票。评职称，大家投票。评优秀编辑，大家投票。连干部晋升，也要民主评议。啥大啥小，我还是拎得清的。

知识分子，又是女人，之间的关系好微妙，有时，话多不好，话少也不好，那个恰当，真还不好掌握。她不变，大家烦她，她变了，为什么大家又不高兴呢？我理解不了，但为了表达我与她的情谊，我给她发了条短信：好漂亮呀，瘦了起码有二十斤吧，昳韵，你绝对是出版社疫情后一景，亮丽一景，作为你的朋友，我为你骄傲。你不知道，大家刚才被你都震了，虽然嘴上不说，可我知道，她们心里不定多么妒忌你呢。

她给我回了个一连串的拥抱表情符。

几天后我们的班车上，又开起了小会。

晚上下班班车刚到新街口，柳昳韵甜甜地叫道，小丁，能给我停下车吗？姐妹们，周末快乐。

她一下车，马上有人问，柳昳韵会不会是恋爱了？你看瘦了不少，每天还换一身衣服，还描了眉，抹了口红。

对呀，她今天还主动给我打招呼了。对了，赵芷，你是老处女的好朋友，她不会谈恋爱不告诉你吧？

谈恋爱？没听她说。

八成是去约会，你看她穿得多文艺，长款中式绣花棉布袍，脖子上围着淡灰色的围巾，脚蹬绣花鞋，好优雅。

一定是，只有恋爱，才能改变一个人。

哎呀，没想到疫情还能改变一个人，大家想想，她在春节前，还是一个坐在靠窗位置，穿着冬常服戴着厚厚的眼镜的老处女，没想到三个月，她就变成了只花蝴蝶，真是，女大十八变，不，女人老了也要变，春心不老，哈哈哈。社花尖细的嗓子格外突出。

估计对方是图她房子吧，她一个人住那么大的房子，按说她单身，社里就不应当给她分那么大的房子，还是经济适用房，我结婚了，都没轮到。

人家是博士嘛。又一个粗粗的声音说。

还不知博到哪个专业上了？有人接口道，大家笑得怪怪的。

我听着，心里很不舒服，便把眼睛朝向窗外，绿化带上的蔷薇好美，而美丽的柳昳韵已消失在茫茫人海了。

事后我问她是否约会了，她调皮一笑，说，以后告诉你。

仲秋，单位组织体能测试，三公里，柳昳韵跑的是全社女军人第一名。仰卧起坐、俯卧撑、蛇形跑，总成绩皆为优秀。她那个小组是四十九到五十一岁，跑到终点的，有人跪在了跑道上，有人被两个小女兵架着直吐。只有她，在操场没事人似的看云，还嘴里哼着昆曲：最撩人春色是今年。

我们三十二到三十五岁这个小组考核时，风大又是逆方向，我跑得上气不接下气，跑不动了，决定下来时，她一把拽住我说，快，我陪你跑。她在草坪上不停地跑，不停地说，坚持住，坚持住，坚持就是胜利。

我在她的带动下，终于跑及格了。

下班路上，她让我跟她走路回家。我怎么也不能把现在的她跟半年前那个她联系起来，身材苗条，穿着入时，连那个黑框眼镜也不见了，换上了博士伦。望着满街的绿，她说我写了一首诗，不知怎么样，从没好意思拿出来让人看。你是作家，帮我看看。她说着，发到了我手机上，我一瞧，诗是这样的：

　　珍　珠　梅

　　花园是盒冰激凌
　　我每天都要吮一口，两口
　　三四口，每棵树，每朵花
　　里面都藏着秘密
　　它们争先恐后地跟我说
　　一树雪花，如黄金般密集
　　把我融化在六月的炎阳下

离开半天
她还在身后不停地说我叫珍珠梅
珍——珠——梅
我突然间就落了泪，在林立的高楼下

真好，起码我觉得好。

可能诗性不够，但确是我内心最真实的想法。最近我周末除了学戏，忽然间就写诗。写了好几首呢，回头发给你。你说，春天不觉间就过去了，我要是不写诗记下这美妙的瞬间，它走了都没人知道。原来我以为除了工作，除了父母，好多人、好多事都与我无关，可现在，每件事，都可能改变我的命运。比如一枝花，就能让我这个不会写诗的人，忽然想写诗。比如你，你的几次帮忙，你就成了我最好的朋友。你说，是不是我们不能忽视眼前的任何事物。自从我妈去世后，如果没有昆曲，我真不知道我能否坚持活下来。到那时，那些发黄的军史资料在我面前，枪炮被新的武器已经代替，久远的历史有多少人感兴趣。有时我想那些在和平年代，有什么用，与我有什么用。可昆曲让我知道，原来女人可以那么美，原来六百年前，有人跟我想的一样。一个过去的梦竟然点燃了我生活的理想，让我感到了切实的幸福。我告诉你，每个人的一生都有贵人，我的贵人就是昆曲。你还不信，就走着瞧。她说着，忽然跑到了马路边。原来绿灯亮着，一位大妈着急地看半天，就是不能下决心过马路。柳映韵拉扶着她过了马路后，气喘吁吁地跑了回来。

真学雷锋了。

我越看她越像我妈,就顺手做了。关键是我做了,心里好愉快。

对了,今天开会时,你拿着钢笔是不是在学舞扇?有人说你犯神经?

她笑着说,什么也瞒不住你。有时,我就是不由自主。走着,走着,忽然就想体会一下沈老师教的动作,比如用眉眼如何说话,手势如何示情,你还别说,真有一套学问呢。越学越觉妙不可言。结果我们主任来找我谈话了,说我是不是有什么事想不开,要不是你说,我还真没反应过来。笑死我了。

我也跟着哈哈大笑。

以后每次我无意中发现她的某些动作,朝她一笑,好像我已偷窥了她的秘密,与她分享,自己也变得快乐起来。甚至有时,我也情不自禁地学两下,她说,要不,跟我一起学昆曲?

不,要学我就学芭蕾。我当然只是说说而已,芭蕾好美,我也只做做梦罢了。所以我更佩服她,想干什么立即去做。

六

年底,柳昳韵当上了编辑部主任,这是我及全社人都没想到的。我前面说过,军事编辑部,是我社第一编辑部,编辑出版的军版图书享誉全国,出书上千种,把它们汇成一条河,那就是一部中国革命史。因为它如此重要，所以历任编辑部主任都是在军事领域卓有建树的专家，而让一个跟大家从来都不愿说话的老处女担任如此重要的职务，里面是不是有什么见不得人的名堂呢？

一时，各种议论在办公大楼里传开了，此事要点皆因新社长的独特癖好。

汇总各种版本，详情如下：从总部机关调来的新社长到各办公室看望大家，我们是老办公楼，台阶高，又无电梯，第一天，一至三楼走完，不少跟随的人已很累了，新社长兴致仍浓。上到四楼，寂然无声。知道上面除了机房，只有一间编辑部时，社长的脸色跟平常不一样了，紧跟着的军事编辑部主任忙走上前解释，我们编辑部的柳昳韵同志喜静。她说人一多，她头就痛，头一痛，一个字都看不进去。

就是大厅光荣榜上那个图书销售量全社第一的女博士？

军事编辑部主任忙说，对的。该同志业务非常扎实，只要军史方面的，没有难倒她的。

社长身边的总编室主任忙补充，柳昳韵同志前不久，还给咱们社立了一大功，咱们编的那套上将回忆录系列丛书，参评解放军图书奖，要不是柳昳韵把关，评不上奖是次要的，出版后要出大事的，书稿中，把一个仍健在的中将误写成在解放战争时牺牲了，编辑年轻，军史知识不了解，可把我吓出了一身冷汗。

军事编辑部主任瞪了总编室主任一眼，把头扭向了窗外。

编辑无小事呀，柳昳韵现在还是编辑？多大年龄了？

她政治上不成熟，不爱参加集体活动。政治部主任忙说，说完，又想了一下，补充道，四十九。

她自视才高，基本不跟大家来往。军事编辑部主任又补充了一句。

社长没再说话，一行人都走到柳昳韵办公室了，也没有一个人出来，而到别的编辑部，人还没到，大家早军容严整地站在门口远远恭候了。她就这样，傲气。

主任忙大声喊：柳昳韵，社长看你来了！说完，又小声说，咱们动静这么大，她也不出来迎下。

仍无声音，主任忙跑步上前敲门，仍无声音。主任脸黑着要掏手机打电话，旁边资料室一个女编辑忙上前说，柳昳韵去送作者了。

她回来让她立即到社长办公室。

不用不用。社长和蔼一笑。

我昨天就已经告诉全体编辑部人员不能出去，再说柳昳韵同志是很守纪律的，她从来没有因私事请过假，可能今天来的是名家。老主任不停地解释着。

社长摆摆手，没再说话。

谁也没想到，三天后，社长第二次又去见柳昳韵，这次，他是跟一个干事去的。

一走进柳昳韵的办公室，看着地上、窗台摆着鲜花，眉头蹙了一下。但看到挂着地图的对面贴着一张张获奖的图书海报时，眼前又亮了。柳昳韵啪地敬了一个军礼，社长愣了一下，忙还了个军礼。这是他到编辑部看望大家获得的第一个军礼，知识分子们，没那么多讲究。

身着陆军大校军衔冬常服的柳昳韵笔挺站立，既不像别的编辑主动汇报工作，也不让座，只是微笑静立。

书柜里按时间顺序摆放着一张张光盘，上面写着中国人民解放军军事史料汇编。

你整理的？社长问。

柳昳韵解释道，我把我编辑的二百八十五本军事资料全做成了电子版，这样，大家用起来就方便了。

社长说，你是老同志，为出版社建设做出了很大贡献，我代表社党委感谢你。

柳昳韵摆摆手，说，应当的，应当的。

社长要出门时，忽然在书柜醒目处发现一个大相框，上面是一位古代美女含情脉脉地看着他，社长问，这是哪位演员呀，这么漂亮？柳昳韵含羞一笑，说，这是我当票友时扮的杜丽娘的剧照。

社长握住她的手说，柳老师，你不但是一位优秀的军史编辑，还是一位懂生活的人，我向你致敬。你五十岁还能开始学昆曲，还有什么事干不成的。

花似人心向好处牵嘛。她歪着头说。

社长愣了一下，然后竖着大拇指道，如果出版社有更多的柳昳韵，我这当社长的就高枕无忧了。

社长走时，顺手在茶几上拿起一本反扣着的书看了一眼，说，你看的？柳昳韵说，是呀，很有趣。那本书是薄伽丘的《十日谈》。

据办公室主任说，新社长在跟他聊天时说，我起初到出版社来时，心里多少有些不情愿，虽然在总部我那个局只是十几个人，可是它面向全军，出版社虽然有二三百人，看着不小，但再仔细一瞧，就显小了，毕竟工作性质决定的。可没想到，通过一个编辑，我发现出版社真是藏龙卧虎，每个人看似穿着同样的军装，喊着同样的口令，好像都一样，但确是一部需要了解的大书呀，我得仔细地调查研究，要让每一个人把自己不为人知的潜能发挥出来。为这话，我们很多人高兴了好一阵子。谁不想脱颖而出呀？

八一，我们社在礼堂举行联欢晚会，这是社长到出版社的第一个节，全社上下都很重视，每一个编辑部都想拿出好节目。军事编辑部，除了柳昳韵，就三个老头。主任还没开口，她就说我来一折昆曲《寻梦》。

主任先是愣了一下，说，好好好。

周日，柳昳韵拉着我说到商场买戏服，我说到昆剧院租一套就可以了，大家就是随便玩玩，不必这么当真。

你不去就算了。她手一扬，要是穿着有水袖的戏服，那一扬效果会更好。

我当然得去了。快说说，你学戏如何了？沈老师同意当你的老师了？我说着，拦了一辆出租。

她却摇摇头说,那车太脏,等下一辆吧。

坐到车后,她嫣然一笑,说,我找了沈老师三次,一次沈老师生病,第二次沈老师有事,第三次沈老师见到我,听到我的来意后,说,你为什么要选我为师呀?

我说因为您不是在表演,您的一招一式都是自然流出来的,那么准确恰当,您就是名媛杜丽娘。我上学,就要当博士。学戏,当然要拜大师了。

沈老师又问我,你怎么理解我演技的?

您的演技活泼自然,一娇一嗔一喜一乐,特别生动。和我常看的那些大师不同,有一种飘逸感,有种仙气,人看您的戏,心里好静。这是其他演员达不到的。还有您的雅致从容,淹通诗书,非一生浸染于昆曲者不能得其神韵呀。我在网上读到一篇文章,写得很好,说出了我能感受到却说不出的话,我把它专门下载下来,现在背给您听,好不好?

沈老师笑笑,没说话。

我便大声说起来:

我虽接触昆曲近二十年,只专注唱曲子,看戏少,买票看戏也优先选择京戏。在有限的现场看过的昆曲版本里,沈世华这折《寻梦》,可称平生所见最佳者。

先谈三处细节。一是在唱到"他捏这眼,奈烦也天"一句时,沈有个背着手模仿书生走路的身段,吉光片羽一闪而逝,但那股潇洒劲儿,真有周传瑛巾生的影子。二是"生就个书生,哈哈生生抱咱去眠"一句,"哈哈生生"一般演员都

唱"呵呵生生",沈则唱"恰恰生生",之前只有在清曲家口里能听到。"哈哈"不知所云,《牡丹亭》有个校本写"恰恰",能解得通:"恰恰"就是"娇恰恰"的意思,出自杜甫诗"自在娇莺恰恰啼",汤显祖在《幽媾》中同时曾用"牡丹亭,娇恰恰,湖山畔,羞答答"。徐朔方先生的《牡丹亭》校本已经把"哈哈生生"改成"恰恰生生",沈世华能拨乱反正,可见文化修养,且见识不俗。三是扇子的运用。《寻梦》杜丽娘情感有个分水岭,前半重温旧梦,后半怅惘失落,体现这一分水岭的道具全在杜丽娘手中一把折扇,唱《江儿水》前有一个不经意丢掉扇子的动作,之后思想感情就全变了,失望而至于绝望。一把扇子,在沈世华的手上竟然都有戏。

…………

沈的每一处造型都极富雕塑美,就像花木舒枝展叶,协调流畅,不着力、不别扭。而欢悦时的拊掌颔首,颦眉浅笑,又那么随意自然,像极了花枝在微风中摇曳的神态。摇曳过后,依然宁静。说她是什么花好呢,梅吧,"烟姿玉骨,淡淡东风色。勾引春光一半出,犹带几分羞涩"……

我背完,沈老师淡然一笑,说,我被你的精神感动了,可是你一点儿基础都没有呀。

我是从零开始,只想让自己变得美些。您就很美,我学一年不行,学两年,两年不会,我学五年。五年不会,我学十年,直到学会。

我说时,不知怎么忽然带了哭腔,沈老师当即就表态要收我。她说，只要真爱，八十学艺都不晚。我好后悔，年轻时因为生活，离开了舞台。可出来了，再回去就难了。现在我好想一直在舞台上，可年龄不饶人呀。现在的时间，我恨不能一天当十天用。小柳，你还年轻，想学就来得及。还给我说，只要我能吃苦，她保证我能把杜丽娘唱演得跟她一样好。

芷，你猜沈老师教我的第一课是什么，打死我我都想不到。她说，小柳，你穿的衣服配色不对，白底碎花上衣不错，可穿件黑色的裤子，把人穿老了。你应当配条白裤子。

我满脸通红，瞧着她穿着一身旗袍，绣花鞋，妆容精致，跟舞台上的杜丽娘相比，又是另一种美。风姿绰约。她又说，我知道你们部队院子都好大，你能告诉我你们院子都有什么树吗？

我心想这跟学戏有什么关系？沈老师可能看出了我的疑问，又说，我活了八十岁，从艺六十年，最大的体会是如果你想当一个优秀的演员，不能光唱戏，还要会生活，爱生活，你连自己的院子都不了解，怎么热爱生活？怎么表现戏中角色的内心世界？沈老师还给我做饭吃，她做的饭可好吃了，她说，她能做一百多种菜。

她教戏可细了，光扇子功，我就学了一个月，坏了四五十把扇子。还有水袖，现在我胳膊都是酸的，不过，现在表演抛水袖有些模样了。这是沈老师说的。对了，你看我这个赏月的动作美不美，这是沈老师给我布置的作业，让我做动作时，要手眼身步法全身配合。手指手势，眼指眼神，身指身段，步指台步,法指以上几种技术的规格和方法。它是演员在舞台上展现戏曲表演意境和神韵的技法。心里有景,动作才会美。为了体会,我在家里还买了一个落地镜,专门练呢。比如闺门旦要指月,不能右手伸出直指,就没味道了。欲前先后,说东先要道西,月亮在右边,水袖从左边逶迤而来,慢慢地伸到右上空,兰花指轻轻一抬,眼瞧月亮,这样才有表演的层次和柔美。无论站或坐,腰提起来就美了,不然人一塌,你想想,多难看。一个好演员的表演过程就是人物一系列的行踪,要把她的思维贯穿起来,把观众的心抓住。合扇,你不能啪地一下,如武生那样合。闺门旦大多出身于大家闺秀,她的身份决定她表达情感要含蓄,所以合扇时,动作要做得柔,细致,这样才美。

真还别说,她做得是像那么回事。

联欢会上,柳昳韵唱的是她学的《寻梦》,竟然还找了一个她在昆剧院认识的一个吹笛的给她配乐。她一出场,我们出版社的人全愣了。大家试想一下,在满礼堂穿军装的绿色海洋中,在"喜迎八一建军节"的大红横幅下,在我们刚听完"听吧新长征的号角吹响,强军目标召唤在前方",还沉浸在铁甲隆隆、战机轰鸣的火热练兵激情中,忽然在一阵悠扬的笛声中,一个穿着古装的丽人袅袅娜娜出来寻她的一段春梦,猜猜大家会是什么反应。

谁呀,这是谁呀?

呀,不会吧,柳昳韵?她还有这绝活?

社花张明明少校咬着我耳朵说，这老处女一穿戏装，简直惊艳，原来她是一个闷骚。

她的话其实也是我心里想的，可我听着就是不舒服，便摆摆手说，听戏！听戏！

被大家誉为爱情专家的教材编辑部编辑刘小虹说，据我目测，这一定是爱情的力量。

什么爱情的力量？老姑娘不甘孤花自赏，要绽放了。社花不顾众人在看戏，头凑到刘小虹面前大声说。

我看见她跟一个男人在北方昆剧团看戏。

那也许是给她送票的人。

我大声说，看戏还是听你们的小会？

社花回头瞪了我一眼，看到大家不悦地瞧她，只好闭声。

她唱完，我们全场没一个人说话，最后是社长带头鼓起掌来，而她却好像还沉浸在戏剧中，做着依着梅树的动作，我忙上前扶着她起来，她擦掉泪，眼睛紧紧地盯着我，好半天，才好像认出了我，也明白了她在演戏，含羞一笑，腾地跑下场了。

年底，她就当上了编辑部主任。估计连她自己都没有想到。据说社长在全社中层干部会上说，柳昳韵是全军第一个军事女博士，编的书有十几种，得了全国图书大奖，这样的人应当提拔使用。不久，她便被提为军事编辑部主任，还被吸纳进了全社专家委员会，也就是说社里重大图书的选题论证和图书出版，她都要参加审定。大家又是一阵议论，有人不停地惋惜

道她如果再年轻些，兴许还能当上副总编呢。

但社花却撇着嘴说，因为她的一曲《寻梦》，让怜花惜玉的社长动了恻隐之心。一个女人，没有丈夫，没有孩子，事业就是她所有的一切。社长是学中文的，这叫怜花惜玉。

你不要乱猜，柳眹韵不是那种以色示人的人。

哎，我这么说过吗？社花逼近我，她是你的好朋友对吧，可人家未必当你是好朋友，你不知道她今天跟谁逛锣鼓巷吧，可我知道。

我想反击，又一想，当她不存在，才是对她最大的蔑视，便扭头就走，越走越伤心。我视柳眹韵为好友，跟爱人吵架，二十年前恋人的电话，通通告诉她，她却并非视我为密友。还有当主任，我也是社里大会上宣布命令后才知道的。更可气的是，当了主任的柳眹韵可忙了，每次我找她，她不是在编稿，就是在组织编辑部人员开选题会。原来冷清的四楼，全贴上了军事编辑部出版的新书，还有获奖书目。她的办公室大门再也不像过去那样关着，那些书也都上架的上架，进书柜的进书柜，满屋喷香不说，书柜上还多了一幅毛笔字：花似人心向好处牵。

那字很洒脱，我问谁字。

她笑了问，好看吗？

我说不会是你写的吧。

她笑着说，只要努力，凡事皆有可能。

看着她越来越有风致，想着她最近一路的春风得意，我忽然说，你说过要请我吃饭的，当了领导，不能说话不算数。

她说好呀。

没想到她这么爽快，不过，我细一想，她可能也是顺嘴一说，没当回事。

七

冬末有天下班时，柳昳韵一袭紫袍来到我办公室，说要请我吃饭，地方她都选好了。

我生气她事先不跟我说，哪有到饭点了，才请人吃饭，难道当了领导，就以为天下都是你的，还地方都选好了，我就差顿饭，便说今晚有事。

她用手指理了理黑而亮的头发，说那明晚呢？

这么说，她还在意我的？她一向一毛不拔，没想到还真请，我笑着说，不用你破费，到咱们单位附近的杏园餐厅，吃碗山西刀削面就可以了，我最爱吃香菇炒肉面。她却说，咱堂堂的中国人民解放军陆军大校，怎么能进那样的馆子，人多又杂，还没包间。

最后她选了什刹海边的一个叫奔月的私家餐馆，面向什刹海，很是雅致。

刚落座，就甜蜜地给我讲了她工作上的种种打算，一句话，不辜负领导信任，工作再上一个新台阶，准备出一套最新军事战略图书。

那你这段时间昆曲可白学了,那些现代军事高科技可够你啃的。我不能设想,枪炮和玫瑰有什么必然联系。

她拿起桌上的一枝玫瑰,作拈花状,反问道,怎么能白学呢,像昆曲一样生活嘛。昆曲会给我好运。你看看,我体重减了二十斤,是不是说话也不那么乏味了。

我端详了半天,笑着说,我只听说恋爱能使人变年轻,没想到戏剧也能滋养人,而且还立竿见影。你举手投足间,是有了那么一股淑女的风范。

她摆摆手说,变美是笑话,但是变得注意工作以外的东西,变得享受生活,却是真的。比如,过去我就不会注意大街上的树木、人群,每天匆匆忙忙的,现在,我对小猫小狗,连天上飘来飘去的云也留意起来了。才发现,世界上有许多有意思的事。比如,今天我取快递时,在街心花园发现草丛里有只鸭子,而水面一只公鸭子守在它不远处,我就想这只母鸭子一定在草丛里照顾着它的孩子,而公鸭子一定是它的丈夫。

我扑哧一笑,问道,你怎么知道它们是公的母的呢?

哎呀,我专门查了书,漂亮的是公的,不漂亮的是母的嘛,再说,那母的神态很温柔呀。对了,走路是这样一扭一扭走呀。她说着站起来学,哎,你还别说,那动作还真有三分像。

老实说,最近你是不是有情况了,坐班车时也不穿军装了,打扮得花枝招展地频频外出,见女同胞也像现在这么搔首弄姿的,好撩拨人哟。别说男人,我这个同性的心都酥了。我说着，假装要扑到她跟前。

她脸一红，扯扯脖子上的围巾，朝四周瞧了一眼，声音好柔，我跟你说，你猜我为什么喜欢上昆曲的？你是我的好朋友，我也不瞒你，纯属偶然。疫情前，一位剧作家经朋友介绍，跟我联系，说他给一位著名昆曲表演艺术家写了本传记，跟我咨询出版事宜，没想到就这样改变了我的人生。

改变了你的人生？

他说，老师，你喜欢昆曲吗？

我说我是学军事的，对昆曲什么的没兴趣。

他说，哎呀老师，我曾采访过著名昆曲表演家沈世华老师，你看看她的戏，她是昆曲界身段最美的女演员，没有之一。你看了她的戏就知道什么叫女人，什么样的人生才可以如此芳华了。他的南方口音特好听，让你不由得就跟着他的思路去想去做了。这不，就改变了我的人生。

老实交代，是谁家少俊来近远？说实话，我只是顺嘴一说，还是不相信大家说她谈恋爱了。有五十岁的女人谈恋爱的吗？听说对方头不秃，肚不大，年纪看起来不到五十岁。

呀，你也看《牡丹亭》了？连这句都知道。柳昳韵说着，把手搭在我肩上，我说过，我没有看错人，你是我的知音。

全社都知道你整天跟人约会，知音却什么都不知道，这是知音吗。我说这话时，好委屈，眼角瞬间就湿了。

她又含羞地拨弄着丝巾好像略有所思，按说比较动人，可在我看来却有点儿搔首弄姿，本想说我又不是男人，别在我面前卖弄风情，可我又想，我这莫名火来得好没道理，便态度放软和了，又说，人家把你一直当朋友的，可你却……说到这里，眼泪已经不听我使唤了，涌了出来。

怎么了，你怎么还哭了？我今天不就是要全告诉你嘛。她说着，抽出一张纸巾，伸到我眼前我要接时，她却轻轻地给我拭起眼泪来，那动作好柔和。她凑近我时，我闻到一股芳香。

因为没结果，一直不知道跟你咋说。他呀，她说着，脸红了，他是一个博士，昆曲学博士，就是因为他的一句话，我才迷上了昆曲。

他离婚的？有孩子吧。我还想问年纪，话到嘴边，立即收了回去，咱好说也是知识分子，不能像市井女人那般刻薄。

他呀，长期从事戏剧研究工作，一直忙工作，没结过婚，但兴趣广泛，写书法，唱戏，还会做饭，做的臭鳜鱼跟饭店买的差不多。她说着，瞧了我一眼，好像看透了我的心思，又补充道，比我小三岁。你说有意思不，我跟你那位老楚同学，命运竟然如此相似。

老楚？

就你说过的你那位大学女同学。

我一时脸红，便装着忘记了，拍了一下脑门儿说，你看我这记性，还没老就得健忘症了。对了，博士，不对，现在得叫你柳主任，柳主任，你是用了《孙子兵法》的三十六计，还是用《战争论》治国方略，拿下了这个钻石王老五？现在男人，可都是很现实的。我一个男同学，死了老婆，五十八岁，让我给他介绍对象，我给找了一个三十岁的，你猜人家怎么说，嫌大。

她扑哧一笑，朝我身上打了一巴掌说，我哪有你这鬼心眼儿。我妈去世不久，我跟他认识的。我给你说过，他是咨询出版的事。他给我讲了一会儿昆剧之美，我就萌生了学昆曲的念头。疫情防控期间，我们也只是电话、视频联系，我只当他是老师，向他请教昆曲方面的知识。疫情渐散后，就是那天咱们下班，我坐班车到新街口下车的那次，是第一次去看他。因为第一次去，不知带什么东西好，我就想男人嘛，肯定不会吃饭，我也不同意到外面吃饭，就买了一大袋菜，想给他做顿饭，主要是想在外人跟前检验一下自己的手艺，刚学会炖排骨，自己感觉不错，你想想，做了十几次，总是越做越好吧。没想到饭还没吃完，他就说咱们做朋友吧，男女朋友。我当时都傻了，以为他开玩笑，他却说，我喜欢你。我问为啥？他不说，我说你不说我就不能做你的女朋友。你猜他咋说的，笑死我了。说到这儿，她却不说了，望着远处的湖面，做遐思状。

别给我演戏了，快说，他说了什么？我急着问。

他说因为你傻，我当时一听就不高兴了。他又说，哪有第一次见男人就给做饭的？证明她已把我当作家人了，很可能就是爱人了，这样的女人不傻吗？

你怎么答的？我像听故事一样听着这个跟别人不一样的爱情故事。

我答，本来人家除了一个女朋友，就你一个男性朋友嘛。

他就……

他就把你抱到怀里，亲热了？

哪呀，他皱着眉头说，你真是傻。

我说，杜丽娘不傻吗，梦见一个男人，就为了他连命都没了，可她在读者、观众心中活了六百多年，必将还流传下去。他一听就扑哧一声笑了，说这样的傻女人我喜欢。

他向你求婚了吗？

她点点头，说，上上周，他说嗓子不舒服，我说到医院去看呀。

他说现在疫情有些反弹，他不敢去。

我说，我陪你去。

没想到现在医院排查疫情还很严，他嗓子不舒服，听说前不久又从东北回来，医生更是紧张，又让他抽血，查抗体，你不知道他一个男人紧张得都不敢去抽血。我说没事儿，放心，有我呢。抽血一小时后取化验单，他不敢去，我取后上到楼上，他一见我，就紧张得话都说不清了，说，我是不是"非典"，不，是不是新冠呀，我说，不是。他一把抱住我，我说，快别这样，这是在医院。谁知医生又让做喉镜，他说，算了算了，不就是嗓子不舒服嘛，开点儿药吃了就好了。我说，既然来了就做一下。他打开手机让我看，说，你看，做喉镜跟做胃镜一样，管子要往鼻孔里伸进去，多疼又难受，咱不做了，回家。我握着他的手说，你做过吗，别信别人说，要知道梨子的滋味，当然自己尝了才知道。再说，病查清了，我心里也踏实了对不对。别害怕,有我在呢。

他像小孩一样,在我连哄带劝下,才同意做。医生刚把管子往他鼻孔一插,他就大声喊疼。医生皱着眉头说,要疼就别做了,他像小孩子一样眼巴巴地看着我,我握住他的手,对医生说,做。又捏捏他的手心,故作生气道,不做,我就不理你了。

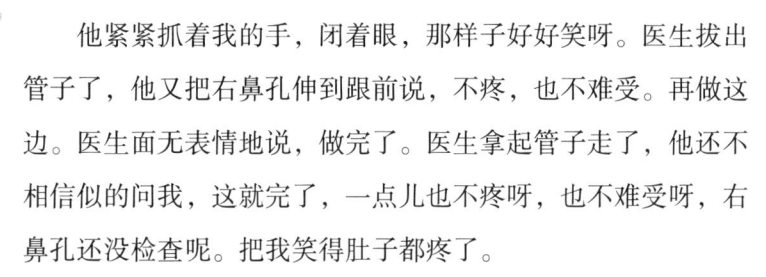

他紧紧抓着我的手,闭着眼,那样子好好笑呀。医生拔出管子了,他又把右鼻孔伸到跟前说,不疼,也不难受。再做这边。医生面无表情地说,做完了。医生拿起管子走了,他还不相信似的问我,这就完了,一点儿也不疼呀,也不难受呀,右鼻孔还没检查呢。把我笑得肚子都疼了。

从医院一出来,他又非要我跟他一起到商场,说要给女朋友买戒指,让我帮忙挑下。我只好跟他到了柜台,我选了一个,他非让我戴上试,一看很合适,他就说别取了,嫁给他。

她说得慢,我听得仔细,总感觉跟我想象的不一样,但说实话,我被感动了。

回到家,我心里不知怎么搞的,又空,又难受。忽然想,我是不是也要像昆曲一样生活呢?因为学了昆曲的柳昳韵确实越来越美,这不是我一个人的看法,这是我们出版社挑剔的女同志的共识。按我们社花的话说,柳昳韵现在可是一朵奇葩了。可我学什么呢?芭蕾,对,老处女学昆曲都开出了花,我比她年轻十几岁,怎么就不能让自己也灿灿地怒放一次?

好了,不啰唆了,现在,繁花似锦,咱要喝喜酒去了。陆军大校、我社军事编辑部主任柳昳韵请我到皇家粮仓参加她的婚礼。不是所有的女人五十岁了,还能当新娘。咱不能不去,对吧。听说婚礼上还有彩蛋,新娘子要跟著名昆曲表演艺术家沈世华老师同台演杜丽娘,这可是千载难逢。此当好时节,咱正好寻梦也!

向花处

一

参加完林特特的婚宴,我们三位她的好友谁也没说话。车窗外梅兰芳大剧院那浅绿色的大楼映入眼帘时,性子急的卫洁终于憋不住了,大着嗓门儿喊,我说大家是不是受刺激了?怎么也不发表下赴宴感言。

我接口道,谁受刺激了?你才受刺激了。后句话我赶紧咽了回去。卫洁的丈夫是随军到北京来的。

开车的刘娜没说话。刘娜的丈夫做房地产生意,她是我们同学里最有钱的,市区有房子,郊区有别墅,开的这辆白色的宝马值八十多万呢。

刘娜目视前方,坐在后座的我在后视镜看她眼神淡然,但我相信她的心情也跟我们一样不是平静的。

我们和林特特都是军校新闻系同学,住一间宿舍。林特特住我对面。卫洁的床直对着门口,每次一开门,她的床就直接映入眼帘,为此她很是生气,说自己的隐私经常暴露在众人之下,我们得给她补偿。我们认为她矫情,军校女生床,跟任何一个男军人的床一样,白床单,绿被子,靠墙放皮带外,再无其他饰物。不对,准确地说,林特特的被子是蓝色的,她是海军,白上衣,蓝裤子,好似浪花逐大海,在我们新闻系绿色为主的军列中,很是引人注目。林特特在我们四人中算不上惊艳,可她自有一番风致,也许美人在骨不在皮吧。比如一件肥大的蓝色水兵裤,她跟白色军上衣一配,穿出来就有一身时装的感觉。还比如她一开口,那吴侬软语,你不由得全身酥软。林特特是扬州人。

说到这里,我再扯远些。我们新闻系调皮的男生给我们四名女生分别起了外号,给身为集团军军长掌上明珠、整天盯着报纸头版的刘娜起名叫首席。卫洁因讲话每到最后总爱说总之,戏称教授。我呢,见字就挑刺,冠名校对。林特特出身书香门第,爸爸妈妈均是大学老师,平常如林黛玉一样,多愁善感,唱昆曲听弹词,就叫她林美人。众师生都迷她,最终是戏剧系的情歌王子刘一炜在毕业前的舞会上,一首《给我一杯忘情水》,抱得美人归。

你们说,林特特女儿都上大学了,母女俩站一起,竟难分彼此。她要是穿上婚纱一定跟当年一样美。

她又不是吃了长生不老的药,她不穿婚纱证明脑子还没发昏,中年女人穿婚纱,那是脑子缺弦,不知轻重。刘娜终于开了口,眼睛朝右视镜看了一眼,又说,她丈夫听说是总部机关的一位局长。

管干部的,大权在握。卫洁马上补充道。

也算郎才女貌。我接口道。

人家新郎也是俊才呀，人虽中年，头发浓密，肚子扁平，皮肤白皙，身材高挑。卫洁马上接口道，我就想不通他条件那么好，为什么要找林特特一个寡妇？林特特虽略有姿色，可毕竟徐娘半老，四十多岁的人了。欧局长跟她年纪是差不多，但完全可以找个更年轻的，能干的。林特特只追求精神生活，生活能力实在一般，做的任何菜都一个味，写文章比不过李晓音，当官比不过刘娜，口才比不过鄙人。不过，她看起来好纤弱，让人有种怜爱的感觉，这话可不是我说的，是我家田园说的。卫洁说到最后，把老公都抬了出来。

行了，行了，谁说女人就不能找个比自己年轻的，法国第一夫人布丽吉特比总统丈夫大二十四岁呢。刘娜说着，车吱的一声停了，卫洁正要开口，才发现已到自家大院门口了，穿着武警迷彩服头戴钢盔的卫兵正在哨位上严阵以待，便说了声谢谢，要下车时，又对我们说，多联系。

你坐前面来。卫洁下车后，刘娜对身后的我说。

离我家不远了，换座毫无必要，可我还是听从了她的意见，坐到了副驾驶上，马上系紧安全带。车速比刚才慢了，路两边的白蜡树叶比其他树木发黄的早，如油画般地从我眼前一掠而过，让我不禁想起了林特特婚宴上那金黄色包间里的壁纸。因为是再婚，林特特只请了一桌，她这边就我们三个女同学，丈夫那边，只有单位的三个人。但饭菜质量不错，有甲鱼、螃蟹、木瓜……酒也上档次——茅台。

你怎么看？刘娜扭头看了我一眼。

看什么？

林特特的婚姻呀。

一个是恬静漂亮，一个是春风得意，两个虽是再婚，可孩子均已上了大学，前任都去世了，无后面的麻烦，双方都有自己的房子，经济独立。林特特自从丈夫去世十年了，总算找到了归宿，这个欧局长比我们给她介绍的都好。林特特丈夫离开时，三十八岁，她三天两头地给我们打电话，我们几个好朋友就想要她不来烦我们，最好的解决办法就是让她尽快再嫁。

那时她女儿还小，又奔四的人了，我们给她找的大多是离了婚的。第一个是刘娜介绍的，刚退休的副军职离休干部，林特特说，那人一张口，满口就是一股臭味，肯定有胃病。而且头发那么少，肚子那么大。第二个，年轻一些，是名军医，海归，我们都认为不错。林特特却说，她一听那人是妇科医生，心里的坎就过不去。第三个是我介绍的，林特特根本不见，说，没心情。我们说三十八岁跟四十岁只差两岁，可是别看这两岁，却是天地之别。三十八岁仍在三之内，四十岁可就豆腐渣了。但林特特却在四十八岁找到了条件比我们介绍的都好的总部机关管干部的欧局长，还很快结了婚。这让我们几个介绍人，心里好不得劲儿。

刘娜没有说话，我感觉她好像摇了摇头，但又不确定是因为蚊子，还是窗外的风所致，便又问道，你觉得呢？

刘娜目光盯着前玻璃，半天才答非所问，香山的枫叶红了吧，咱们下周叫上林特特，她最爱照相了。

我说现在十月底,应该快了。

二

婚姻好像一道屏障,一下子隔开了我跟好朋友林特特的亲密友情,婚宴一个月了,香山的红叶早谢了,我们也没见到林特特。刘娜给她打电话约过,林特特说,单位最近考体能,以后再说吧。我也约过林特特聚会,她一会儿说女儿要考研,她正在帮找资料。一会儿又说自己吃中药,一点儿胃口都没有。一听就是借口。

颇有意味的是无论刘娜,还是我,我们都没有主动问林特特新婚是否幸福,而作为新娘子的林特特也没有主动告诉我们她婚后的生活。越不知,我们就越想知道。人大概就是这样的。于是我们三个她昔日的同屋好友,三天两头地互通电话,询问林特特的婚姻生活,搞得我爱人都烦了,说,林特特的生活与你们有什么关系,有这时间,好好收拾一下家吧,你看看,家里乱七八糟的。

你怎么不收拾,没看到我整天忙吗?我没好气地说。

爱人说,你是不是羡慕林特特的再婚了,要不想过了,你也去找一个,省得三天两头地打听。我都搞不清你们女人怎么想的,真是吃的粮少管的事多,看来还是太闲。

哼,胡说八道。

话虽如此,可是说实话,自从林特特再婚后,我总不由自主地想林特特多幸运呀,第一个丈夫叫刘一炜,是名戏剧导演,很浪漫,会生活,虽然导的戏剧只有极小众的观众,可是我们每个人都喜欢他。他一到场,我们所有的忧伤都烟消云散了。现在又找了一个大权在握、温文尔雅的领导干部,真是人间风华她全占了。我想到这里,想起公务员丈夫,一月工资还没我多,家务活都懒得干,心里更觉失落。

我相信刘娜、卫洁跟我想的一样,只是她们不说。刘娜是空军某部政治工作处主任,她不说,因为身份使然。卫洁不说,因为她要强,而我不说,是为什么呢?我说不清。想当年我们在一个宿舍,什么话都说,时间让我们彼此少了天真,多了世故,不,也许多了隔阂,比如林特特再也不跟我整天煲电话粥了,想当初,她丈夫刚离开的那些日子,她几乎每晚都给我打电话,经常打到半夜。光谈还不行,还约我出去,一谈就是一天。我到她家待两天,她也不放我走。可这个重色轻友的坏家伙,生活幸福了,就再也不给好朋友打电话了。她打电话时,我好烦。不打电话时,我更烦。

记得有次她跟前任刘一炜吵架后,电话也不打,提着箱子就到我家来了,来了一句话也不说,只说想安静。说完进了客房,一晚上待在屋里一声不响,丈夫说她会不会想不开,千万不能在咱家出事呀。我说胡说什么呢。第二天我要上班,问她是留在家里,还是跟我到办公室?她门也不开,只在里面说她在家待着。我怕她想不开,给她丈夫打电话接她回去了。最后才听她丈夫刘一炜说只想带她去跟他朋友一起吃饭,她不去而吵架的，我说特特你真是身在福中不知福，我家那位让他陪我到商场，不是说腰痛就是说没兴趣。你家刘一炜陪着你逛公园，看演出，还陪着你到商场买衣服，你试了一百件，他还让你再试一件，极尽体贴之能事，你还不知足。

林特特说，你们只知其一，焉知其余。他是搞艺术的，即便结婚了，身边也总跟着一大帮莺莺燕燕。她们到了我们家，也毫不避嫌，当着我这个妻子的面，这个拉着他的手，那个搂着他的肩，看得我眼睛冒火，还得装大度师母的样子，不停地给他们沏茶递水果。他再三解释，那些人都是他的学生，他是老师，有师道尊严，让我不要乱想。他对我很体贴。我相信林特特的话，否则她的爱人遇上车祸后，她穿着睡衣就跑到了医院，哭得拉都拉不起来。几天不吃不喝，我们几个同室同学轮留做思想工作，让她节哀，往前看。卫洁一句劝，林特特差点儿就跟她打起来。卫洁其实说的是实话。卫洁说，特特，刘一炜走了，你在人面前又是哭，又是绝食，也瘦了十几斤，也算维护了一个好妻子的形象。咱们同学都是亲姐妹，你犯不着在我们面前也装。依我看，刘一炜走了也好，否则他不知还要玩弄多少女性，羞辱你多少次呢。虽然这是实话，但是我们谁也不敢说，结果正哭着的林特特还没听完就把卫洁推出门，边推边说，滚！马上给我滚！气得卫洁走出门外了，还没忘来一句，刘一炜是什么货色，大家都知道，他活着时，还请我吃饭，试图勾引我呢，在饭桌下不停地踢我的脚。不能他死了，就成好人了，他的污点就没了。气得林特特抓起门口的鞋子，就往卫洁身上砸，还不忘骂道，疯子、疯子、疯子，你赶紧滚！

正如我前面说的，林特特好幸运。什么好事都让她占尽了。有个可以依靠的好家庭，父母都是大学老师。天生丽质，又穿着一身漂亮的海军军服，在哪儿都引人注目。毕业后，我背着厚厚的剪稿本在北京城里顶着风沙四处找单位时，她已经坐到海军报社的办公桌前了。婚姻更是，第一任丈夫，是年轻无量的新锐导演。第二任，又是大权在握的丈夫。

我们猜测得越多，越渴望得到证实，可是当事人却迟迟不露面，于是我们的心渐渐淡了。也是，人家的生活与己何干。人到中年，要做的事太多，特别是军改以后，在单位，我们每一个人都感到空前的紧张。周有例会，月有总结。除了干好业务，还要考三公里，要学野外生存、射击、战地救护，这不，明天又要到野外去驻训，住帐篷，吃快餐，迎风沐雨。可以说一人恨不能当三人用。别人的事，想管，也没精力和时间。再说，家里也是千头万绪，儿女大了，工作、对象，一个比一个烦。还有自己的体检报告，该低的高了，该高的又低了。朋友呢，也不是像少女时那样，有啥说啥那么单纯了，总之一句话，烦心事说一天也说不完。

三

大学毕业，我就没林特特么幸运了，先在外地野战军部队待了三年，后来又到医院从事宣传工作。调到北京梦想的刊物工作时，已经三十五岁了。三十五岁的人到异地打拼跟二十二岁分到北京工作的林特特心境很不一样，房子、孩子上学、老公工作调动，一切都走上正轨时，已快四十了。

我们刊物面向全军，主要展现全军及武警部队官兵生活学习训练的综合刊物，身为主编，我感觉责任重大，每期都要有重点策划，现在年轻编辑多，大多都是新入职的文职人员，他们脑子灵活，但对部队不熟悉，所以许多事都得我亲力亲为。

今年是志愿军赴朝作战七十周年，我通过机关组织部门找到一位志愿军女战士，她不但参战了，新婚丈夫还牺牲在朝鲜的长津湖战场，事迹很是感人，我计划采访她。先一天我与组织处的干事通了电话，第二天便早早来到办公楼。这是一栋漂亮的大楼，作为全军的首脑机关，它的威严可想而知。全副武装的卫兵站在大门前，知道我的来意后，先给我敬了一个标准的军礼，然后问我有预约吗？我说昨天已经联系好了，他让我要见的人打电话给他，方可进楼。可是电话又打不通，我正着急时，一个进门的大校军官看了我一眼，又看了我一眼，然后说，你是不是李晓音？我说对，你是？姓名牌上是一个我不熟悉的名字，欧泽明。他又说了一遍自己的名字后，看我没反应，又说，我是林特特的丈夫呀。我一时恍惚，眼前马上浮现出那个一脸坏笑整天一见我们就大姨子小姨子叫个不停的导演刘一炜来。

你参加过我们的婚宴。

我这才醒悟过来，这位是林特特的继任，便说你好。

继任得知我没联系上要找的人后,热情地邀我到他办公室去等,他说门口都是穿堂风,天又冷,组织处跟我一层楼。看看,又一个体贴的男人,我们怎么就找不着这样的好男人呢,我悻悻地边想边跟着继任,不,跟着欧局长进了总部大楼。说实话,那次婚宴,因为人多,再加上我的脑子乱哄哄的,只思忖林特特何样的魅力迎来第二春的,根本就没把男主角细细打量。现在,男主角走在我前面,身高足有一米八,腰板笔直,一身合体的陆军冬常服,好像就是为他定做的。因为是自家办公的地方,轻车熟路,连铿锵的脚步好像都表明了主人的身份。

大楼庄严气派,地毯铺地,天花板高如穹宇,米黄色的墙体给人一种豪华的感觉。身着军装的工作人员静悄悄地在办公,很是肃穆。走在这样的楼里,说实话,你不整理军容、腰板不挺直,都觉难为情。

进到他办公室,我仔细打量了一下,窗明几净,墙挂一幅行书,上面抄录着毛泽东的《沁园春·雪》。桌上文件、书报井然有序,窗台绿植盎然。书柜里层层叠叠的书,文史哲不等,上面搁着一副红色的乒乓球拍,一看就很专业。几个精致的茶叶罐摆在显眼处,满屋闻着一股清新的花香,而无香烟味。窗外,绿树红墙,再细瞧闪光的地方,就是水面如镜的北海。桌前,放着一个银色的镜框,上面是我们美丽的林特特同学,远处是大海,脚下是白色沙滩,她穿着白裙子,系着红发带,一缕长发在海风中飞扬着,一双大眼睛很是撩人地看着桌子的主人。欧局长给我端来热气腾腾的红茶，一闻就是好茶。再瞧眼前的人，皮鞋铮亮，面色红润，举手投足，充满了军人的英武之气，又暗透儒雅之风。

林特特好吧。

挺好，就是忙，她编报纸，你知道，一周三版，忙得团团转。

这时，一少校拿着文件夹喊了报告进来，我要起身，欧局长摆摆手，我只好重新坐下，可余光仍禁不住打量起他来。他给干事指了材料中的几个地方，都是小声说话，最后说，这三个地方再核实一遍，一定要严谨，还有标题，再仔细推敲下。还有，钉书针要钉正。

干事红着脸毕恭毕敬地退出后，我一时不知说什么了。欧局长坐在大板桌的后面，神色微笑，面目安静，一副领导者的风范。问了我工作情况，又说需要他做的，他一定帮忙。说林特特常在他面前提起我，说我有才华，是她最好的姐妹。这时电话又响了。

他在电话里似在布置干部述职的程序，条理清晰，语词简洁，我怕影响他的工作，悄悄出屋再给组织处干事打电话，电话仍无人接。我好后悔没要他手机号。在欧局长跟来人处理公务时，我又仔细打量了一下他的办公室，沙发拐角一个不显眼的地方，放着一袋菜，一个嫩嫩的西蓝花放在最上头，下面露出红红的一团，想必是西红柿之类的。真是一个好男人，我心里又把我家那位埋怨了一顿。

他放了电话，我进去，他抱歉一笑，给我续上水，体贴地说，要不，你看一会儿报纸。正在这时，我的手机响了，是组织处的干事，说他刚才出去处理了个急事，对不起。我忙说，欧局长打扰了。他说，自家人，见外了，说着起身一直把我带到组织处干事办公室才离开，走时，还没忘轻轻带上门。

办完事，我刚走到楼道，就听到一阵啪啪声，循声望去，办公楼中间的大厅里，两人乒乓球正打得凶。我还没走到跟前，就听有人叫我，原来是欧泽明。大冬天的，他却穿着一件红色的背心，正打得火热。看他身材，结实有力，一点儿不像五十岁的样子。我站着看了一会儿球赛，他打得不错，攻球对方基本招架不住。他笑着说，要不，你也来几下，我忙说不会，不会，立即离开。

离开总部大楼时，我回头望去，蓝天下高高的办公大楼，更是气派。走在阔大的林荫道上，望着大路两边金灿灿的银杏，看着一个个穿着体能服的年轻军人口罩挂在脖子下面，在跑步，我忽然想给林特特打个电话。

拨到最后一个号码，我犹豫了片刻，挂了。停了一会儿，又给刘娜打电话。相比卫洁，我跟刘娜关系更近些，还有跟她说话，你只管放心，就像进了保险柜一样安全，而不像卫洁，你上午说的话，下午所有同学都知道了。

我激动地把我在机关大楼遇到林特特的丈夫的事详细说完，等着她说话。刘娜半天只管嗯嗯，搞得我的兴奋荡然无存，她最后说了什么，我都懒得听了，只记着她说，她正在忙着检查电脑呢，马上要保密检查了。

回到单位，我发现桌上也有一份保密检查的通知，忙把手机、电脑清理了一遍，眼前时不时还浮现出那高高的大楼，红红的地毯，卫兵庄严的脸，还有欧局长满脸的微笑。

正在这时，卫洁打来电话。卫洁在武警电视台工作，她好像每天不是在拍节目就是在拍节目的路上。

你猜我前两天见到谁了？

巩俐？卫洁喜欢看电影。

哪呀，我看到林特特和她丈夫了。就是那个局长。

我一下子来精神了，在哪儿？

在人艺剧院门口遇到的。特特挽着她丈夫的胳膊。

林特特好幸福呀。

哪呀，他们就坐在我后面，电影看到一半，我一看，那局长睡着了，你要知道这话剧是根据张爱玲的小说《红玫瑰与白玫瑰》改编的，这老天爷竟然睡着了，我以一个新闻系高才生的高度敏感捕捉到：一、林特特不幸福。她好面子，如果她幸福，肯定告诉我们了。谁家有好花不让人赏呀。二、中场休息时，我看到林特特一个人坐在位置上，好像在拭泪。三、电影散场后，我发现那局长跟在后面，接电话。林特特走得好快，根本就不等他，你说这难道没情况？

正在这时，办公室电话铃响了，我忙对卫洁说我有事，再联系。

四

年底，我接到到南京参加直属单位中层领导培训班的通知，爱人一听，就老大不高兴，说我走了没人给他烧洗澡水，没人给他做饭，他好可怜。

本来我不高兴，但听到最后，笑了，说，干脆我把你带上吧，去重温一下我年轻的时光。

爱人说，你巴不得摆脱我呢。

我笑笑，说，哪能呢。其实我内心好想出去散散心。况且学习就在我的母校，二十多年过去了，母校是否跟我们一样，也物是人非？我好想知道。

收拾行装，我拿出通知一件件地从衣柜里边取边画钩：军装常服、迷彩服、常服外腰带、编织内腰带、制式鞋袜、胶鞋。

爱人站到我旁边，拿着厚重的陆战靴说，这个也带？

当然，迷彩服得配陆战靴呀。

哎，老婆，我感觉你不像是去学习，好像是去打仗。爱人说着，搂着我的腰。我说，快松开，没看人忙着吗？再说不就两个月嘛，怎么搞得像生离死别的。

从你接到通知那天起，看着你一会儿跑步，一会儿做俯卧撑，我怎么觉着你就像去打仗，是不是要打仗了？连你们文化单位的人都要装备齐全地去培训。

军人嘛，时刻准备着打仗，打胜仗。爱人一听我这话，再次搂住我，这次，我没有松开。他这么一来，我感觉出行有了一种悲壮感，也再次体会到过去老歌中唱的：行装已背好，部队要出发。

我们一间屋子住两个人，跟我同屋的是广电部的一个女记者，她比我小十来岁，我们没有太多共同的话题。正当我望着门口苦闷时，林特特忽然冲了进来，一把抱住了我。

这是她婚后我们第一次见面，一晃两月没见了。我拉着她坐下，看她瘦了，眼窝深了，但白军帽、蓝军装，金色的大校肩章，为柔弱的她平添了几分英气。

怎么样，最近挺好吧？

还行。你呢？

我回答还那样，整天单位忙，家里忙，儿子也快毕业了，得找工作，好多事，够操心的了。对了，前阵我在机关还看到了你爱人，他对我很热情，还让我到他办公室坐了一会儿，给我倒了茶，要知道，否则我连大楼都进不了。

他回家告诉我了。

你这个死东西，有了爱人就忘记朋友了，我跟刘娜、卫洁都挺想你的。

我嘛……

正在这时，我的同屋回来了，林特特起身告辞。

学习班很紧张，跟部队一样，出操、练队列、体能训练、上课，晚上还有讨论、讲座，虽然我跟林特特在一起学习，但

跟她不在一个队，只在食堂和队列中偶尔一见，彼此打个招呼，再无深谈。

半月后的一个周末，林特特约我出去玩，我当然欣然前往。

我提议到夫子庙看看，到瞻园坐坐，再游游秦淮河，吃吃状元豆，喝碗鸭血粉丝汤，沿白鹭洲公园走走，看看桃叶渡，瞧瞧马湘兰故居，寻寻吴承恩游园的足迹……我不知道因我上大学时是战士学员没钱，还是那时秦淮河一带没有建设好，反正除了学校组织的到雨花台、玄武湖、莫愁湖去玩过，秦淮河一带都没记忆，可她却带我走进一家花店，买了一束红玫瑰走进了一条小巷子。我想问她看谁，她说去了自然就知道了。站到门楣上写着媚香楼的门口，我才恍然大悟，这是秦淮名妓李香君故居。

收票的是一个胖胖的老头，他穿着一件看不出颜色的羽绒大衣落寞地坐在一把四处都响的破竹椅上，旁边的火炉上煮着一壶茶。看到我们进来了，欣喜地站起来说，门票十块，你们随便待。一看就很少有人来。

门厅有张玻璃陈列柜，里面放着几把打开着的折扇，上面画着一枝桃花。我们走进里面的天井，右边临水的是两间小厅，想必是下人居住。天井里是李香君的雕像，她把花放在像前，还拉着我鞠了一躬。我们上得楼来，一间是会客厅，一间书房，隔壁是李香君卧室，均很小，比我想象的要简陋。

但是窗外风景不错，河面光波荡漾，李香君家还有私人码头。屋里挂着李香君像,是某个电视剧照,非我想象中的李香君,脂粉味浓了些。坐在李香君的房间,想象当年的情景也蛮有意思的。

林特特到楼下给看门人要了一壶茶,我们坐到李香君书房的窗前,看着外面的秦淮河,远处的文德桥,说起了李香君,说起了侯方域。我想也许一会儿她就会说说她的新婚生活。

结果一壶茶喝完,她又带我到秦淮河边的一个叫晓月的茶社听了一下午的评弹《宝玉夜探》。一男性长者弹三弦,一中年女性弹琵琶。他们刚一开口,我就大声鼓起掌来。

听戏。林特特说。

妹妹啊,你一生就是多烦恼,你何必要自己太看轻。

想你有什么心事尽管说,我与你两人共一心。

我劝你吗,一日三餐多饮食。

我劝你吗,衣衫宜添要留神。

我劝你养神先养心,你何苦自己把烦恼寻?

我劝你姊妹的语言不能听,因为她们似假又似真。

我劝你吗,早早安歇莫宜深,可晓得你病中人再不宜磨黄昏。

我劝你把一切心事都丢却,更不要想起扬州这旧墙门。

那黛玉闻言她频点首,说道哥哥的言语我记在心。

心暗转更伤神,为什么这冤家为我最留神?

…………

一曲唱完,我才发现林特特纸巾用了两三张。

一直到傍晚我们离开,她也没提及她的婚姻,即便她的丈夫打来电话,她也只简短地嗯嗯后挂了电话,怕我询问,立即岔开话题。

再过李香君故居门时,林特特进去买了一把上面画着桃花的折扇,我说假的,买它做啥?

林特特反问道,《红楼梦》讲的故事也是假的,你为什么要看?

我一时语塞,便说,行了,赶紧叫车,要不赶不上晚点名了。

五

周末的一个晚上,我都睡了,忽听到手机响,一看表,十一点半,刘娜大半夜地给我打电话,一定有急事,我怕影响同屋,披上大衣,到卫生间问她怎么了?刘娜答,睡不着,忽然想跟我说说话。我想她一定有事,便穿好大衣。她说,你对女人离婚怎么看?

我说如果二三十岁,我鼓励她离婚,可年过半百,这离婚二字断然提不得。

你看看人家林特特生活得多幸福。

我想了想,说,刘娜,不是每个人都是林特特,再说林特特生活得是否幸福,我们没有看到,就不能轻易下结论。

刘娜声音大了,对了,你不是跟林特特在一起学习嘛,她到底生活得怎么样，我听说她丈夫对她特别好，两个人经常手拉着手散步，一起去看演出，而且她丈夫还把她的女儿当亲生的看，给安排到银行工作，又给买了车。还说现在自己有儿有女赚大了。

我们学习很紧张，每天除了上课，还要跑操，结束前还要写论文，真的没有聊过家庭问题。不知是我心理作用，还是其他，我总觉得林特特结婚后，好像变了一个人，跟我们生分了。我们即便一起出去玩，她也从不主动提及家事。

刘娜叹息了一声，说，我爱人三天两头地出差，我们家你去过，那么大，儿子在外地工作，每天就我一个人，好害怕。

刘娜在郊区的别墅面朝湖，三层，有二十多间房子。一个人住着，是挺怕的。我说，我们学习完了，叫一帮同学去玩，咱们跳舞、唱歌，享受一下富豪的生活。

刘娜又叹了一声说，我多次劝过我家老王，说钱赚多少是个头，身体要紧。我知道他一直都为生意忙，干其他的事也没心思，也没精力。

我想刘娜怕我瞧不起她，或者怕我猜疑他们夫妻关系紧张，一定是后悔给我半夜打这个电话了，在往回找补。我非常理解，忙说，就是，你们家老王人挺好的，生意做得那么大，对你那么好，上次同学聚会你穿的那件皮大衣，怕有一万块吧，那可是人家老王给你买的。

是，他对我挺好的。好了，夜深了，赶紧睡吧，我不打扰你了。对了，你看我差点儿把正事给忘了，现在脑子越来越不

好使,卫洁给你打电话了吗?

没有。

你没听到什么?

我在南京,北京的事怎么知道?

你现在在哪儿,我怎么听到好像有风吹的声音?

我在卫生间。

千万别感冒,你把衣服穿暖和些,我再给你打过去。这事说起来话长了。

没事,你说,我穿着大衣。

是这样,我为什么提到离婚的事,真不干我事,你不要胡乱想。卫洁的丈夫田园昨天到我办公室来找我,说他犯错误了。

他出轨了?他那个样子还出轨?不就长得周正些嘛。要不是卫洁,他能到北京,能到市府工作?还有他弟弟、妹妹的工作,都是卫洁给找的。他要真做了对不起卫洁的事,可就丧良心了。

别急呀,你听我说。田园说他晚上做梦梦到了离婚。

哈哈,做梦?那没事儿。你把我吓了一跳,我就说嘛,那个小白脸,他真是胆够肥了。

可是他喊出声来了,连喊了三遍,卫洁就听到了。

这事闹大了。卫洁那脾气你不是不知道,如炮仗,一点就炸。

说的是呀,所以田园才找我来了嘛。他说我多年搞政治工作,又是全军优秀党务工作者,这种事只有我出面才能摆平。说自从那事发生后,卫洁再也不跟他说话了,回家也不吃他做的饭,也不理他,吃完饭把自己一个人关到女儿房间,第二天再去上班。昨天回来,一份离婚协议放在了餐桌,上面还留了一张条子,让他尽快签字,还说田园啥时搬走,她才回家。现住到单位宿舍去了,打电话也不接。

那你给卫洁打电话了没?

没呢,这不是跟你商量嘛。卫洁跟你好。我要是一出面,怕她有抵触情绪,你这样,先试探,然后咱们再商量对策,无论如何,不能让他们离婚。田园这个人事业一般,对家、对卫洁还是很体贴的。卫洁天生一个马大哈,家务事从不上心,连孩子都是田园带大的。卫洁要是没有田园,我都无法想象她会过什么日子,更别说干事业了。再说一句梦话,犯得着这么计较吗?如果卫洁理智,不但不能胡闹,还要从这个梦话里反思自己在婚姻中的缺失,更加尊重和理解田园,这才是聪慧明智的女人。我们现在这么忙,在军营的日子也不多了,后院再起火,哪有精力去灭火。

可这事我怎么给卫洁说呢?她好面子,嘴硬,要强。

你不是整天写东西研究各类人嘛,再说这次中高层领导干部培训班,你也学了一个多月,我相信你会有办法做通卫洁的思想工作的。好了,夜深了,你好好休息吧。明天是周六,你尽快跟卫洁谈谈。她那人好冲动,不要出什么事来。我是咱们女生组党小组组长,我希望我们每个人都事业有成,家庭幸

福。长长的一生，谁家不遇到点儿事呢？再说，她这哪叫事呀。没有听说因梦而离婚的事的，真是作。我看卫洁，就是作过头了。

六

回到宿舍，我再也睡不着了。

心想杜丽娘为梦而死，而卫洁却要为梦而离婚，看来梦是个重要问题，得好好研究了。可是光研究不行，我怎么给卫洁做工作呢？越想越睡不着，怕影响同屋，索性把头蒙在被子里，在手机上想一句写一句。卫洁是我好朋友，我不能不管，我们到老来，怕最靠得住的还是几个贴心的朋友。我们几个在同一宿舍时，就发誓一定要相伴到老，要亲如姐妹，无论谁家有困难，都要互相帮衬着。虽然有时说话不投机，但丝毫不影响我们的友谊。比如林特特爱人去世后，她整夜失眠，我们三个人轮流陪着她，一直到她心绪平静，渡过了难关，我们才离开她的家。刘娜小产，是我一直伺候着的。而卫洁和爱人出差，六岁的女儿没人管，是刘娜接到她家，又是给做饭，又是接送上学。据刘娜讲，光学着给梳头，就累死她了。我们不是姐妹，胜似姐妹。这么一想，心里像着了一团火，噼里啪啦燃烧起来。

第二天清晨同屋还要睡觉，我就起床来到操场，打通了卫洁的电话。

卫洁你在干吗?

在家呢。声音仍如平常,听不出异样。

田园呢?

在家呢。还是平静。

周末七点你们不是常到公园散步嘛,今天怎么没出去?都八点了。

你有什么事?语态变了,有些着恼,我有些生气了,没事就不能打电话了?

妹妹,你在北京一两个月都不给我打电话,现在大周末的从南京千里迢迢地打电话来,一定有事。

我把电话挪到另一个耳朵,沉思了一下,说,卫洁,你最近看电影了吗?纪录片《为了和平》,讲志愿军抗美援朝的故事。

看了,单位组织的。

我看了很感慨,你说志愿军战士多英勇,特别是长津湖一战,一连的人全冻死了,可是他们的枪口一致对着敌人来攻的方向。我看了都流泪了。

我的书面感想已交组织了。卫洁仍是冷冷的,有什么话,你直接说。

我真恨刘娜,她怎么不把这个烫手的山芋接了,偏偏转给我。又恨卫洁不识好友的心,一时有些恼火,便说,卫洁,我们是不是姐妹?

这还用问?

卫洁，正因有志愿军的浴血奋战，才有我们今天的幸福生活。片子里，刘思齐回忆毛岸英参战前给她鞠躬的细节，我看时眼泪都流了出来，我就想，我一定要对我家杨老师好，虽然他有时懒，跟我吵架，可我生病时，是他给我递水喂药，送我到医院。即便他有一次差点儿出轨了。话已出口，我才意识到自己失口了，忙说，我是说我看到他一个女同事打来电话，他就眉开眼笑。我一想到这，就禁不住胡思乱想，虽然明白，他只是爱跟她说说笑笑，又没有其他问题，对我跟儿子一心一意的。再说咱们每个人，谁心里没有点儿春梦。有春梦不要紧，只要不实施，就还是好同志，你说是不是？

李晓音，我不知道你大周末的说了这么多废话啥意思，甚至连自己的隐私都端出来了？好了，没别的事我挂了，我要出去买菜了。

卫洁，这次在母校学习，我感受特别深。二十多年前，我们多年轻呀，现在年华渐渐老去，不由得人不珍惜今天的生活。我学习马上就结束了，元月三日，咱们同宿舍的几个姐妹好好聊聊，地点我都选好了，就在什刹海的孔乙己酒店，记着，我提前预约了，你还要表演节目呢，要演你最拿手的，跟你家田园一起唱黄梅戏《夫妻双双把家还》呢。

放了电话，我马上又把电话拨给刘娜，刘娜听完我的详述，说，意思到了，我相信她不会乱来的，这样，我让田园密切注意她的行动，随时告诉我动向。

几天后，刘娜告诉我卫洁回家了，还吃了田园做的饭，但还是分床而居，不过，让田园写检讨。于是公务员田园就针对自己的梦中失语写了一篇五百字的检讨，女大校卫洁看完，在上面批示道：不深刻，要从灵魂深处挖。田园就从为什么做这个梦写起，比如白天一个同事离婚，可能引此做梦。还比如卫洁平日说话的口气，让他没有男人的尊严。再比如公婆去世，卫洁没回去送别，兄弟姐妹让他离婚之类的。说了之后，又说，那只是梦，他明白卫洁对他及他家都是真心的，办他调动，给他弟弟妹妹安排工作，他至死都不会忘记妻子的情意，怎么可能离婚。只是他是一个男人，毕竟还要有面子，如此云云。卫洁看完这份长达五千字的检讨，三天没有回话，第四天把家里三本存折和房产证都从丈夫手里收回，锁进了新买的保险柜里，密码当然只有她知道。她还说，田园，如果你再做这样的梦，那么你的弟弟妹妹的工作就没了。还有你，哼，从哪里来，滚回哪里去。

我听得哈哈大笑，得意地说，刘娜，我厉害吧，咱这个业务干部也会做思想工作的。

唉，别得意，你做的是卫洁的工作，没错。可你知道我是怎么做田园工作的？我让田园每天给卫洁送花、送亲手做的可口的饭菜，每天还不能重样，还发一个又一个甜言蜜语的短信。你打的是隐蔽战，我采取的是攻心战。是我们两位陆、空军女大校共同捍卫了女武警大校卫洁的幸福生活。

对对对，姐妹齐心，无坚不摧。

放了电话，我忽然想我家那位了，便给他打电话，讲了此

事,然后说,杨老师,你可记着,我不在的日子,你要严守婚姻纪律,不得胡思乱想,更不得损坏军人尊严,我们女军人不是好惹的。军婚是受法律保护的。

杨老师笑着说,老婆,快滚回来,我一个人实在不想在家里待了。洗澡水也没人烧,衣服也没人洗,还有,我实在不想吃食堂饭了,没滋没味。再不回来,我直接就到街道办事处离婚了,在梦中喊离婚,那是懦夫所为。要干,就干真格的。

去吧去吧,现在就去干。你那女同事不盼着跟你聊天嘛。狼子野心,历历在目。

哎哎哎,别挂,回来时,老婆,我去机场接你。真的想你了,这是咱们分别最久的一次吧。

好酸。

不,是甜。

这是我们夫妻多少年来唯一的一次情话,更多时我们不是吵吵吵,就是冷战。年轻时,还打过很多次架,最厉害的一次是我把他抓得鼻青脸肿,他打得我半天起不了身,还到医院做了胸透。我们都伤痕累累地到了民政局门口,可他一句话让我就打消了离婚的念头。他说,对了,老婆,家里煤气好像没有关。

我们打车跑回家,煤气关得好好的。我气得要打他,他说,都要离婚了还操心着煤气,可见你也不是真心要离婚的。那咱就好好过吧。

那以后你不能把我打得这么疼。

那你不能先动手,哪有女人先动手打男人的,还让我脸烂糟糟地去上班,我一个大男人的脸面何在。尼采不是说了嘛,对待女人,就得经常拿着鞭子。

你敢。

我拿着鞭子是替你打别人的。嘻嘻。

于是我们还写了保证书,只不过,隔了两天我们又打了起来,只是我们再也没有到民政局去离婚。

七

半月后,南京难得下了一场大雪,林特特约我晚上出去吃饭,到了席间,我才知道,是她丈夫来了。我想总部的人,肯定来出差,顺便来看看新婚的夫人。结果,林特特说丈夫是特意来看她的。完了,又说,我有什么好看的,学习那么紧张,真是烦。我说行了,行了,别装了。

回到宿舍,我免不了又打电话把我家杨老师说了一顿,那么想我,也不来探班。你看看人家林特特,夫妻多恩爱,大雪天来看妻子,让人多感动。杨老师说马上到期末了,学生要考试。再说老夫老妻了,有什么探的,气得我当即挂了电话。

饭局除了我和林特特,还有五个人,都是她丈夫的老部下或曾经的上级。有一个显然是农民的人,他曾当过欧局长的班长,欧局长让他坐上席,而让曾对他有恩的一位现任领导坐在了旁边,让我不禁对欧局长产生了深深的敬意。欧局长频频起身敬酒，再三说，多年战友和领导都没见，很想大家，这次特意请大家一聚，又说，大家别担心，这是周六，可以多喝一点儿，但不要喝醉。也不用担心我搞腐败，这是我自己掏钱请客。对老领导、老战友，还有老婆的同学，一定要用自己的钱，这样才能体现友谊之深厚，情意之深远。

席间，他待客甚是得体，林特特也是礼貌有加，饭间大家也其乐融融，可我总感觉少些什么，我一时没想明白，后来才醒悟，他们之间少了夫妻间的默契。对了，就是默契。林特特对丈夫是客气的，丈夫对林特特也是礼貌有加的。夫妻在外人面前，这样没错。可是好像又不太对劲儿，我说不清。

吃完饭，林特特要跟我一起回学校，说培训班规定不得到外面住，我说，你一个多月没见爱人了，去招待所吧，明天又是周末。她却再三要回去，欧局长先是愣了一下，当着众人面也没说什么。

一直走到操场了，我说你们是不是……

跑步吧，咱们跑个三公里。

你这是干吗？

不是马上要考核了吗？林特特说着，忽然撒开腿就跑了起来。

我愣了一下，也跟了上去。

当我们气喘吁吁地跑完，正要进宿舍楼，忽遇到从里面出来的林特特爱人，他笑着说，特特，我给你们队长请好假了，他同意你晚上到外面住宿。

你这样做，征求我意见了吗？

夫妻之间，还征求什么意见，走吧。说着要拉林特特的手，林特特挣脱开，要进宿舍，我一把拉住她，说，别闹了，假都请了，回去大家怎么看你？说着，把她推到爱人身边，然后扭头进了宿舍楼。

十点半了，我犹豫片刻，看到林特特宿舍灯亮着，借借书之由，敲开了门。她同屋是一位海军上校，说林特特爱人来了，林特特晚上不回来住了。

我轻舒了一口气，可更多的疑问却涌上心头。

周日晚点名前半小时，我见到了林特特，她丈夫送她回来的。她神态盎然，红光满面，我想我多虑了，夫妻生活就这样，打打闹闹才是日常。

八

学习结束前，我准备到驻地拜访那位志愿军女战士。她的战斗故事我们杂志发表后，许多读者发来短信，还有导演要联系她计划拍爱情片。虽然采访工作已经结束，可是不知怎么的，我好像与老人有了种亲人般的感觉，特想离开时见见她本人，采访工作一直是电话联系的。这么一想，便约林特特一起去。林特特听完志愿军女战士的故事，立马同意，还拉着我要买东西，我说买束花吧。她却说，看老人还是实用些，买了箱水果、牛奶，还有一大堆营养品。

她坚决要穿军装，我说，穿军装出行不方便。她摇头道，你哪知道军装对一个老兵意味着什么。我只好跟她一样，里面穿了冬装常服，外面穿着迷彩大衣，系了军用围巾。既然穿军装，就不能军便服混穿，得严格按照《内务条令》规定的军容风纪标准着装。

女志愿军战士家在山西路附近的一个大杂院里，院子狭小，自朝作战回来后，老人就转业到地方铁路上工作。八十多岁了，身体不好，一直坐在轮椅上，生活起居由保姆照顾着。让我们没有想到老人也穿上了志愿军军服，我跟林特特肃然起敬，马上敬礼，老人还礼动作慢些，但蛮标准。

老人问了我们学习情况，又问了部队现况，特别对我们的军衔、职级，问得好细。边听边说，你们赶上了好时代。稀疏的白发在风中不停地飘着。保姆马上关了窗，还笑着给我们说，老人经常怕冷，爱看军事节目，特别爱看书。说着指着一墙的书架，说这些书大多老人都看过了。

我看书看电视都爱看有关抗美援朝的，那时我才十六岁，有那么多好战友，还有爱人牺牲了，我就是想他们。老人说着，流下了泪。

她说，她当时在师医院工作，爱人当排长，因为他们都是从南方直接到朝鲜的，穿着单薄的军装，常年住又潮又冷的防空洞，因为怕炊烟引来敌机轰炸，不敢生火做饭，很多时候，饿了，从干粮袋里抓一把炒面。渴了，抓把雪。刚去的那一年，天特冷，零下四十多摄氏度，爱人不知从哪弄来一件棉大衣，出去执行任务走时非要给她，她不要。爱人把她与大衣紧紧抱着，说，这个大衣就是我，一直陪伴着你。后来她才知道，爱人和他的战友们全部在长津湖冻成了冰雕，可仍紧紧握着枪，面对着来敌的方向，撤退的敌人看到后，都看呆了。他们没想到有这么一支英勇的部队，一群刚强的军人。看到我们脱下放在旁边的厚厚的迷彩大衣、羊毛围巾，老人不停地摸着说，当年部队要是有这么厚的衣服，有电视上讲的单兵自热食品，那么我的爱人就不会冻死，就不会饿死。说不上我们的儿女都跟你们一般大了。那时朝鲜零下四十摄氏度，我穿着棉大衣，还觉得冷，他是怎么受的，他当时想过我吗？是不是还有话要给我说，我真想知道。

　　说着，她让保姆拿出那件爱人送她的棉大衣。大衣装在一个皮箱里，已经很旧了，可是它还是那么干净，整整齐齐裹在塑料袋里，放在皮箱里。老人再也没有改嫁。她孤零零地守了一辈子。她说曾经沧海难为水，与其嫁了别人心里还想着走了的那个，不如一个人最好。也不是一个，他一直就在我身边。她说着，让保姆打开手机，我们看到的是一个年轻的志愿军战士的照片，看起来最多二十岁。

　　爷爷的照片奶奶怕弄丢了，让我扫描到手机上，原照片都锁在柜子里呢。

　　老人指着手机上的照片，说，我老梦见他，他给我说，他在那边挺好，让我快些过去，他就是怕冷。我听到过现场的人说，那些牺牲的志愿军战士因为冷，一直爬着走，一个挨着一

个,可还是战胜不了冷和饥饿。

这么多年,您一个人,一定很孤单,您后悔过没?林特特擦了一下眼角问。

虎子哥在异国他乡更孤单。他的遗骸送回来时,我庆幸我没有结婚,我还有资格与他埋在一起。现在,我最怕的是一件事。

老人话音刚落,林特特急着问什么事。

我总想他还那么年轻,我已经老得都不想看自己了,他会不会不认识我了。大衣我怕坏了,每年都要拿出来晒晒。我要穿着这大衣去见我的虎子哥,我们才刚度过了新婚的第一夜。我怕自己老得这么丑,配不上他……老人说着,眼泪流得越来越多,我们也跟着哭。

告别时林特特说,她要写一篇文章,这是她听过的最感人的故事。她还把那件大衣拍了照片。拍了两张,看了不行,又让老人抱着棉大衣,拍了一张。还说,回去,要给老人送一件迷彩大衣。

出门后,我问她真的要给老人送迷彩服?

我林特特啥时说话不算数,你没看到她一直摸着咱们的大衣不放吗?

我好像是第一次重新认识了被同学们誉为美人的林特特。

九

回到学校,要进宿舍楼时,林特特忽然叫住我,说,我们到操场走走。

我看了阴沉沉的天,说,太冷了。回吧。

有朝鲜冷吗?有零下四十摄氏度吗?林特特说着,走进了操场,我只好把大衣领子竖起来,把围巾包在头上,跟了上去。

我知道你们一直想知道我生活得好不好。怎么说呢,好,也不好。我在李香君故居就想跟你说的,可不知为什么,在那样的地方,我几次都开不了口,是那吵声,是那环境,还是当时的心境,反正几次话到嘴边都停下了。现在要分别了,虽然我们同居一城,但都忙得很,心也静不下来。今天听了老奶奶的故事,我忽然想给你说说我的婚姻。

我立即放慢了脚步,感觉天好像也不那么冷了。

有几个人走过,她一直等他们走远了,才开口道,欧泽明稳重、有事业心,他对我很好,让我体会到了恬静、安宁,体验到一种家人的温存。但是他可能领导当惯了,啥事都是他决定。比如把公婆接到家里,才告诉我,气得我回了自己的家。后来禁不住他再三打电话道歉,我想想自己也不对,又回到家,给他说夫妻之间,凡事要商量,他说好好好,可事后仍跟过去一样。比如你说他跟队里请假,就不经我同意。这事也罢了,不是原则问题,我都让步。

让我心里过不去的是另外的事。她说到这儿,又望了望四周,四周静悄悄的,十二月的校园,因冷人很少,她又说,我给你说句不好意思的话,我老梦到刘一炜。真的,结婚后,我一直梦见,有时梦到他就在我房间里,看着我跟我丈夫,搞得我好紧张。你知道,他出车祸后,我很少梦到,可自从跟欧泽明结婚后老梦到他。他跟过去一样,依在床边,一只手摸着我的脸,笑嘻嘻地看着我,不停地问我跟着他幸福,还是跟旁边的这个人幸福?说实话,幸福是什么?我真说不清。

欧泽明对我女儿很好,经常给零花钱,我都觉得多,他说女孩子要富养,女儿的工作也是他联系安排的。家里房子大,怕我打扫累着,要给我请钟点工,我没同意。要给我调工作,说离家近些方便,我也没同意。除了上班,他都在家,不喝酒,不抽烟,除了看电视看材料,也没其他不良嗜好。话说得恰到好处,对我彬彬有礼,大家都认为他是好丈夫,可我总觉着日子不是这个味。我跟刘一炜在一起,他经常半夜回家,忽然搂着我疯跳,会忽然送我一束花,会忽然开着车拉着我跑到郊区一个度假村给我一个惊喜。两个人可以疯玩。想到外面吃了,立马就出门吃一顿。我说想旅游,他马上就订票,根本就不想存钱,不想明天。我前阵为什么要带你去李香君故居和听评弹,都是他知道我喜欢,过去带我去过的。还有,站在这个操场,我总想二十多年前,刘一炜跟我在草坪上谈恋爱的情景。对了,就在草坪这个位置,那时是夏天,你们都睡了,我按我们约好的时间,来到操场,躺在草坪上,头枕在他大腿上,脸对着脸,天上星星一闪一闪的,好像才发生在昨天。特别这次重返母校,我更想刘一炜了。林特特说着,长长地叹息了一声。

你真是身在福中不知福。男人当然有各种各样的，刘一炜那时老惹你伤心，害得你半夜睡不着，给我打电话，怕他被这个小姑娘迷住了，被那个小姑娘牵走了。你老说这样的生活，你受不了。现在倒好，又不知足了。

是呀，我也这么想过，可与刘一炜一比，就显得欧泽明更无趣了。我这么给你说吧，咱们学新闻的，整天跟报纸打交道，刘一炜如果是一张晚报，欧泽明就是一份日报。日报庄重大气，发出的声音也具权威性，可是你整天看，是不是也有烦的时候，而晚报满纸烟火气，你看着就像置身在生活中，有滋有味。欧泽明这个日报我每天都得翻，不管愿意不愿意，睁眼是他，闭眼是他，我都提不起兴趣。你不知道，有天我们一起去看话剧，他竟然睡着了。让我好一阵难过。我问他这么好的话剧怎么还睡着了？你猜他怎么说，他说这男人不道德，人家女人有老公，还是他的好朋友，他竟然还勾引人家的老婆。既然错了，就错到底，人家女人对他那么好，他却一点儿责任也不负。后来娶了妻子，当好好过日子，珍惜目前拥有的，却老不回家。花五六百块钱看这样无聊的演出一点儿都不值得，说不上好人都学坏了。我说你看女主角娇蕊多有风情，她不喜欢她的丈夫。我看她太风骚，这样的女人只能当交际花，娶不得。我听得一阵阵心寒。

你们看的是不是话剧《红玫瑰与白玫瑰》？

你怎么知道？

有人看见了。

所以我更觉丢人。还有，在家里我们经常为小事争吵，比如，我不能说一个事，说了就必须做。要是临时变，他会老大的不高兴，给我讲规则计划对一个人多重要。他的衣服都有严格的放置，比如睡衣放在哪儿，袜子放在哪儿。几点睡觉，几点起床，几点过夫妻生活，什么样式，一直不变。每天晚上都要喝稀饭，我变了，他就说好像没有吃饭。有次，我收拾房间，看到他的刮胡刀不好用了，就给他买了一个，他老大不高兴，不是因为换了，而是开关挪到了左边，他就不习惯了。比如我们周末散步，夏天起来七点走，凉快。冬天天冷，太阳出来了再去，他就不行。要是一个周末不出去，他又不高兴。我感觉他跟机器人差不多。他儿子也是，看到毛巾不正，都会摆放有序。他经常买菜，可是你知道，整天买同样的菜，说西蓝花有营养，就天天买。让你整天吃西蓝花，你能受得了吗？我说我爱吃豆腐，又天天开始买豆腐，一点儿都不会变通。让我更为生气的是，上次我买的那把桃花扇我让他带回家，你猜怎么着，他让他老父亲拿回家扇风去了。你想想，我到李香君故居买的扇子，专门盖了故居的章子，他却让他的农民父亲去扇风。他还说不就一把扇子嘛。

的确不就是一把扇子嘛。

可它不是一般的扇子呀。它是桃花扇呀，它来自李香君故居呀。再说我买它也不是为了扇风呀。要是刘一炜在，他绝对不会这么做的，他知道我为什么会喜欢一把看起来普通的扇子，他理解我的爱好。比如，我们要做着饭，看到落日，他会一把拉着我的手,跑到河边拍落日。高兴了,半夜拉我起来听他的剧本。他活着时,让我生活得不安,他走后,我想我一定要找一个生活规律、内心稳定、脾气好的丈夫,真找着他了,我怎么感觉越来越不幸福,可这种心境又没办法跟别人说。而刘一炜走了,好像把一切不愉快的事都带走了,给我留的都是甜蜜的回忆。刘一炜老晚回家,我恨他,可他一抱我到床上,我马上就忘记了他所有的不好,从来都无法抗拒他的魅力,即便我再生气。

我感觉我好像理解林特特了,便拍拍她的肩说,知足常乐吧。

林特特笑着说,也是,刘一炜再好,他已经没了。

不,是因为你得到了新东西,就又拿着旧东西的好比,就像张爱玲说的,你得到了红玫瑰,又想白玫瑰,人生就是这样的,永不满足。我记得你曾多次给我说刘一炜整天不想着过日子,今朝有酒今朝醉,你恨不得要跟他离婚。好不容易找着了欧泽明,人家工作、房子哪方面都比你强。我还跟刘娜说,你好幸福,找了一个好丈夫,啥事都给你安排得好好的。不像我们,还想着孩子毕业找工作。

我要是给你说了,你一定会笑死。比如说,那天婚宴后,都十一点了,欧泽明还一直在给我给讲他的个人奋斗史,比如从小背馍,当兵时,妈妈除了买的火车票,只给了他十块钱。

这不挺好嘛,农家子弟,所以才珍惜今天的生活呀。

我困得都打哈欠了,他递给我了一杯奶,我以为他会停止

痛说革命家史了，结果他又开始了，我一看表，都一点了，他才讲到当下士。你想想要是讲到大校，得多长时间呀。

我明白了，你想早些跟他共渡爱河，没想到遇上了一个书呆子。哈哈。

他可不是书呆子，鬼着呢。生活很节俭，一张纸巾，他每次擦嘴撕一半用。衣服，没有超过五百的，大多都是在网上买的，他说反正平常都穿军装。可是他对朋友，对亲戚大方得很。自从我们结婚后，他只留五百块钱的零花钱，其余交给我。你别睁大眼睛，他是写上我的户头，让我跟他一起存到银行。你知道我一向花钱惯了，再说手头一千块钱哪儿够。对，他说我是女人，就比他多给五百块钱。还有，他的朋友亲戚来的次数多了，我就好烦，可是你猜他怎么着。那些人一来，他就当着人家的面给我扣大帽子，说我通情达理，又是名记者，特热心，做一手好茶饭，很欢迎人家到家里玩。逼得我只好学着做饭，只好笑脸待客。一切收拾停当，我困得进了卧室，可他们在外面吵得我根本没法睡，还不能出去说。可这又有什么办法，他已经给我定了角色，我怎么能演砸。

可是他也没有错呀，男人嘛，总得有些交往。你跟了他，就得包容他的一切。你认为这是他的不足，我倒认为这是他的优点，农民子弟嘛，受出身所限。说不上，这是你千年修来的呢。

欧泽明不会照相，你看看给我拍的照片，我要么顶天立地，要么像样板戏上的坏人一样缩在角落。他也不会跳舞。我怎么也忘不了十几年前，刘一炜带我去跳舞，去红房子喝咖啡。给我买最高档的裙子，众星捧月地对我。可跟欧泽明，别说跳舞，就是去看演出，他都舍不得，说一张戏票，好几百块呢，在电脑上看就行了。你说电脑上能跟剧场上看的效果一样吗？每个东西都放在固定的地方，每件事都规定精确的时间。我都不知道他以前那个老婆是怎么受得了他这样的。

你问过他老婆是什么样的吗？

他告诉我他前妻是名幼儿园老师，他起初一见我，真以为那是他前妻再生。据他说，他老婆长得很漂亮，凡事特别认真，对家里好，通情达理，善解人意。后来，他大概感觉我其实骨子里是很浪漫的，用他的话说，不安分，就经常旁敲侧击，说，女人要守正，要端庄，要有妇德。我不信他说的关于他老婆的事。我翻遍了家里大大小小的角落，没有他老婆的任何东西，我不相信。有次我清理地下室，终于发现了。地下室全是成排的书柜，都是一些理论书，可是书柜里有一个铁皮箱子，从来没打开过。我一直很好奇，一次趁他出差时，我从他的一串串钥匙里一个个试，终于一把钥匙打开了。里面东西好满，我吃了一惊。你猜我发现了什么？

他把前妻分尸了？

你悬疑片看多了吧？！正经点儿。林特特说着，清了清嗓子，继续说，几乎是一箱子的旗袍。有几件是碎花、格子的，大多都是纯色的绸缎，白的、湖蓝的、黄的，简直是旗袍的世界，还有一盒首饰，一摞影集，都很漂亮，我很难把这些与一个他所说的娴静的幼儿园老师联系起来。

你怎么知道这是他妻子的？也许是另外一个女人的。

照片上的女人跟他儿子长得好像，特别是眉眼，简直就一个人。我把箱子里的东西全翻完，还把那些衣服一件件试了一遍，真的好合身，也就是说他老婆身材个子跟我一样，我也戴上了那首饰，我都不认识镜中的自己了。

我把东西放回去时，才想起忘记了按次序放，他那么有条理的人，一旦发现我动了他的东西，一定很不高兴。我尽力回忆了半天，按我的记忆把东西放好。可是我仍不死心，又打开最下面的影集。那女人真的好美，脸形跟我有些像，穿着旗袍好像大家闺秀，我就在那一刻，明白他为什么喜欢我了。照片从她出生时排列，整整六大本。他们婚后的照片是在第六本上，每张后面都有字，跟山在公园、跟山在西湖、跟山在太湖。两人都很亲昵，他搂着她或对望着她。她呢，也是含情脉脉的。近年，一张都没有了，而影集还有许多空页。

也许这时有了电脑，人都不愿意洗照片了。

我也这么想，放回影集，上了楼，总感觉他并不像我想象的那样单纯，我好像急于寻找到一些秘密似的，又到他书房找，打开他电脑，他没有密码，里面全是材料夹。

有些人故意把秘密都以材料命名的。

他家里台式电脑跟办公室电脑一样，全是文件，我一个个都看了。什么都没有。但是，我在他书架最上面，发现了一收纳盒昆曲光碟，上面干干净净的，我不敢确定他是否经常看，但显然经常擦拭，盒盖干干净净的。

他一直给我说，他们过得很恩爱。他经常去墓地看他前妻的，也从不骗我。但我去看刘一炜后，就不想告诉他，我想，这是我的私事，犯不着告诉他，他知道后很不高兴。一生气，就半天问不出一句话来。我就不理他，当然最后还是他撑不住了，先理我的。他也不会像刘一炜一样说好听的话，只干巴巴地说，算我错了，别生气了，我都说我错了，老婆。倒来倒去，就这几句，我听得都要睡着了。

我一听扑哧一声笑了。我们当然知道刘一炜好风花雪月，你的胃口吊起来了，怎肯过下里巴人的生活。

林特特打了我一下，笑着说，说句难为情的话，我们夫妻之事，他都是直接，没有温存，好像完成一项任务。刘一炜跟我在一起时，真的如戏中唱的，恰三春好处无人见。许多事，我没法给你说出口，一句话，我们不比《浮生六记》里讲的差多少。看电视时，他一定搂着我。在家里，忽然就把我背起来跑。在厨房，在卫生间，在女儿房间，在任何地方，他都会笑着说，咱们欢喜欢喜吧。对，他把那事叫欢喜，而不像欧泽明说的"咱们开始吧"。好像他在跟同事说，咱们开会吧，咱们工作吧，你说你哪还有兴致。习惯成自然，我跟刘一炜在一起久了，自然就浸染上了。刚开始跟欧泽明结婚，我往他跟前一坐，他马上离我好远，还说别老黏着我，夫妻之间嘛，要庄重些。说句难听话，床上都是一个动作。有次我说你能不能变下，他说，那是荡妇所为，恼得我现在都不想跟他过夫妻生活。有次好像是遇到什么高兴的事，我一把搂住他，撒娇让他背我，他马上说，这成什么体统，哪有做老婆的骑在丈夫的脖子上撒野。然后还没完，让我坐到他对面，他晃着二郎腿，喝着茶，好像领导批评部下似的说，女人一定要庄重，如果太随意放得开了，就保不齐习惯成自然，容易上坏人的当。他还说，我喜欢你，就因为你庄重、矜持。我们机关干部，军人找老婆，一定要娴静。对了，那些哼哼唧唧的戏不要听了，整天爱呀情呀，唱半天还唱不完一句，还戴两只戒指，整个资产阶级情调。你听些军歌、红歌，不更积极向上嘛，身为军人，思想意识要纯净。如果我没看到他的身份证，我真不敢相信这是一个五十岁出头的人说的，分明一个老干部口吻嘛。你说，跟这样的人，你还能谈其他艺术吗？分明就给牛弹琴呢。跟这样的人过日子，你可想而知日子是多么寡淡。刘一炜就不是这样的，我们躺到床上了，他会放轻音乐，会抱着我跳舞，会跟我说些甜蜜的话。有时还给我拍照。满屋跑着追我，让我把他给我买的一件件漂亮衣服穿给他看，他一张张拍。到田野里，在山中，每周都有不一样的生活，我老盼着跟他在一起。一句话，他让我有一种新鲜的生活，说实话，我虽然有时恨他，可现在想来，他给我的快乐多于痛苦。正因他那么有趣，才有年轻姑娘喜欢他嘛。可你们，他走了，你们就忘了他的好。每次咱们出去，你们的丈夫都有事，是他——刘一炜主动提出当车夫，是他给咱们联系出行线路。刘娜妈妈住院，也是我们家刘一炜帮在手术单上签的字。卫洁丈夫的工作牵线人，也是我们家刘一炜。还有你，每次到我家，都是刘一炜亲手给你做好吃的，还给你讲故事逗乐。他走了，你们一个个都不说他的好，老说现在这位好，可你们哪知道我心里的苦呀。

胡说了吧，我们都觉得人家挺好的，真的，我跟刘娜和卫洁都说这次你找对人了，会生活，有前途，对你好，你还有啥不满足的。对了，一直想问你，你为什么喜欢上欧局长的？是别人介绍的，还是你们遇上的？我们好想知道，又怕你多心，一直不敢问。

四十岁的女人能有多少选择呀。她口里如此说，脸上却掩饰不住的得意。有天晚上，我到他单位办事，办完事，天黑了，我回家时，他忽然说，我送你回去吧。那时是冬天，下着雪，打车也打不着，他就开车送我，一直送到家。看到楼道灯黑着，还给我打着手机一直送到家门口。我看到他身上都是雪花，还在咳，当时很感动，便让他到家里坐坐，喝杯茶。他说你丈夫不吃醋。我说我没丈夫。他嗯了一声，深深地看了我一眼，说，不了，以后再联系。说着，留了他电话。第二天就请我吃饭，吃了三次，就提出了求婚。我看他长相可以，也体贴，房子离我这也不远，也不嫌弃我有女儿，这不，就答应了。

会不会他是故意的，知道你单身。

我从来没有跟他们单位人接触过，而且你知道我不爱说话，也不张扬。他跟我接触以后，说，我就是他理想中的妻子，长相漂亮，身体健康，作风正派，政治可靠。你听听，这

不就是对一个干部的评价嘛。这哪像爱情。他一起床，马上就放军歌，不是打靶归来，就是向前向前，我们的队伍向太阳。我给他提意见，让他不要在家里放。他说你是不是军人，是军人，难道就不爱听军歌？我说是军人，这些歌在军列中唱，在集会上唱，在军营里唱，都没错。可是在家里放，在饭桌上，你唱嘿士兵，嘿士兵，戴好钢盔，端好钢枪，你看前面晃动的是敌人，你看老兵已经喊起杀声，这合适吗？老婆是敌人，还是儿女是敌人？他说，军人的战场在任何地方，不能让靡靡之音渗透到我们家里。你说这家不跟单位一样了吗？我有时想听听昆曲，就到书房里关上门，不一会儿，他就借送水果送牛奶来检查，搞得我感觉自己在家里好像搞特务活动似的。他呢，在家不是看材料，就是画军事地形图，一会儿画山谷，一会儿画河流。我问你一个政工干部，为什么对军事那么着迷？他说因为咱是军人呀，军人看不懂地形图，还配叫军人吗？

当然也有好处，你的识图用图考核不就在他指导下，得了单位第一名？你要实事求是。

也是。林特特说着，望了望天空，又接着说，有时我随口一说我们报纸副刊某篇文章题目，他第二天就告诉我，他做梦都给我想题目呢。你不知道，他想的那些题目，能把人笑死。一篇散文题目，它不是丰碑，就是辉煌，简直就是材料语言嘛，可一看他那认真的样子，我还不能打击他。当他看到报纸出来，知道他的意见我没采纳后，心里就很不痛快。他只要在家，就给我说文章的观点要新，材料要充实，小标题要对仗，上面的思想要吃透，下面的情况要了解，要调查研究。你说咱们文学版的能跟他们写材料的一样吗，有时，真的让人哭笑不得，可他却不自觉，还挺得意。还有不少同事都脱了军装，自主择业拿着工资，不用上班，还能周游世界，我就萌生了脱军装的想法。他坚决不同意，还说，你猜我为什么喜欢你，你那身帅气的海军服，也是喜欢之一。如果我离开部队，他就离婚。一听离婚，我就火了，我说，你以为你是宝呀，现在就离。我受够了，我马上给单位写报告。我说着，大声放我最喜欢的昆曲，并立即写离婚报告。然后把报告扔到他面前，就回了自己的家。他又三天两头找我，我不开门，又到单位找我，说他错了，我想干什么就干什么，只要守住底线。我们刚结婚，他带我回他家，见人就说，大学生，海军军官，长相也漂亮吧。我感觉农村人，一点儿没品位，但也有一种自豪感。有个男人看着说，说，年纪不小，不是头茬婚吧。我一听心里就冒火，但想给他留个面子，就没说话，他只嘿嘿笑个不停。

我单身时，家里来个男人，邻居老太太都会审视我半天。遇到他后，我想他也不难看，虽然没情趣，但也安全，便答应了。没想到又过这样的日子。

我再次笑出了声，笑着笑着，我又想起了刘一炜，便笑得更加花枝乱颤了。

有那么可笑吗？人家把你当朋友，给你说知心话，你却取笑我。

不是取笑，是在思考一个问题。你的第一个丈夫刘一炜，浪漫可爱到极点。你整天说他不着调,不稳重。好,现在稳重的来了,你又嫌人家务实到了极点,不解风情。好像又有些过了。哈哈,你这是经历了冰火两重天,百炼成钢了。海军大校林特特同志,比起我们整天面对着一张脸的平淡生活,你已经够幸福的了。想想,老天对你已经够好的了,再不能不知足了,人哪能十全十美,生活可不就这样,得到了这样,就失去了那样,凡事要占尽,古今难全。

如果像你以为的那样也就好了。

什么意思?我马上提起了神。

前段时间,他妹妹到我家来了,跟我说了好多话,我问她原来的嫂子是什么样的?他们关系挺好的吧,你哥老提她。他妹妹说,你别提了,她要不死,怕他们也要离婚的。我嫂子是我们市昆曲团唱闺门旦的,跟我哥结婚,一直两地生活,不知怎么就喜欢上他们团里一个唱小生的,两个人进展到什么程度,谁也说不清。我哥得知后,立马让我嫂子辞职,跟他随军。我嫂子不同意,我哥就找团里领导,找我嫂子娘家人,孩子那时才十岁,他说他为了孩子原谅我嫂子了。我嫂子到北京后,到部队幼儿园当了一名音乐老师。我哥不计前嫌,两个人过得也不错。他们调到一起五年后,我嫂子忽然得了病,好像是抑郁症,我哥一直守在她身边。嫂子去世后,我哥一直不找对象,那时,他才三十来岁,一直供着儿子上了大学,他才想找的。他给我看你的照片时说,她娴静、稳重、优雅,眉眼间有股淡淡的忧伤,让我就想保护她。出身书香门第,家学丰厚。名牌大学毕业,党龄二十年,军龄二十一年,政治可靠。供职部队机关报纸,业务拔尖,丈夫去世三年,我通过组织和侧面打听,从无绯闻。我与她生活在一个城市,不像我跟你嫂子长期分居,性格脆弱者,就难免抵挡不住花花草草的诱惑。

原来如此。我唏嘘不已,又笑着说,不过,他还是没有认清你身上浪漫的基底。你是闷骚。哈哈!

自从得知他前妻的情况后,我又想起他带我回家跟别人介绍我,我才感觉一下子理解了他,原来每个人都有自己的不幸史,都有自己的软肋,就尽力要求自己变得像他要求的那样:听话,守本分,不听昆曲,不穿在他眼里过分暴露的衣服,可那样违背自己的天性呀,我本就不是那样的人,要装一时还行,要装二三十年,我还得活二三十年吧,我怕自己撑不住。

她说不下去了,我却不知如何安慰她。

回吧,夜深了,天也冷了。对了,刘娜给你打电话了吗?走进宿舍楼门口了,她问道。

有些联系。

她丈夫离职了。听说现在对刘娜可好了,整天接送上下班,也是,人年纪大了,才知道夫妻之情是多么重要。不过,职务对男人来说,是春药,没了职务的男人好像一下子就像气短了似的,这下,刘娜可以好好享受与爱人在一起的生活了。

寒夜中,我们异口同声地长叹一声。熄灯号响了。

他肯定要给我打电话了。林特特说着,拿起电话,果然,电话响了,林特特压着话筒说,你听听,他肯定又说,你好着

吧，要睡了，我给你打个电话，没事，我就挂了。

说着，接了电话，放到语音，举到我面前，里面响起一个标准的男中音：你好着吧，要睡了，我给你打个电话，没事，我就挂了。

挂了电话，我们同时笑出声来，林特特笑着笑着，忽然流下了眼泪，在路灯下，泪珠亮晶晶的。

我脑海忽然闪现出三十年前我们在舞场跳舞的情景，当时放的是《青春圆舞曲》，那是欢快的三步舞，我、刘娜、卫洁都在笑，只有林特特，搂着她的情歌王子，却泪流满面。

撩人春色是今年

一

都凌晨一点了,天空仍电闪雷鸣,估计短时间内飞机起飞不了啦。你眯会儿吧,行李我给你看着。你尽管放心。我是滨海昆曲学校的,唱小生。哈哈,不像?你看,这是我的证件,微信头像是演出剧照,扮的是《牡丹亭》中的柳梦梅。

你不困?喜欢昆曲?那太好了,知音呀,握握手。想听我的故事?也好,唠嗑起来,时间就缩短了。你是干什么工作的?让我猜?看你穿着,挺有特色的,麻棉也是我所爱,肯定文化人,对不对?作家?好好好,作家理解人,又是夜猫子。作家嘛,我倒见过几个,男人脑后扎个马尾巴,借着谈文学勾引小姑娘。女人嘛,大肆抽烟、喝酒、离婚或单身,要么穿旗袍,要么着道袍,把自己整得不食人间烟火。你嘛,不像,至少表面上不,还正常。不好意思,你看我这嘴,老爱得罪人。你看着人比较随和,那我就开讲了。你若不想听了,随便打断。反正这长夜漫漫,四处嘈杂,我刚才到机场休息厅看了,门都锁着,咱们只好边聊边等了。

要不,你躺在椅子上听吧,不要不好意思。反正大厅里谁也不认识谁,到了咱们这岁数,舒服第一,看你年纪,跟我差不多,你五十二?我比你小两岁。你这么郑重其事地坐着,倒让我不能信口开河了,那我得好好想想从何说起。随意?好,随意就是保持故事的天然风貌,杜丽娘一生爱好是天然,那我也就把我的故事原汁原味地讲给你听。我活到这岁数,啥风光有过,名利也淡了,不怕丢丑。哈哈!

那还是从一年前的一个下午说起吧。那天我读完先生短笺,双手轻拍,大声念白:这就好了。这就好了!说着,我眼前瞬间浮现出杜丽娘的影子,又想念白,望望卧室,忙掩住嘴,这次声音压低了:这就好了!一个圆场到客厅的大合影照片前,那时我们十八,先生四十出头。

先生是我的开蒙之师,亦是终生恩师。从舞台下来后,她除了教学,一直练习书法。短笺纸张甚是讲究,上好的宣纸,红色竖格暗纹,左下角落款朵云斋,清秀的蝇头小楷,颇有几分颜真卿的影子,只一页纸,可字字皆见功力,落款还盖了淡淡的钤印:

菁儿爱徒:

多年未见,甚是想念。家里都好吧,想必兔儿也有女朋友了。想起那年你带他到古镇来看我,他把我叫老妖怪的情景,不禁莞尔。人已老迈,承蒙错爱,中秋之夜,我将于老家水乡古镇彩唱《占花魁·受吐》。若有余暇,可否一观乎?余话甚多,可惜手指哆嗦不止,怕词不达意,难述衷肠，见面细叙。今天余晖甚美，好想与你们看看落日，说说话。

纯梅
庚子年七月廿四日

快八十岁的先生要登台演出，请我们这些做学生的前去观看。先生三十多年没登台彩唱了，这样的岁数出山，在手机网络盛行的时代，又以这样典雅的方式邀请她的学生，我岂能不去。

先生一向细致，信尾忽然冒出"你们"，指的是谁？难道是她？肯定是她。

我打开手机通讯录，马上找到那个熟悉的电话，同是爱徒，先生一定也请了她，否则怎么有了"你们"之说。可拨到第十个号码时，我放弃了。

先生演出那天，我早早给她打电话，希望陪她去，可电话关机，演出前两小时我赶到剧场后台，一问才知先生已进了化妆间，门关着，谁也不见。我知道，这是先生多年的习惯，她肯定只吃了简单的快餐。她说演出前，不能吃得过饱，也不能跟人说话，她要早早酝酿情绪入戏。

后台人来人往，记者更是络绎不绝。昆曲三大闺门旦之一的杨纯梅三十年没有登台，八十岁复出，当然是新闻点了。

我不便打扰，信步走出剧场大门。大街上人来人往，绿化带上月季紫薇开得正盛。我一会儿望望街右，一会儿瞅瞅巷东，我不能确定她从哪条路来，但我确信她会来。

"柳梦梅，来得早呀。"耳听一声，我忙回头答道，刚来。回答完，才哑然失笑，人家问的不是我。被怀抱一束鲜花的漂亮姑娘叫作柳梦梅的是个帅气的小伙子，可能晚上有演出，他带着大包小包的东西，拉着姑娘的手说，快点儿快点儿，要迟了。

我以为人家会笑话我，可他们连看我一眼都没有。也是，我小十年不登台了，观众甚至圈子很少有人再认识我，有限的演出，也只是给学生示范时，唱几折。彩唱嘛，再也没有。

二

离开场还有二十分钟，我迈入剧场，为避免遇上熟人，戴上了墨镜。演员不上台，观众早把你忘记了，倒也不难为情。反正在古镇谁也不认识。最痛苦的是同行，明知道你不演戏了，还不时会问，最近有什么戏呀？演新作别忘了通知一声，我们要去看的。搞得你很是尴尬，却不知人家是存心揭伤疤，还是真不晓事。

落座后，我又扫视了一下全剧场，也没找到要找的人，倒是前排贵宾席上陆续就座的有几个熟悉的人，不是戏剧界大腕就是当地领导，我忙低下头。但是让我落寞的是，人家根本就没看我，要么盯着舞台紧闭的太阳红天鹅绒指指点点，要么一个个当红名角跑来跟领导拍照。

然后我闭着眼，想象先生出场时的情景。因为剧场不大，又依水浃，笛声听起来，特别清爽。

先生的戏放在最后，压轴。跟她上场的扮卖油郎秦钟的巾生看起来比她小，显然也多年没登台，出场时，先生停步了，巾生还走了半步。先生头上的步摇晃了一下，她忙止步。中间，男的开腔时有些犹豫，声音小了些，先生展了一下水袖，他便大声唱起来。先生唱腔优美，身段婉转如一幅幅仕女图，让我想起了"若有风雅藏在心，岁月从不败美人"。

可仔细瞧，她举扇时，右臂有些晃，虽然她在极力用水袖掩饰，可瞒不过我的眼睛。站在舞台上，你的一丝喘息，观众都看得清清楚楚，一点儿都不可马虎。这是多年前先生给我们说的。先生唱完，两次在不绝的掌声中优雅谢幕，我才知道，她的胳膊前不久动了手术，刚拆了钢板，还没有完全恢复。

剧场灯光一亮，我立即站起来，朝身后再瞧，很想找到她。可是众人纷纷出门，没有我要找的人，正在这时，电话响了，我以为是先生，却是她的短信。

我一直想跟她联系，可主动联系的却是她。她还在牵挂着我，我有些小激动，但不欣喜，因为她只发来一则短短的信息：明晚六点到水云间聚，还有先生。

水云间是这个水乡小镇的私家菜馆，环境优美安静。先生退休后，远离省城，居住在老家古镇，跟她恬静的性格甚是吻合。

我提前到饭店，一路想象她会穿什么衣服，跟她第一句该

说些什么。兴奋得到了地方要不是司机提醒,还不知道下车。

年轻漂亮的服务员把我领进写着"虞美人"包间门口,边推门边大声说,女士好,请进,已有人点菜了。我一看到她,心就扑腾跳个不停,很想上前狠狠地打她一拳,责怪她为什么这么多年都不主动跟我联系,每次我打电话过去,她虽然热情,可总有这事那事搅着。一会儿说稍等,我关下火。一会儿说不好意思,我接个电话。让我热情顿时到了冰点,慢慢就不再与她联系了。她看见我,笑着说,菁菁来了,快坐,服务员,倒茶。你先歇着,我点菜。她仍然坐着,仍然那样波澜不惊,即便在舞台上忘了词,她也做得让人觉得剧情就该如此。我讪讪地说,李荇,好久不见,你仍是那么漂亮。

她抬起头来,笑道,老了。你也年轻,眼角也没皱纹呀。说着,又低头点起菜来。

我日思夜想的二十年相见,平淡得我们好像天天见面。

她身材还是那么苗条,皮肤也紧致,灯光下没有发现白发,肯定不是染的,因为我知道她发质软,这样的人不易长白发。一身奶白色无袖连衣裙,满满少女状。这是我没猜到的。白色也是我的最爱,可发福的身材剔除了我的爱好。

一束康乃馨放在圆桌当中。昨晚演出给先生送花的人很多,我没准备花,她比我考虑得细致,把花拿到了这里。对了,她是女人嘛,心细如发。

离开舞台多年,我仍然认为自己就是小生。我是柳梦梅,是秦钟,是潘必正,而她,当然就是大家闺秀杜丽娘,是道士陈妙常，是秦淮河家喻户晓的花魁王美娘。

她仍然在低头点菜，要么接一个又一个电话。这两件事交叉进行，好像成心让我们说不了话。我一时无事可干，便把空调打开，关了窗子，想着等先生来了，再关空调，先生年纪大了，不能受凉。

先生如她一贯的为人，从不迟到，提前十分钟走进包间。八十岁的人了，竟然一个人来，还化着淡妆，身着一袭墨绿色的短袖旗袍，白金项链，我忙站起来，把她送到贵宾位，请她落座。先生缩了一下肩，她忙关上了空调。我打了一下自己的脑门儿，看我这记性，刚才还想着，需要时却忘了。你们工作都那么忙，本想陪着你们到水乡转转，这不，你们明天又要回去了。李荇，别点多了，年岁大了，晚上吃不多，咱们说说话。

对了，李荇就是她的名字，是我的搭档。"荇"就是《诗经》里"参差荇菜，左右采之"里的那个荇。荇菜在南方常见，看你是北方人，不知见过没，现在荇菜已开，花黄灿灿的，远远看去好像睡莲。她第一次给我留下很深的印象，就因为这名字，感觉跟我的菁，好像一对姊妹花。后来读了《诗经》，我就更对她感兴趣了。我喜欢台上台下都把她叫贤妹。虽然她比我大半岁。

先生让退掉三个菜，说，人老了，想说的话很多，多少话题还是关于昆曲的。我爱人去世了，女儿在公司，整天忙得焦头烂额，儿子也对昆曲不感兴趣。我就想呀，这些话只有对你们说了,不说,只能带到棺材里了。就唱了这么一出戏,半小时还不到,排了半个月,差点儿还唱不成了。先是我的老搭档杨先生,忽然得了心脏病,换成了吴先生。吴先生又摔断了腿,只好换成张先生,张先生几十年不唱戏了,记性也不好,但票已售出,只好仓皇上阵。好在,总算对付过去了。告诉你们,也不怕当学生的笑话,站到了舞台上,我还疑心在做梦。演出的梦做过不知多少遍了,有时我连自己都分不清是现实还是梦中。人老了,就这么糊涂。好在,台词一句都没唱错。

老师,您唱念做都跟以前一样棒。来来来,不要顾着说话,吃菜!我知道老师不能吃辣的,专门点淡的。菁菁爱吃肉,这个糖醋排骨是给你点的。贤妹不停地张罗着我跟先生。

有些力不从心了,演出时肯定没瞒过你们内行的眼睛,好在,观众们对我年迈之人极其宽容。一场走下来,我已经吃力了。不像你们,四十来岁,正当盛年。

哪呀,老师,我已五十了。我一直以为自己还年轻,前天去体检,我额头上有块斑,喏,就是这个。一问医生,医生说,老年斑。没想到这么快就步入老年了。

我也老了,都绝经了。我马上说。

你们俩,我最放心不下。老师说着,左边拉了我的手,右边又拉着贤妹的手,握在一起说,昨晚演出回来,就想见你们,实在太累了,可也怪,那么累,却怎么也睡不着,好容易睡着了,却梦到当年在上海滩与师姐沈世平同台飙戏的情景。我们都是昆大班同学,国家培养出的第一批昆剧演员,老想着要好好演。你们还记得那次我们打擂台吧。

当然记得了,贤妹抢口道,老师那时演杜丽娘,我演春香嘛。酒厂老板请我们到水乡来演出。沈老师不服,自己也联系了水乡一家食品厂,戏台搭在我们对面,那个热闹呀,我到现在都历历在目。

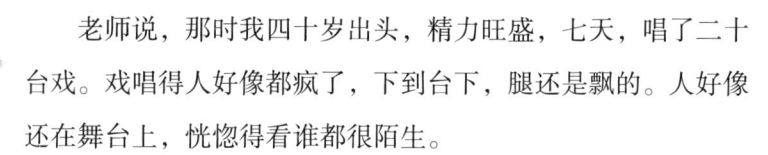

老师说,那时我四十岁出头,精力旺盛,七天,唱了二十台戏。戏唱得人好像都疯了,下到台下,腿还是飘的。人好像还在舞台上,恍惚得看谁都很陌生。

我记得那时,老师第一晚演《牡丹亭》《百花赠剑》。沈老师他们演《西厢记》《思凡》。咱们又演《紫钗记》。沈老师又演《红楼梦》。连续七夜,简直把水乡明澈的天空都演红了。

从此,她们一南一北,较劲儿了一辈子。可谁能想到,沈老师五十岁,正当盛年,却在一次演出途中,不幸遇上了车祸。

往事使先生眼神迷离起来,她说一想起师姐,就想唱《离魂》中的"集贤宾"。

老师,来一曲,我给你按板。贤妹说着,拿起筷子在碟边轻轻敲起来:

海天悠,问冰蟾何处涌?看玉杵秋空,凭谁窃药把嫦娥奉?甚西风吹梦无踪。人去难逢,须不是神挑鬼弄。在眉峰,心坎里别是一般疼痛……

老师边唱边流泪,我们也跟着哭了起来。

正在这时，贤妹手机又响了，这已经是她就餐接到的第三个电话了，她忙把电话关了。我说，贤妹真是好忙呀。让我没想到的是先生却说，快接，一团之长，肯定有不少紧要事，快去接。满脸都是理解。

贤妹抱歉一笑，出去接电话了，先生也不说话了，好像专等着贤妹回来再开口。片刻的静寂让我心里很不是滋味。贤妹不知有什么魅力，反正只要她出场，肯定就是中心。每个人好像都被她无形地牵引着，就连在昆曲界傲出名的先生也不例外。

贤妹一落座，先生就笑着说，我不说，你们也知道了，我跟师姐曾经争得不分彼此。后来她去了东方昆剧团，我就是咱们滨海昆剧团当红闺门旦了。本应当高兴，可当她走了，我忽然没劲儿了，从那以后，演出好像没了动力。这次为什么演？我近两年，连续不断地梦到她，她仍在唱戏，在那边。那边其他我记不起来了，但她的水袖特真实，白得那么耀眼，甚至我都能看到她染的红红指甲，无名指上的钻戒。她抛水袖的动作简直美极了。我要跟她学，她嫣然一笑，说，舞台上见。她还说，她没有死，她永远都不会死，她要跟我争到永生。一两次梦就罢了，可近些日子连续做梦。我还到她墓前，献了花，说自己年岁大了，不能再上台了，若在舞台上出了险情，一世英名就毁了。可还是梦到她。一个月前的一次梦中，她面目特别清晰，那双漂亮的凤眼冷冷地看着我，让我很害怕。

于是我就冒着风险重新上阵了。

你们说怪不怪,从我决定上台,就再也梦不到她了,大概她安心了。所以我只要身体力行,就要唱。好在,老板说了,只要我上台,就是胜利。我当然要唱到最好,要不,怎么能对得起观众呢。老师说着,拭起了眼角,我们正要安慰,她忽然又说,我不难过,我高兴,只要我能走上台,我就要实现她没来得及的梦想。想想她走时,比你们还年轻,我就心里好难过。而我的时间不多了。先生说着,哽咽了。

服务员进出添水递茶时,不时听到大厅年轻男女大声唱歌嬉闹,每每这时,我要关门,先生都摆摆手,说,别关,听听这些年轻的声音,也是好的。

对了,李芥,说说你们团里的情况。

哎呀,正要跟老师和师妹汇报呢。说实话,这个副团长没当时,很想当。当了以后,千头万绪,忙得焦头烂额。我们团长常年病着,演出基本都是我管。我当然诸事要跟团长汇报,她对我很放心,说,你大胆干,不用凡事都来跟我说。

那怎么行呢,我当然要说。但要反复想好了再向团长汇报。我首先想,近几年昆曲在白先勇倡导下,在全社会引起了普遍重视,但具体到我们团,还有距离。我就想,团里那么多演员,都想上,捧年轻的不行,捧名演员也不行,怎么办?第一,发挥每个人的积极性。一场戏,不能光旦生,还要有老生,丑角,大家齐上阵。而且不能光名角,还要培养新人,新老结合,这样,各路人马的积极性都调动起来了。第二,把冷戏变热戏,独创最关键。一个团不能老是传统剧目,总得有自己叫得响的新剧目。老师、菁菁,你们要多帮助我。我最近正在组织团里新排昆曲《王熙凤》。王熙凤这个人物各类戏剧演绎了不少,但据我所知昆曲还没有。她的人物关系很丰富,无论从宝玉、黛玉、贾母、贾琏、平儿等人物角度,都能生发出许多故事。我们正在排。它新在哪里,要给观众一个什么样的面貌。我现在正在做的就是这事。第三,跟各大昆剧团增进交流,共同演戏,这样搞活了自己,也切磋了技艺。第四,精选团里七十年来的优秀剧目,准备在年底建团七十周年之际隆重推出。总之原则是冷戏要热演,好戏要精演,熟戏要生演……

好好好。你做得很好。昆曲不能丢,要一代代传下去。先生不停地点着头。

三

我们聊到十一点,要不是她女儿来接她,先生还不肯离去。上车时,她忽然说,对了,人老了,差点儿把正事忘了。一个月后是母校建校六十周年,有台演出,历届学生均登台演出,问我们能否演出,我说离开舞台太久了,心里没底。贤妹也摇摇头说,怕顾不过来。

先生停下脚步,掰着指头说,沈世平的老师,也就是我的师兄汪世杰携他三个弟子上台,他们是三代柳梦梅,沈世杰唱的是他最拿手的《叫画》。

先生说到这里，看着我们。

贤妹看了我一眼，而我正好看她，想着自己该说些什么，我说，贤妹，这几年还彩唱，我可是十年没登台了。

我自作主张给你们报了名，我唱《离魂》，到了我这岁数，恐怕这时最能理解这出戏的魂魄了。争唱《惊梦》的有好多人，老师豁着脸皮为你们争到了。

这个……

就这么定了。想我杨纯梅去日无多，残留的梦想就是最后与我的两位优秀的学生手拉手谢幕。听说，中国文联领导也将观看演出，他们最近在滨江省考核昆剧团领导班子，院长快到期了。

先生上了车，又说这可能是我人生最后一场戏了，老师说完，我关上了车门。贤妹站在一边，我亦站在另一边。车驶出一阵，又倒了回来，先生头伸出窗外，嘴张了张，一拍脑门儿，有个要紧事，怎么忽然忘记了。人老了，千万别是阿尔茨海默病前兆。

先生一走，我们一时无话，我说到我房间坐会儿，离这不远。

贤妹看了一下手机，抱歉地说，太晚了，我得回去。

十二点多了，我不忍她一个人回去，叫了车，我要送，她说不用了。

我有些气恼，但语气尽量压得平和些，怎么可能？我是男人，哪有让小姐一个人回去的。我的话让出租车司机怪怪地看

了我一眼,我笑道,我们在台上,她是女人,我是男人。

司机是个五十来岁的同龄人,微微一笑。

真好,终于跟她这么近地坐在一起了,十年了,我仍能闻到她身上的香气。感觉过去美好时光缓缓地浮在眼前,想着今晚我们好好聊一聊,聊它个通宵,我想知道这二十年她生活的点点滴滴。结婚、生子、当团长,甚至她的忧伤,她的一切都想知道。谁料我们还没说多少话,宾馆就到了,她下车,却连句邀请的话都没有,只说,再见,然后头也不回地走了。

我就在她走进大门时,大声说,小姐,小生这厢有礼了,我想着她扑哧一笑,朝我摆摆手说,上楼吧。

可是面对我的是宾馆空荡荡的大门。我想着她也许十分钟后会从窗口看到仍痴痴站在楼下的我,可她房间的灯黑了。

戏上多是痴情小姐负心郎,而我这个多情公子遇到的却是薄情小姐。不对,不能这么说她,她是我心中的女神。你没见过她,她可漂亮了。对了,照片,肯定有,一会儿我给你看。现在她的名气可大了。

我刚进房间,手机响了。我心里一热,心想她一定反思到自己的冷漠了,要跟我好好聊聊,没想到却是先生:刚想起我要跟你们说的话了,半月后,咱们排练厅见,我琢磨了几个新动作要跟你们一起练呢。

四

排练《惊梦》时,我跟贤妹配合默契得像二十五年来我们从来没有分开。我柳梦梅的台词多,她杜丽娘台词少,但表情仍如往日的丰富。不,五十岁的杜丽娘,比二十五年前的杜丽娘更有味道,娇羞多情妙不可言。

只是我不明白的是,在舞台上,她对我情意脉脉,下来却甚客气。所有的礼数做得无可挑剔,送我了一条灰色的羊绒围巾,还带了她所在城市的特产,问了爱人,也问了儿子,还给我儿子带来了复习考托福的参考书,可单单就少了昔日我们闺蜜之间的那种热乎劲儿。问她是不是对我有误解。她睁着一双会说话的眼睛反问道怎么会?我们又不是三岁孩童,还这么幼稚。说着,长长的睫毛呼扇个不停,扇得我忙扶住了旁边的椅子。

我问你这么多年生活得都挺好吧。

她说挺好。

我吭哧半天,又问,你那个连长对你好不好呀?

她笑着说,他已经是师长了,挺好的。

我琢磨着她没说出的话,不禁想起我们那让人难忘的青葱岁月。

我起初学戏时,老师说我活泼、行动敏捷、脑子反应快,让我演花旦。可我想演小姐。我们昆三班的女学员全是美人,一个赛一个,我只好当春香呀红娘呀什么的配角。

她跟我同年,富阳人,家离学校只有一小时的路程,我们住同一间宿舍,她上铺我下铺。报完到,一见到她林黛玉似的娇小样子,我就有一股怜惜之心,胸脯一拍,说,我力气大,住上铺。不由分说,就把她的东西挪到了下边。

南方这个城市怎么说呢,对我这个从小生在北方的人来说,看着是好看,冬天树叶绿油油的,花花草草更是惹人恋,那些繁茂的植物大多我见都没见过,连名字都好听,凤凰木呀、蓝花楹,比北方诗意柔美。可是实在不受用,比如冬天冻死人了。我们宿舍没暖气,盖上被子还冷,得上面再盖件大衣。夏天,又潮又热。起初我不习惯,还皮肤过敏,她三天两头地给我从她家里拿药,她妈妈是医生。我们像姐妹一样亲,但我时不时还会冒出嫉妒劲儿来,因为她一直演小姐。

老师让我演柳梦梅,她比我还高兴,说,虽然你唱念做打都不错,基本功可以,可是你浓眉大眼,多的是男孩子的英气,当小生肯定成。起初我有点儿不情愿,好端端的女孩子,当什么男人,要学男人走路,学男人行礼,学男人说话,小时,小伙伴会叫这样的人假小子,男人婆。可方巾一戴,花衫一穿,我手执折扇,走了一个圆场,大家都说我天生就是演小生的。特别是她,盯着看我半天,忽然抱住我,说,菁,以后咱俩就搭戏,演一辈子神仙美眷。为了她这句话,我就决定今生只吃小生这碗饭。

小生化装,一小时足够了,可旦角化装得个把小时,因为她们要吊眉,贴片子,勒水纱,插泡子,戴发饰,戴簪钗。第一次彩排《牡丹亭·惊梦》,我站在舞台一角候场,心扑扑跳个不停。

"万年欢"曲子一起,我手执柳枝侧身而出,她亦背身移步而来,我一回头,不知是舞台的灯光,还是彩妆,抑或是她欲羞欲言的表情,我真以为站在我面前的就是杜丽娘。那些玉的、金的、银的,点绸点翠烤蓝,鲜嫩嫩的,步摇明晃晃亮晶晶的,好是炫目。还有那淡粉色的花褶子上的小蝴蝶,使她恍若仙子。她似婉拒我,却在诱惑我,无论是声腔、气息抑或动作的幅度,举手投足之间,在那一刻,我感觉她就是那个饱读诗书、不食人间烟火、为情而死而复生的终身恋人杜丽娘。

闺门旦的服装多以鹅黄、湖蓝、淡青色为主,轻柔明媚,与其身份相映成趣。她穿哪件都好看。她演杨贵妃,处处写着雍容华贵;而表演杜丽娘梳妆时,眉眼之间都镌满大家闺秀的端庄与内敛。而《桃花扇》中的李香君因为是青楼女子,她在表演时,身子扭转,头部不动,而眼神却早已把我这个侯方域"飘"得忘乎所以。她演谁像谁,我一直不知道哪个才是真正的她。

唉,事隔多年,每每看到过去演出的光碟,我情不自禁地流泪。她的身段、小表情是她独有的,是她多次琢磨出来的,别人再学也不像。我们宿舍的小客厅有个穿衣镜,有时,睡到半夜,我听到响声,醒来发现她还在练。一看到我醒了,她说,快来,看看我这个水袖抛得美不美。我给你说,她生气时

噘嘴，无措时脸上的茫然，水袖舞动时的优雅，责怪时的跺脚，既可爱又娇嗔等小表情和绰约的身条，繁复的身段，在昆曲界是公认的无人能出其右。一句话，她的全身都是戏。她不但自己演得好，还经常根据剧情改编剧本。大到给人物加戏，小到桌椅的摆动，甚至我们两个人的身段，她都有自己独特的看法，而且她总能说服老师，说服导演，按照她的理解来。她常说要熟戏有观众，就必须生演，情节台词不能变，那么就要在细节的处理上下功夫。

她对我的表演也赞不绝口，说，舞台上玉树临风情意绵绵的书生我怎么也难与那个整天爱吃巧克力好黏人的女孩联系起来，舞台好神秘，它把我们变得更美。是音乐，服装，化装，还是观众一波又一波的掌声使我们成了戏中人？我说不清。

台上我们相依相偎，台下形影不离。有时，她会笑着说，好像做梦呀，你一会儿是男人，一会儿又是女孩子，我都分不清我喜欢的是哪一个你？我也笑着说，贤妹无论台上台下，都爱煞小生了。

那时我就想，我要真是个男人就跟她舞台上是如花美眷，现实生活中为柴米夫妻。我们一生以昆曲为生。为了一直能与她配戏，我学岳美缇、石小梅这些女小生。石小梅虽冷，但英气逼人。岳美缇是羊脂白玉的气质，温润儒雅，却少了书生的俊气。学多了，我感觉她们身上仍有女性气质，便又学汪世瑜、俞振飞、周传瑛这些男小生。汪世瑜的洒脱，俞振飞的风流，周传瑛的书卷气，沈传芷的风流婉转，在多次琢磨中，大家都说我表演越来越像真正的小生了。走路你可不要认为简单，在舞台穿上那厚厚高高的靴子，刚开始就像踩在棉花上，别说做身段，有时连步子都走不稳，夏天热，脚捂在里面，可受累了。当然这难不倒我，我只要想干事，就一定能干成。

在舞台上，我是男人，在台下，我也充当她的护花使者。为她打水、洗衣，出门逛必是我选地方，查坐车路线。出去吃饭，我去买饭，她只管坐到那等饭来。坐船，也是我坐船头划船。我个子比她高半头，身材比她壮，我当然得照顾她。

毕业后，我们分到一墙之隔的滨江省昆剧团，成为团里的台柱子。

有次，那是个春天的晚上，晚风吹得花香袭人，人好像醉了般。看电影出来，已十一点了，我骑着自行车，她坐在身后，刚骑出没多远，她忽然说，听说花枝巷蓝楹花树开花了，听说夜晚观花更有味道。花枝巷是条僻静的小巷，单行道，车辆禁行，路两边种着二十几株蓝楹花树，满树开着紫蓝色的花朵，十分雅丽清秀。有诗曰：漫天紫花树幽静，落英缤纷心放晴。

谁知我们刚照了几张照片，忽然一前一后冒出五六个小痞子，把我俩团团围住。她紧张地靠近我，手哆嗦个不停。我拍拍她的手背，小声说，别怕，有我呢。

其实我比她还紧张，腿肚子不停地打晃。

我琢磨要打是打不过他们的，不能硬来，必须智取。这么想着，我装着从容地合上手机，她吓得瘫坐在地上。

我扶她起来，让她站在我身后，对为首的一个脸上有块刀疤的人说，大哥好。那人笑着说，两个小妮好漂亮，一个英气，一个俊气，今晚我们都要了。

她紧紧握住我的手，那时我感觉只有我是她的靠山，瞬间，一股胆气顿生，我扶着自行车，笑着说，哥们儿，知道我们是谁吗？

刀疤脸笑着说，知道呀，你们是绝色佳人呀。

我说，我们是省昆剧团的演员。我想说出省团，也许能镇住他们，没想到情况更糟了。

唱戏的？太棒了，哥们儿还没玩过戏子呢，就说嘛，怎么这么漂亮。戏子更有味道，耐嚼。是不是？哥们儿。刀疤脸说着，朝左右挤挤眼，脸上的刀疤挤到了眼边，像条蚯蚓，甚是恶心。身旁一个瘦高个随声附和道，大哥说得对，唱戏的女孩叫床的声音更浪，一条大河波浪宽的浪。

如果我们有事，你们可就完了。我声音有些哆嗦。

刀疤脸笑得像发抖，说，玩了再玩，没完没了，玩它个日日夜夜。

我扑上去就要打他，贤妹这时好像缓过劲儿来了，忙拉住我，向前一步朝他们嫣然一笑，然后说，各位哥哥，你们理解错了，我朋友的意思是她是柳梦梅，我是杜丽娘，我们一起给你们表演一折《牡丹亭·惊梦》好不好？

刀疤脸一听，双手一拍说，好呀，好呀。还是这位小姐会说话。说到小姐时，又是挤眉又是弄眼，逗得跟随他的人再次发出怪笑。

贤妹又是一笑,说,观众的态度对演员的表演至关重要,你们都站着我们也上不来情绪,你们能不能坐下?坐着舒服些,对了,我包里还有爆米花,你们边吃边看,岂不美哉?她说着,竟然唱了起来,最后还做了一个万福的动作。

好好好,有味道。大家都坐下,坐到马路牙子上。戏我最爱听了,唱个有色的。

贤妹从塑料袋里掏出半桶爆米花给每人抓了一把,然后把自行车头摆正,朝我微微点头,我定定神,唱起了《惊梦》中的"山桃红",她也在一旁柔情脉脉地配合着我载歌载舞起来:

> 则为你如花美眷
> 似水流年,
> 是答儿闲寻遍
> 在幽闺自怜
> 转过这芍药栏前
> 紧靠着湖山石边
> 和你把领扣松,衣带宽
> 袖梢儿揾着牙儿苫也。
> 则待你忍耐温存一晌眠。
> …………

我越唱声音越大，是想吸引路人，结果这几个人更乐，那刀疤脸边吃爆米花边晃着腿给我们打起拍子来。

几个路人，有男有女，三十岁上下，大概听到戏声，从对面走过来。他们一来，我放松多了。唱完，我本想说抓流氓，但又一想，这些人无法无天，可不敢得罪他们，得饶人处且饶人，便笑着说，欢迎大家到我们团来看演出，我是唱小生的柳梦梅，她是唱旦角的杜丽娘，我真名叫刘菁，买票时说我名字，就会打八折。《牡丹亭》很好看，人为情而死，为情而死，特感人。

在众人还愣着时，她悄声说快跑。我骑着自行车载着她赶紧就溜，把自行车一口气蹬到团大门口，身上衣服全湿透了。

后来她问我如果那些小流氓不听戏怎么办？我说，那我就打他们，反正我一定要保护你。她当即眼泪就哗哗地往下流。

你问我演小生的感受？细讲？好呀，只要你不烦，那我就给你先普及下昆剧知识。

"生"这个行当中，分官生、巾生、穷生、雉尾生，用以表演不同的角色人物。官生一行，扮演做了官的成年男子。其中由于年龄大小、身份高低不同又分大、小官生。

巾生与官生的表演不同：巾生饰演风流儒雅的年轻书生，潇洒飘逸，歌唱要求真假嗓结合，假嗓成分较大，以清脆悦耳为美。官生在表演上更洒脱大方，更富于气派，在唱法上也是真假嗓结合，但真嗓落在比巾生更高的音域，他们以洪亮为美。

昆曲对小生的气质要求很高，首先身上要充满书卷气。为此我一有空就读书，还画画，我画兰花还得过奖呢。为了身材壮一些，我就拼命吃，把胃都撑大了。走路学男人故意侉着，甚至走八字脚。

巾生的声音要求亮甜，要挺拔，听上去很干净，而且表演一定要细腻。

比如脚步。旦角出来是半步，脚踩脚。巾生的步履要求稳、轻盈。主要是在膝盖和胯要收住，一步一步要站得住。往前走的时候，脚后跟蹭在地上走，下面的膝盖就蹲一下。越慢越难走，完全靠一条腿的控制，一步一步地蹭出去，落地非常轻。看着简单，但这个台步翘起来，不好走。老师在教我走这个台步时，整整走了三个月。你受不了这个，味道就出不来。我们当时十个人在一起练，他们都是男的，就我一个女的，走一圈都难，坚持到最后的只有我跟另一个人。

昆曲的特点是载歌载舞，在《惊梦》中，柳梦梅拉着杜丽娘的水袖在那里晃，你看那像不像舞蹈？他在用舞蹈跟她讲话但又不是单纯的舞蹈。比如演"和把你领扣松、衣带宽"这一段，好像有些露，但昆曲能把它变成一种诗化的肢体语言，让你去想象。柳梦梅水袖内翻想去抱杜丽娘，靠杜丽娘很近了，杜丽娘一个水袖外抛跑掉了。柳梦梅小快步跑过去，他温文尔雅地恳请、邀请她，杜丽娘回头一看，碰到他了，又跑掉了。就这样两个人在舞台上追逐着，转换了好几个方位。柳梦梅唱到"袖梢儿揾着牙儿苫也"时，慢慢过去拉着杜丽娘的袖子,握着她的手,杜丽娘害羞地把头躲起来。他拉着她的水袖,眼梢看着她水袖前后晃。她拖着水袖,脚也跟着晃。观众就能体会到这是他们内心情感在荡漾。

柳梦梅唱到"则待你忍耐温存一晌眠"时,慢慢走过去,抱着杜丽娘的肩膀,我们叫揉肩,这就是爱情的深情表达。他偷偷地看见她,她涨红了脸,眼睛又不敢看他。昆曲就是这样美地来解释和表演这段情节的。

每部戏学之前,老师就给我们这么讲戏,边讲边表演。

都是书生,每个人因为出身、经历不一样,你就要塑造得不一样。他们都痴情,但张生,你要演出他的老实,潘必正你要演出他的大胆,柳梦梅你要演出他不怕鬼魂的勇敢,这就要通过你脸上的每个表情,每个水袖,甚至眉头眼神来把他们的内心展示给观众。

你有事,我就不说了。没?你在手机上记录我说的?好感动。原来作家是这样子积累素材的,我还想着你累了我就不讲了。你的行动鼓舞了我。那么我就再给你讲我的代表作《占花魁·湖楼》。那个小说就是《卖油郎独占花魁》。你读过?那好,剧情你知道了,我就不重复了。我就说说我如何演这个卖油郎的。老师说秦钟巾生演,也可以穷生演。所以我用了一点儿穷生的指法和脚步,又用了些巾生的美。先说他的穿着。我让他戴的是鸭尾巾,黑色帽子,脑门上绣一圈白色的花,显得他年轻漂亮。他穿一件蓝色青衫,黑领上有一圈白色的小花,很漂亮。穿着黑丝绒做的镶鞋、竹袜。巾生是跛脚,站的时候丁字步，用在卖油郎身上就不像了，卖油郎是下苦力的，须用小八字脚，他的步子比较稳，膝骨有力。手指也不能像巾生那样兰花指，而是三个手指捏住，以此显示他身份低。他的眼神不能像巾生那么亮、邪，有些飘，他没多少文化，比较憨、善良，对未来充满希望，看人眼睛和脖子一起转，眼神是正的。这样就表现出了他爱花魁。

五

快四点了吧，要不，休息会儿。我？不累。你问同样的戏，同样的台词，每个演员都演，怎么能演出自己的特点？这个问题问得好，我们每个人演出时，都会根据自己的理解进行小小的改动。我跟贤妹的许多表演，都是在她的建议下，越改越完善的。

比如，我们演《牡丹亭·惊梦》时，不仅要演出"情"，还要表现性，又因为它是一个大家闺秀之梦，表演就要符合人物身份，含蓄、典雅，不能太露骨。我们白天想，晚上想，还是她出的主意，用水袖。她说用水袖的勾搭、飘移、飞舞表示杜丽娘与柳梦梅两个人的一见倾心，再跟舞蹈一起来呈现。果然，一演完，大家都叫好。

我们做的第二件事情就是把柳梦梅这个人物的戏份加重，这也是她的主意。她天生就是吃昆曲这碗饭的。只要说起戏来，她就是在病中，也能精神大好。有天，我问她你喜欢柳梦梅什么？她说英俊、体贴、痴情呀。

我一拍手，说，这就对了。我们反复观看了以前的演出，总觉得《牡丹亭》里杜丽娘的形象很饱满，但她的梦中情人柳梦梅形象相对来说比较弱。假如体现不出柳梦梅的形象，杜丽娘还魂就没有说服力。所以我们在排戏时，做了很多功课，千方百计地要把柳梦梅独特的个人魅力发挥出来。晚上，我们边吃零食，边把汤显祖的剧本翻了又翻，凡是对柳梦梅有利的章节反复看。你是作家，肯定看过原著，原来《言怀》在《游园惊梦》的前面，这也是老的一种传奇的写法，我们改为柳梦梅第一个出场。同时交代他也做了跟杜丽娘一样的梦。他为了这个梦，把自己柳春卿的名字改成了柳梦梅，改名的目的就是要寻访自己的梦中情人，等于说他与杜丽娘的"寻梦"一样，也在寻自己的梦。他从岭南一直往杭州赶，在路上经历了千辛万苦。为此，我们特意加了一场雨，表明他为了情也受尽了折磨。这样把柳梦梅的行为和杜丽娘寻找不到就病，病不好就死道理是一样的，所以两条线同时展开。这样就使柳梦梅的行为得到了升华。尤其是杜丽娘死后，柳梦梅拾画叫画，把杜丽娘的魂叫了出来，向杜丽娘冥誓我非要把你救活不可，最后冒着杀头的危险去开棺救活了杜丽娘。再下来他冒着战火纷飞的危险，去寻找杜丽娘的父亲。这个时候又遭受了折磨，被杜丽娘的父亲认为他是盗坟，他不相信女儿还能够死而复活，所以有了《硬拷》。这样就把柳梦梅的正义、痴情表现出来了。这样让观众觉得柳梦梅这个人是值得我们喜欢的，也值得杜丽娘爱。为此，我们给他的上场设计了好几种形象。

他是杜丽娘梦中的情人，所以他第一次出场，至关重要。一枝柳叶拿在手上，在花神中间朦朦胧胧地背身而出。用柳枝先把眼睛挡住，然后眼神慢慢亮出来，有一束光照到他，给观众第一感觉，这小生长得好俊雅，好一副玉树临风样。这个出场跟我们过去《惊梦》中柳梦梅的出场不一样，传统的出场他只是摇晃着柳枝。我们在这里要强化他们，一个下意识的转身过去，一个人下意识转过来，两个人停住，然后再转到两个人交叉，彼此打量，然后再展现两个人倾心相爱的内心情景。

第二次出场是他做了梦以后。因为我想柳梦梅是饱读诗书的秀才，我给他设计出场时拿了本书，因为全场没有展示他跟书的关系。他以后还要中状元，不展现他读书的细节就交代不够。

《旅寄》一折，我要他的行为告诉观众，他不怕艰难，为情宁可冒着生死去拼搏。所以这次出场时，我让他拿着伞跟风雨搏斗了一番。最后病了，住进了梅花观中，而杜丽娘的画就埋在此地不远的太湖石下。为下面细节埋好了伏笔。

《幽媾》一折是人鬼情，这两个人的见面也是我们改编过的。柳梦梅听到有人叫门，拿着灯出门没有看到人，进了门以后，突然发现书房里有个美人。杜丽娘昨天已经在他书房里面看到了自己画的写真，又看到了柳梦梅在上面的题词，但没有正面看过柳梦梅，因为前面是梦，所以她看到了灯光下的柳梦梅，这正是她真正向往的才子，所以她是有意识地靠拢他，让他仔仔细细看她。而柳梦梅边看她边想这是怎么回事？如果柳梦梅真的是来者不拒，杜丽娘也不会爱他。所以我表演时就突出了柳梦梅看到杜丽娘美丽的形象而惊讶。只有当得知对方就是自己所梦之人时，才有了欢会。一个女孩子大晚上跑到书生屋里，但又不完全是把她拒之门外，所以这个细节表演时我就特别注意。

我跟贤妹合作了十五年，四五十部戏，大家都说我们是黄金搭档。我们还发誓，在台上要演一辈子夫妻。我喜欢她跟我不一样，我喜欢穿牛仔、T恤，喜欢白色、亚麻、纯棉，她喜欢丝绸、蕾丝，她喜欢一切嗲的温柔的未知的因而危险的事物，而我喜欢秩序、稳定和责任感。她喜欢独来独往，而我认为生而为人，就是相伴、相助。

有时她问我老演这些熟悉的戏，你烦吗？

我说不烦，虽然情节台词都一样，可随着阅历、年纪，对人物与美的领会，每次演都有新的感觉。你呢？

她说老演这些同一个戏，有些烦。

我说怎么同一个戏，我们合作了二三十部戏，《占花魁》《西楼会》《西园记》《玉簪记》《牡丹亭》《西厢记》等，走遍了全国各大城市，每次都有新鲜的感受，吃陕西的面条，四川的水煮鱼，桂林的啤酒鱼，贵州的杀猪菜，西昌彝族的坨坨肉，哎呀，就是说一夜也说不完。也遇到危险，一次下乡演出，遇到洪水，我们手拉着手穿过洪水，硬是把舞台搭到水面上，给架在树上的老百姓奉献了精彩的演出。

她又说，你听到大家对我们的议论了吧。

我说管他们呢，只要咱们把戏唱好，哪管世人论短长。

她略有所思地望着远方，又问我，你喜欢看陈凯歌的《霸王别姬》吗？

我说当然。咱们不是一起看的嘛，我还哭了。

她说你真的看懂了吗？

我说你怎么能问这样幼稚的问题，演虞姬的张国荣太可怜了，演霸王的张丰毅太无情了。对了，我刚看到一个资料，关于蓝花楹的。它的花语是"宁静、深远、忧郁，在绝望中等待爱情"。

她呆呆地看着我，摇了摇头，半天没有说话。我那时好迟钝，没有感觉到她内心的细微变化，不知道她要演"姬别霸王"。也怪我，我生性一根筋，一心只能一用，比如现在我跟你讲话，就听不到外界的声音，或去看来来往往的人。在舞台上，我留意她任何一个细微的表情，却忽视了现实生活中她的内心变化。

六

我们最后一次合作，是十几年前的四月八日晚上，在北京人民剧院演出《西楼记·楼会》，那是我们合作演得最棒的一次，可以说轰动一时，得了青年演员大赛一等奖。

这剧你可能在《红楼梦》里看到过，于叔夜的小厮文豹

说到贾府领赏去，说的就是这一折。故事讲的是书生于叔夜看到歌伎穆素徽抄写了自己的诗，欣赏自己的才华，便到素徽家去看她。这出戏，讲的是两个人初次见面，没有冲突。因为素徽还在病中，也不宜做过多的身段，这么一个冷戏怎么演？为此，我心里没底，贤妹却蛮有信心，提议我们两个人面对面坐在桌前，素徽无意中把手放到桌上，于叔夜立即把自己的手盖在素徽手上，就像两个小儿女，四目相对，双手托腮。边做动作边唱。

我们演到这里，台下掌声四起。

于叔夜走时，穆素徽送他，于叔夜给她披上斗篷。我帮她拭泪水时，发现她真的哭了。下楼梯时，于叔夜双手拉着穆素徽的手后退着一个台阶一个台阶下。我下时，感到贤妹的手在不停地抖，这是从来没有过的。

下了楼，文豹催叔夜上马。叔夜让素徽进去自己才好走。素徽又说叔夜走了，自己才进屋。拗不过，穆素徽只好进去，刚进去又说相公有暇多时就要来会的。演到这里时，我听到贤妹的声音里带了哭腔，步子也有些乱。这些我都没从其他方面想，以为她是太投入了。因为是参加全国大赛，我们几天几夜都没睡好觉，真的铆足了劲。

回到宿舍，她说肚子饿了，我说我来做夜宵。她洗碗时，打碎了一只。我给她包扎手指伤口时，她忽然说，她要结婚了。

我一下子蒙了。我们住一套房子，除了睡觉，都在一起，她是什么时间谈恋爱的？我怎么不知道。即便她回家，我也要送她到长途汽车上。我送她回去过几次,她还陪我到巅山公园玩,沿富春江去了郁达夫纪念馆。还去了桐庐,据说黄公望就是在那画《富春山居图》的。

她说在一个月前,她认识了一个军人,婚后她要跟着他到北京去。

那我咋办呢?情急之中,我脱口而出,说完又忙解释,陈妙常走了,潘必正还怎么唱《琴挑》《偷诗》。穆素徽走了,于叔夜还跟谁唱《楼会》呢?

她给我擦着泪说,别哭呀,贾宝玉不是说了嘛,世上没有不散的筵席,再说会有人跟你配戏的。

我追问她为什么不早告诉我,我可是你的官人呀,她说我们只是舞台上的搭档,那是假的。就如杜丽娘一样,只做了一个梦而已。

怎么是假的?柳梦梅爱杜丽娘当然是真的,才掘墓,才有情人终成眷属。

可咱们是假夫妻呀。我们快三十岁了,三十岁的女人一不留神就成豆腐渣了。她说着,起身要走,我挡住她。她腾地倒到床上,给我一个后背,拿毛巾盖住脸。

那个军人有那么好吗?比我对你还好吗?想当初,团里给我们分的这套房,厨房厕所公用,一人一间。我们一起做饭,一起看电视,一起对台词。灯坏了,我修。煤气没了,我去换。我感觉我们好像真成了一家子。你的教授妈妈来住过一周后,就给团里说,让我们分开,说我们都大了。我都不知她怎么了,刚来还好端端让我跟你们一起吃饭,到第三天忽然就不叫我跟你在一起了,惹得团里人流言四起,气得我七窍生烟,把我们想成什么人了。我们只是亲如姐妹,有了真情,在舞台上才能配合默契。好在团领导信任我们,听了一笑了之。后来你妈走时,还把你带回了家,说你爸病了,难道叫你回家就是给你找了个军人对象?

我说到这,她腾地坐起来,说,咱们这是演戏,可我们还是要过日子的,要结婚生子,你的孩子要叫我姨妈,我的孩子要叫你干妈。青春年华像烟花一样易散。我爸妈都打电话催了几次了,我若结了婚,还可以演戏的,你也是,该谈朋友了。对不对,咱们是姐妹,不是夫妻。

我当然知道,可我当时还没有想过谈恋爱,总觉得好姐妹是老天赐给我的最好的礼物。我的父母,还有周围人的婚姻失败得太多了,我对婚姻很恐惧。便生气地说,你为什么不早告诉我你心里的真实想法?

她沉默了片刻,说,一个月前,我给你说,咱们在舞台上演的戏长了,都没有新鲜感了,我说过这话没?

她是说过,可这就能说明她有男朋友了?

一周前,我还问你,体会过谈恋爱的滋味吗?

这话她也说过,可我说当然呀,在舞台上我们天天体会呢,你的一颦一笑百媚生,我不敢有失连理比翼信。

她说连皇帝都有九重外,会离魂,天长地久有时尽,留一曲情深不绝绕梁音,这就最好了。

我说可是你走了，我一个人怎么办呀，还有谁再跟我逛公园，我的悄悄话还有谁听？我说着眼泪很不争气地流了下来。

你真傻，真是个傻大个。她说着，手指替我拭了一下泪，又说，你真的没有想到男女之爱？如果没有，就抓紧时间谈恋爱，好好体会一下吧。

那你答应我不要走。

她拍拍我的肩说，好了，去休息吧，明天还要排练呢。

我以为我说服了她，心满意足地回屋休息，一夜无梦。可一周后的清晨，她趁我跑步时，去北京结婚去了。我掰着指头数到她要回来的那天，跑到车站去接她。可我一去，人整个就晕了。那个连长一手提包，一手拉着她手的恩爱样子，让我的心一下子空了，闷闷地回了宿舍。

没多久，她就办理了调离手续，跟着那个连长去了北京。我真想追上去质问她，不是说过要演一辈子夫妻嘛，从十二岁起就发过誓拉过钩的，怎么不守信用呢？可是跑到半路，我就跑不动了，大声哭了起来，那时间，感觉全世界都成了黑白片，所有的人都像画中人，朝着我恶狠狠地拥来，我最后晕乎得都不知怎么回到宿舍的。

我不知道是不是贤妹的意思，反正她走后的当天晚上，她妈妈孙阿姨就来了，每天都给我变着花样做饭。我说阿姨，我吃不下。

她说，傻孩子，不吃饭怎么行？娘儿俩都说我傻，听得我觉得自己可能真的傻。孙阿姨说，傻孩子，你都二十七岁了，

你父母不关心你谈恋爱的事？

我爸爸在我五岁时爱上了他的学生，与我妈离了婚。我妈妈在我八岁得病去世了，我一直是奶奶带着。十岁时，跟着奶奶到了叔叔家，十二岁因为爱唱戏，进了昆曲学校。奶奶去世后，叔叔对我很客气。有天我去他家，我在路上看到他跟婶子在阳台上浇花，结果我叫门，门一直没开开。从此，我的世界就只有贤妹了。

我说呢，女孩子大了没父母操心怎么行。这样，你就把我当你的妈妈，荇走了，你就是我的姑娘，经常到阿姨家来玩。阿姨知道你是个实心眼儿的孩子，跟荇很要好，可你们都长大了，长大了，就得干大人的事对不对？比如结婚生子。她说着，取下眼镜，拭起眼泪。

阿姨，我没事。

阿姨知道你离不开荇，荇也离不开你，你们唱的戏，扮相好，唱腔好，关键配合得好，每出戏，阿姨都看，可戏台毕竟不是生活的全部，对不对？

可现在满房子都空荡荡的，我眼前全是荇的影子，她好狠心呀。她对我那么好，说走就走了，难道我们十多年的情意都是假的？

阿姨轻轻拍了我脸一下，笑着说，又傻了，不是。台上那是演戏，当然要像真的一样，可台下就不能当真了，你看看，哪有两个女孩子待一辈子的。你呀，真是孩子气。阿姨给你找对象，一定保你满意。有了对象，你就知道，好丈夫比姐妹更可靠，那是你终身的伴侣呀。

也有一辈子好姐妹的。

她说那个连长很爱她，她也离不开他，只好跟他走了，连我们做父母的都丢下了。我们就她一个孩子，这一走，就千里之外，你以为阿姨不生气。可鸟儿大了，总要飞的，对不对？老守着父母永远长不大，对不对？阿姨说着，又哭起来了。

阿姨就像跟个小学生做工作，一会儿举例，一会儿现身说法，循循善诱，听得我既像听懂了又像没听懂。当然，婚姻的事我考虑过，我还想着荇在，给我参谋呢。夫妻之间不能说的话，姐妹就能说。心里有难解之处，姐妹能帮你解开。没有一个丈夫能陪你在商场逛一天，可是好姐妹就行。试衣服时，你帮我参谋，我帮你选购。吃饭时，两个人边吃边聊，你的心思她最懂，可这粗心的丈夫就做不到。她那个连长，除了长得好外，满口的京片子，连戏上的官生小生都分不清，彩旦闺门旦更迷糊，跟他有什么共同语言？可偏偏就迷住了她。爱情真是把人变成了弱智。

即便找对象，她也应找个本市的，我们一同变老，我们的孩子相伴长大，我有事，孩子在她家。她有事，孩子就在我这个干娘处放着。可她偏偏就这么心狠地舍弃了我。

我越想越不能理解。做梦常梦到她，很想给她打电话，可她一个电话也不打，好像从来我们就没认识过，好像我们从来就没合作过。

谁知她妈妈说到做到，给我介绍了个大学老师，说是她的

同事，年年先进工作者，我又不是组织考核干部，要一个先进工作者干啥。我没同意。第二周，又领来一位医生，说是外科一把刀，靠手中刀就可以吃一辈子饭。人还可以，挺书生。可是跟我约了一次会，就跟媒人说我凡事太主动，吃饭自己点菜，散步比他走得还快，他不能娶一个男人婆回家，搞得我啼笑皆非。在陈阿姨又要把第三位带来时，我告诉她我已经有了，她不相信，到团里来，非要见人。情急之中，有个熟人给我介绍了一个高中的数学老师，结果，两个月后，他就成了我爱人。这次会面我压根没在意，只是为了对付一下孙阿姨。所以一点儿也不积极，不想说话，也不想赔笑脸。吃饭时，更不会给对方递水倒茶。有意思的是，这位数学老师认为名演员就该有股傲气，可能是我太累了，忽然一下子找到了做女人的感觉。也可能是一个学数学的人，觉得在戏台上生活的人新鲜，反正我们谈了一年，他还想跟我在一起。我们夫妻关系，虽然不像戏上唱得那么郎才女貌，但也相敬如宾。爱人对我很好，我病了，他会一手端水，一手把药递到我手心。我不会开车，我去哪，他随时接送。我吃杏子，他就吃核。他对我好，让我慢慢体会到夫妻之爱比姐妹情深更现实。

但在舞台上，可就另一回事了。李荇走后，我真成了一个孤独的小生。团里给我配了更年轻的演员。小杜丽娘年轻漂亮，可是技艺不行，她的一招一式的确都做了，伤心时，拭泪；恐惧时，水袖护肩；含羞时，低头莞尔。可我就是找不到跟李荇在台上的那种激情，找不到心动的感觉。我老木呆呆的，年轻演员也觉得我没劲儿，还跟导演抱怨，两个女的来不了电呀。一出戏，折腾了大半年，谁看了都摇头。导演又给我换了另一位演员。这位年纪跟我差不多，也是一名老演员，演技纯熟，可是她特有个性，演的杜丽娘很现代，我还没表白，她就已主动投怀了。而且身段像跳芭蕾，她是在演自个儿，而不是演大家闺秀杜丽娘。如果拿她跟李荐相比，她是火，李荐就是水。李荐天生就是唱闺门旦的，要不，她怎么能在我们那一批女演员里面，稳坐闺门旦第一把交椅呢。她清雅，非常贴合满腹闲愁的大家闺秀形象。她们大多性格内向、腼腆娇羞，一举手一投足，或灵动娇羞，或端庄大气。台步轻移，绸绢曼妙，眸子只是轻轻一点，流转而生动的眼波就扫亮了全场观众的心扉。别人老问我为什么喜欢跟李荐一起演？我就一句话，无他，一个词，美。她实现了我未了的旦角梦，成就了我心目中闺门旦最美的形象。我们在一起时，我经常告诉她，你就是我，我就是你。我们是彼此的AB面。

而这个女演员，她太热情，艳得就像一束美人蕉，演春香还不错，却演不像大家闺秀杜丽娘，我心里排斥她，情绪上就来不了电。我给她说，你热情有余，含蓄不足。我没有感觉就没法儿打动观众。我一说，她比我还生气，觉得伤了自己头牌的面子，立马找团里换男演员给她配角。说实话，那小生唱得没我好，可俩人配合很是默契。

结果呢，我只好演独角戏《牡丹亭·拾画·叫画》《西楼记·拆书》《长恨歌·哭灵》。后来，连折子戏也无法演下去

了。演员没戏演，你在团里，就什么也不是，大家就当你不存在，我是一个要面子的人，反复考虑最后决定调走。团里领导还找我谈话，说我是一个优秀的小生，但是脾气得好好改改，我说改不了，立马走人。

我到昆剧学校当了老师，专门培养小小生。女孩子越来越不演小生了，嫌累，都是男孩子，一个个长得挺拔、俊气，可演技基本是零，我只有从头教起：台步、圆场、眼神、水袖。

你没唱过戏，不知道，一个在舞台上待了十年的人离开了舞台是怎样的绝望，特别是当我看到李荇在台上一会儿杜丽娘，一会儿陈妙常，一会儿花魁，我简直恨死她了，我想我走到这步田地都是她害了我。

恨是恨，可在教学之余，我想的最多的还是她。那时我已结了婚。爱人说不在舞台上，搞教学更好，生活规律，家也照顾得上。

他说得不错，我把儿子带得挺好，他现在在一所名牌大学上学。可只要在报纸电视上看到贤妹的演出，我就彻夜睡不着，我想要是她不走，我肯定跟她一样有名。

随着时间流逝，恨变成了一缕缕牵挂。特别是听说她生了孩子后，团里其他女演员本来对她一个外来者挑大梁就不服气，她一怀孕，角色马上有人顶了。后来她跟我一样，在团里可有可无，只当配角。

听到这些，我心里好悲凉，原来盼着她倒霉，可她真的上不了舞台，我心里比她上了台还难受。有天，我忽然想，我要把我们两个人十多年来的演出经过写下来。把她的身段,绘制成图片。把关于我们所演剧目的改编细节记下来,有一天,我要把这些当面送给她。

做这些时,我感觉心里得到了莫大的快慰。恨没了,失落的心重新又充实了起来。日子也从黑白变成了彩色。

后来呢?

谁料五年前,她忽然出山,凭着一出折子戏《寻梦》,得了戏剧界最高奖——梅花奖。三年前,又当了北京昆剧团副团长,演出越来越多,我一下子又睡不着了。她在那红红火火,我却牙痛得连菜都咬不动,老想活着还有什么意义。她得梅花奖的那一夜,我一个人在江边坐了一夜,要不是儿子,真想蹚到水里,了此残生。当然我没死,又接着写我们的回忆文《生旦记》。

去年,我们昆三班同学毕业三十年聚会。昆曲虽然美丽,但很寂寞,坚持到最后的没几个。来的大多同学,因为各种原因都不唱了。有的搞教学了,有的从政了,有的出国了,也有些下岗了。贤妹她没来,同学们提起她来,什么话都有。一位跟她在一个团工作的宋姓同学说贤妹结婚,不是真心喜欢那个连长,那人头发少得都能数清楚,而是因为那连长的叔叔是北京昆剧团的领导。所以她一个外来者杀到首都昆剧团,没几天就当了主角。后来,坐了冷板凳,是因为那叔叔退休了。

我听着很不舒服,讥讽道,照你这么说,她得梅花奖是因为那个叔叔又复活了?

叔叔倒没复活，又认识了一位干爹，这位更厉害，是戏剧家协会的副主席。

宋同学话还没说完，我就把一杯啤酒泼在了这个贱人的身上。

人家把你甩了，你还护着她。她是个什么货色，全团人，不，全昆曲界都知道，她除了对戏有真情，对任何人都无情。当年她长得那么漂亮，又是团的当家小旦，为什么要嫁一个当兵的？还不是因为人家家在北京，有个叔叔是昆剧团的领导？那个军人是工程兵，常年在全国各地施工，听说是为导弹筑巢，照顾不了家，又充满了危险，她竟找他，能没所图？鬼才相信呢。

丈夫不在，她不就更方便了？另一个胖得都走不动的女同学嘎嘎笑着，做出一副猥亵的表情。

我一把揪住胖子的衣领，真想朝她脸狠狠扇一巴掌，要不是被别人拉住。我丢开她，大声说：

你们只知其一，不知道其二其三。她是怎么爱上她丈夫的？是因为她有次回家在医院里看病，发现一个军人脚指头断了两根，当时好奇，就打听缘由。原来这位是解放军火箭军部队的一位连长，一次施工会战，他扛着上百斤的钢模板一路小跑。突然，一块钢模板倒下来，砸中右脚。要不是抢救及时，差点儿截肢。

那军人说，他们工程兵没有固定的营房，天南海北地跑。一会儿在雪域高原，一会儿在四季如春的南方。反正都在荒无人烟的大山深处干比民工还苦的活。在地表深处打眼儿、放炮、掘进、支模、喷浆，白天见不到太阳，夜晚看不见月亮。晴天一身水，雨水一身泥。早上七点进洞，晚上八点离开。常年在洞里工作，夏天都得穿棉衣。所从事的工作因为是为导弹筑巢，上不能告诉父母，下不能告诉儿女。工区没有邮局，电视信号弱，读外省的报也要等一个星期。

苦累不说，常常还有生命危险。一天凌晨，他跟班检查钻爆进度，发现拱顶上方有一道裂缝正在扩大，他大吼一声："快撤！"一手拎起惊慌中摔倒的战士，一手护着其他战友，拼命往外跑。跑出三十多米，身后传来一声巨响，坍塌的巨石把作业面堵得严严实实。生死瞬间，惊魂未定，他整队报数清查人员。得知战友全在时，抱着大家一起哭了。入伍十五年来，他十多次担任突击队长，与战友并肩战胜塌方九次。有两位战友死在自己的怀里。一位战友，因塌方，双腿残疾，再也站不起来了。

她流着泪问这个军人成家了没？

军人说，哪有时间谈恋爱。再说，有哪位姑娘肯嫁一个长期不在家的军人。一股怜爱之情涌上心头，他们分别后，书信交往了两个月，就结婚了。她爱他的理由是，那个军人不但爱自己的工作，爱自己的战友，还深爱自己的家人。跟她相处的一周里，一会儿给妈妈买衣服，一会儿又给哥哥的孩子买衣服。她认为一个男人能爱自己的父母，爱自己的工作，肯定也爱自己的妻子。这种男人最可靠。

刘菁，你跑题了，咱们说的是老同学李荇。旁边有人提醒我。

正因为听了他的故事，李荇才决然地离开父母，离开舞台，来到了北京，照料他的父母。丈夫长年在外地工作，她一个人带着孩子，又当爹，又当妈，把孩子从幼儿园送到上大学，有多少个春夏秋冬，有多少个寂寂长夜，她是怎么过来的？她是一位优秀的昆曲演员，更是一位优秀的军嫂。有次，她去看丈夫，发现他刚下班回来，戴着安全帽，穿着满身是土的迷彩服，扑在他怀里说不出话来。要是几天接不到他电话，她就彻夜睡不着。这样的日子你们试试能否过一天？为此，她带着团里的演员给一个个施工现场的官兵们演出。

你在说书吧。他们过得要是幸福，为什么网上报刊上很少有他们夫妻生活的报道？她出的书里也没提丈夫，更无合影？宋同学又质问道。

军人嘛，焉能四处发照片？部队有纪律。再说，我们演员，谁愿意向外界披露自己的家庭生活，唱戏才是我们的根本呀。

只怕另有隐情！又有同学说。

不许你们这么说她。你们到部队到团里去打听打听，就会为你们的信口开河而羞愧。我越说越激动。

宋同学看了我一眼，你呀，真是对她一腔真情，可她对你呢？你跟她仅同台十几年，我跟她共事二十五年，她是什么人我不清楚？她为了巴结一位主管我们的领导，老到人家家去，怕领导夫人对她有看法，就叫领导叔叔，还陪着领导夫人逛街买衣服。领导夫人病了，她比亲闺女还亲，守在人家病床前，又是端屎又是接尿，你真以为她那个副团长是唱出来的？你也是演员，你不清楚，上不上舞台，演谁，是领导说了算。你说的那些是她告诉你的吧？全是瞎编的。

我想起了一本书说的一句话：社会是二元甚至是多元性的，一个是真实的社会，另一个或多个，是人们认为的社会。因此，复杂不在社会本身，而是人心。我说的她跟爱人的故事都是从她既编又演的昆曲现代戏《为导弹筑巢的人》上的细节，是二十多年里，从老师和同学的口中断断续续得知的。而问她，她总是轻描淡写地说，我挺好，爱人孩子也很好。语词简洁，好像要急于转变你给她设置的话题，而说起表演来，则滔滔不绝，连个细节都不放过。

你这是妒忌，是造谣。肯定的，你们都在一个单位，主角只能有一个。荇当了，你就得下。再说，有哪个演员不想上舞台。后面的话是我在心里说的。

哈哈，你知道桃子是结在什么上面的吗？宋同学尖声叫道。

难道是结在李子树上的？

桃子是贴着梗长的，你仔细去看看。李荇从进我们团的那天起，就很有心计，对有用的人，诸事奉承。对男人，卖眼传情；对女人，低眉伏小。可恨她是春心无处不飞悬，可叹你是一片痴情付汪洋。

宋同学话还没说完,我揪起她的一缕头发就扭打起来。

我鼻青脸肿地回到家,爱人大吃一惊,边给我抹药边问我怎么了,我谎称两个学生打架,我劝架时,挂彩了。

夜深人静,爱人儿子都睡了,我在书房打开我跟贤妹过去的演出剧照看了好几遍,不禁唱起了《叫画》。唱着唱着,情到深处,忘了时间和场所,声音越唱越大,眼泪越来越多:

向真真啼血你知么?
我叫,叫得你喷嚏一似天花唾。
嗳,动凌波。
盈盈欲下,
全不见些影儿哪。
…………

爱人出来,看我唱戏,指指表,说凌晨两点了,快睡吧,又悄悄关上了门。他就是这么体贴,只要我唱戏,他就轻轻走动,生怕打搅了我。虽然我说只要唱戏,天塌下来,我都不予理睬。然而,他多年都如此。

我冲进卧室,大声对爱人说,红氍毹,我要上红氍毹!

爱人除了给学生拿着三角板边画图边讲已知求证外,哪知道红氍毹是什么意思,他说,红什么薯,明天我给你去买好不好?

我借此又大哭了一场,反复追问他为什么对我那么好?

因为你是我妻子呀。

还有呢？

因为你是我儿子的妈妈呀。

还有呢？

老实人急得满脸通红，半天才说，因为你就是你呀。

他永远也不会回答我最想听的话，那就是因为我是一位优秀的昆曲小生呀。

第二天我醒来，他又问我红什么薯，他要去买。我说管它什么红氍毹，你就是我这一生中最美的红氍毹。

想了几天，我都不相信贤妹是李同学所说的那种人。可她是什么样的人，我又不能确定。二十多年，一个婴儿都成年了。何况人呢。

她爱戏，胜过爱一切。如果不让她演戏，还不如让她去死。这是她曾经说的话。那么她跟那个军人丈夫真的没有感情？还有那个干爹是真的？我又打开电脑，找出她得奖的《惊梦》，反复看。那时她已四十岁了，已经不再年轻，可她的确唱得好，得奖实至名归。

得奖实至名归，那么当个分管业务的副团长当然也实至名归。漂亮的女人，只要一入仕，人们都会那么想，不奇怪。再说我也有充分的理由证明。她平常的行为我不知道，至少和先生聚会的那晚，她给我们大谈她抓的几件事，还是很有魄力和领导远见。

母校校庆，我们演出很成功。

"刘李配"分离二十年后再演《牡丹亭·惊梦》，我唱得激情飞扬，她配合得情深意切。

事后一家报纸记者采访问我这么多年为什么不跟她合作了？

我眼泪流着，只直呆呆地盯着贤妹。记者又问她，她淡然回答，我结婚了，调到了我爱人那儿去了。

离开熟悉的舞台到一个陌生的地方重新开始，你是不是很失落？

随遇而安。

听得我肝肠寸断。本来计划送她我已出版了的二十万字的《生旦忆》，却再也没心情拿出来了。

我想等演出结束，我们陪着先生在母校转转，看看老师和同学，她却走了，说团里很忙，儿子又要考研。说实话，我们从十二岁学戏，到二十多岁离开，我以为我了解她，什么话都跟她说，可是她的内心却像大海一样深邃，除了戏，啥话都不跟我说，越这样，我越想了解她，可她根本不给我机会。

二十多年的等待，只换来一场演出，好不伤感人也。

七

先生得知她走后，叹息了一声，握住我的手说，有机会就唱戏吧，咱们的人生就在舞台上。

我陪着先生走进母校，校园仍在，教学楼虽漂亮却陌生，一个个年轻的身影出出进进，可再也没有了我们曾经的身影。坐在已经面目全非的湖边，我说，老师，你说李荇会想我们吗？本来我想说的是会想我吗？

先生望着远处，没有说话。

我又说，老师，你说贤妹为什么只要说起戏，就那么有激情，演得那么投入，可一下台，她怎么就那么冷若冰霜？大家说她为了戏，什么事都肯做。难道她心里就没有一点点对我们的留恋？演出一结束，立马就走，有那么忙吗？

先生拍拍我的手，说，你真是个实心眼儿的孩子，还跟当年一样。演戏，就投入地演。教学，就投入地教，两耳不闻窗外事，有个消息你可能不知道，李荇要调到咱们滨江昆剧团来了。

真的？这家伙也太深沉了，一个字都没露。这下好了，她正当盛年，肯定又是头牌。我就说嘛，年轻演员只是皮相好，要论实力，还是我们这些正值盛年的演员。演技，及对角色的理解，现在都炉火纯青了。

先生微笑着说，她想做的事肯定能做到。

这么说我们又可以经常见面了？剧团离我们学校只一墙之隔。

先生笑着说，只要你想唱戏，还怕见不到昆剧团团长？

团长？谁是团长。

傻孩子，不是她又是谁？我早料到她有这么一天的。

我木然地站起，心里五味杂陈，难以理清。半天才说，她

人已中年，又离家，得不偿失吧。我想起了同学们关于她的传言。

她儿子考上研究生了，爱人退休了，说要陪她来。

我就说嘛人家夫妻感情肯定很好。我脱口而出。

先生探寻地望着我，我忙解释，夫妻在一起好。对了，老师，你说李荇到底是个什么样的人，同学们对她什么说法都有。恩师呀，贤妹她叫人难以揣摩呀。

先生没接我的话，却手一指，快看，戏台映在水里多妖娆。这是我一生中见过的最美的风景。我循着她的目光望去，湖里灿灿的水波中，戏台的倒影流光溢彩，胜似蓬莱仙境。要不，先生、她的师姐、贤妹，还有我，怎么心心念念它呢。

说到舞台，我又想起了我到北京参加演出之前，我爱人送我到机场，忽然说，我知道红氍毹什么意思了，老婆，我崇拜你。

哟，天亮了，雨停了，飞往首都机场的航班开始登机了，但愿我们有机会再见。作家，谢谢你听了我一夜的啰唆，希望对你有点儿用。对了，我强烈提议你看看我贤妹唱的《牡丹亭·寻梦》，我认为那是昆曲界最好的《寻梦》。网上都有，你搜"昆曲 李荇"，所有贤妹的演出信息就都有了。是中央电视台十一频道录制的，视频封面她着孔雀蓝褶子，双手舞着水袖，水袖的一头好像飞了起来。满头珠翠，含情脉脉地看着你，真的是烟姿玉骨尘埃外，我看了不下五十遍。我敢说全昆曲除此，无他。你还要看我们合作的？那我建议你看《西楼记·楼会》,那时我们二十七岁,年轻得我都想哭。好了,我走了,再说一句,我爱贤妹,无论她做什么,都是我的至爱。这次,我就是要跟她一起到北京演《王熙凤》。至于我演谁,你若关注,自然就知道了。她说着,诡秘一笑,拉着行李箱,汇入了人流中。

恰三春好处无人见

一

搬到新家，我最爱去的就是后花园了。说是后花园，其实是家门口的街心公园，距家不足三百米。房子是爱人单位分的经济适用房，他得意地说，你到周围看看，有咱们这么好的地段吗？相邻的是七彩光幼儿园，对面就是美廉美超市，拐弯是育英中学，中学不远处即是电影学院，整条街上花店、美容店、美发店、饭店、电影院、药店，应有尽有。公园近得就像咱家的，还不用人打理，多美的事。

我说感恩夫君，让我天天在家门口就能逛公园。我还想说感恩生活，我的工作不用坐班，可以每天到公园遛弯。可看他眉飞色舞，便把到嘴边的后半句话生生咽了回去。

这么近的公园又平坦，又宽阔，最适合老人散步了。爱人说着，那双曾经让我一见钟情的大眼睛意味深长地看着我，左手还亲昵地搭在我肩上，说，老婆，你说是不是？

我挣开他的手，说我到公园跑步了。我怕他说出我不想听的话——他一直想让公公跟我们一起住。一想起家里突然来一个农村老头，吃饭掉得满地都是，随地吐痰，半夜咳个不停，吃菜要煮得稀烂，浑身一股老人味，我就不得劲儿。这些忍忍也罢了，最怕你在书房写作时，他电视开得老大的声音，怕他永远也不冲厕所，更怕他时不时用那种你说不清是何意的眼神偷看你，搞得你在自家也不自在，所以我从不接话。

公园一个来回两公里，里面有河、有桥、有鸭、有草坪、有成片的花地，还有一大片的银杏白皮松。当然也少不了游乐的人们。比如成吉思汗出征雕像前跟着音乐起舞的少男少女，比如公园浓荫下跟着教练做八段锦的老人们，比如水榭前空地上那个提着小桶握着大毛笔在地上写古诗的胖老头，比如松树上啪啪不停撞背的中年男子……

你一定会说，这样的公园全国到处都有。

世间没有相同的叶子，你要不信，就到公园拍段视频，回放时，你就会发现万物都有自己的形态。即便平如镜子的湖水，水波下刹那间也在变。

有天春光如锦，我刚至公园，忽被一阵昆曲吸引。这两年我迷上了昆曲，所以一听那水磨腔，如迎春听到了哨声，啪的一声就开苞了。我从河边放风筝的那一对父子中间钻过，从广场上扭动着身体的少男少女队伍里挤过，绕过做白鹤亮翅的老人，经过一伙伙打扑克的队伍，闻着挂着鸟笼的一树树繁花，在一个个或学着步或骑着自行车的小孩面前左躲右绕，循声细找，终于在公园角落的亭子里，看到一位妇人在清唱。这个亭子，有十几平方米，既不如水榭前的清风亭，高大气派，也非广场对面的怡心亭视野开阔，更无公园中心的复兴亭那么庄严,它蜷缩在土垣下,依坡面向草坪,连个名字都没,围了一圈的长椅漆掉得都看不清色泽了。风吹得两边的海棠树不停地摇晃,四围黄土飞扬,她丝毫不在意,只不停地唱。

公园唱戏的有好几拨,比方虹桥旁的京剧演出队,三个人拉板胡,两个人打快板,一个人敲锣,小推车上还有超大量的音箱助威。表演者排着长队等话筒,有老有少,一个个嗓门巨大,分贝高过人耳朵的承受力。观众有站在桥上的,有坐在台阶上的,黑压压一大片。而这位亭间妇人,无话筒,也无伴奏,身边一个观众也没,她旁若无人地在亭内边舞边唱:

> 遥望凝眸,
> 今日得识英雄喜悠悠。
> 他为我千里奔走,
> 他为我与群贼厮斗。
> 他真是磊落胸怀义薄千秋,
> 我京娘呵,
> 脉脉衷情系心头,却难出口。

我坐到她对面的一条长木椅上,隔着绿绿的草坪,装着看手机,却不时注意着她。平常我在网上看到的昆曲,演员都身着戏服,画着妆容,许多表演细节看不真切。现在发现水袖下是兰花指,绔裙下双腿相交。她穿一身上面绣着绿花的蓝色中式长裙,着白色休闲鞋,举手投足,深见功夫。看起来,跟我一般大，四十来岁，可她走路，跟不着地，好像用脚尖在走路，很少女。她表演特别细腻，偷看赵匡胤那一段，亦喜亦嗔，如怨如慕，把女性眼神特有的柔美、流动的气质，表现得淋漓尽致。

最后一句，她一手背身后，一手举袖遮脸，全身扭成S形，娇羞样子实在动人。真是眼角眉梢都是戏。

从主路通向此亭的是一条石子铺就的小路，石间种了草，却没长出来，人在其上，石头硌得脚底很不舒服，因此鲜有游人前往。亭周围只有几个孩子在玩，有些在土坡上跑上滑下，有些在亭子的圈椅上或坐或站。有个六七岁的小姑娘跟在妇人身后，学着对方弯腰、扬手，边做边笑。

一曲唱完，妇人喝水时，小姑娘说，奶奶，你唱的是什么呀？为什么还要边唱边跳？

她说，我唱的是昆曲，这是我们国家最美的戏剧，它有六百年的历史了，是百戏之祖。

小女孩仰着头又问为什么一个字要唱半天？

唱得慢，听的人才能听清唱词、旋律，能看到演员的表情、动作。妇人说到这，摸了摸小姑娘的头发又说，比如我们看打仗的电影，刚一开始，解放军就把敌人打死了，是不是就没意思了？电影肯定先演解放军打敌人，先要找，找到才打，但因为人或者没子弹了，敌人又有飞机、大炮，解放军经过流血牺牲终于取得了胜利。再比如，我刚才唱的这句，睡荼蘼抓住了裙衩线，恰便是花似人心向好处牵。藤蔓挂住了裙子，这

是平常的事,我们经常遇到。可花为什么要缠住人的裙子,是因为花跟人心一样,向往着美好的事物,妞妞,你想想,是不是把这么平常的事说美了?

小女孩喃喃自语,花似人心——向好处牵?

对对,妞妞真聪明。你听,我唱"花"字时,你是不是就想到咱们旁边的这两棵海棠树或想到水边的玫瑰花,"似人心",我们每个人是不是都喜欢美好的东西,比如花呀草呀好吃的东西呀漂亮的衣服呀蔚蓝的天空呀,还有像你这么漂亮的小姑娘,人见人爱,这就叫花似人心向好处牵。

小姑娘似懂非懂地听着。可能听得没意思了,要走,妇人拉住女孩的手,说,奶奶给你讲个故事好不好?

好呀好呀。几个玩土的孩子一下子围过来了。

妇人凝视着前方,说,从前,有个女孩子从来没到过她家花园,有天,她游完园,做了一个梦,梦见一个小伙子。她讲到这儿,思索了一下,好像在选择着合适的词,深思片刻又说,然后她就找她梦中看到的东西,比如开着漂亮花的牡丹亭,薄而透的湖山石,悬挂下来的垂杨线,依依可人的大梅树,可是梦中的那个人却不见了,然后她就病倒了。

那她爸爸妈妈有没带她到医院看医生?女孩仰着头问。

看了,没看好,她就死了。

没意思。

可她又活过来了,你们猜她是怎么活过来的?妇人着急地说着,一双眼睛好是期待。

奶奶，你骗人，老师说了，人死了，活不过来。一个男孩大声说。

妇人怔了一下笑了，说，这是神话呀，孙悟空还能七十二变呢。女孩梦到的那个小伙子被她的真情感动了，就把她救活了。后来他们就结了婚。

没意思，没意思，走，我们捉迷藏去。男孩已跑开了。

你们再等等，我不太会讲故事，昆曲必须唱出来才有意思。要不，我再给你们讲一个更好听的故事？它讲的是……

小女孩也跟着跑了。旁边的小孩或让大人叫走了，或追小伙伴去了，妇人坐了一会儿，又开始唱起来：水中鸳鸯并翅而游，岸边兄妹并肩而走。却为何有缘邂逅，难谐凤鸾俦？

来来往往锻炼的人有人无视亭子，直奔前方，有人朝亭子扫几眼，跟同伴小声嘀咕几句，仍行自己的路了。

而我看得如痴如醉，妇人远远微笑着朝我点点头，我也向她招招手。

每次到公园，我都发现，无论刮风还是下雨，她都在那个亭子里唱昆曲。我跑步累了，就坐到她对面的椅子上听一会儿，竟也记住了不少唱词，越琢磨越有意思。不知她啥时来，反正我离开时，她仍在，仍一个人边唱边舞。唱到伤心处，满脸忧伤。高兴时，掩嘴偷笑。有时可能唱错了，她又是吐舌头又是嗔怪自己，好可爱。

有风吹过，粉红的海棠花落了一地，也吹到了亭子的瓦楞间，亭子里，一缕强光晃到着一身白的她身上，鲜丽明艳。而

我仰头望天时，几片落花拂面而过，椅前亦有落花数瓣，我不由得想起了她给孩子解释的那句唱词：花似人心向好处牵。

二

有天，我发现她倚着亭子栏杆，凝视着身旁的紫薇，如雕像般，半天不动，便走到亭前，装作拍花，其实是想接近她。她起身道，你看这花开得多俊。我说是呀，紫薇花期可长了。她告诉我她刚从昆曲团退休，没事干，就在这唱唱曲子，舒活舒活筋骨，养养心。对语词敏感的我，听到这番话，更愿与她聊天了。

你也喜欢昆曲？

听了你的表演，更上瘾了。

快说说，你最喜欢的昆曲是哪一出，最爱的是哪一个闺门旦？最爱听的唱词是什么？为什么？她连珠炮地问。

我最喜欢的是《牡丹亭》，因为它的辞藻精美，构思巧妙，生旦戏妙不可言。闺门旦里，最爱的是张继青的声腔，沈世华的身段眼神，华文漪年轻时的美艳，梁谷音的另类，王奉梅的扎实，张志红的奔放，单雯的甜美。最爱的词是：朝飞暮卷，云霞翠轩，雨丝风片，烟波画船。它把直线和曲线、点和面、阴和阳、动和静全部写出来了。最伤心的词是：甚西风吹梦无踪，人去难逢……让我好想去世的母亲。

她一把抓住我的手拉着我坐到亭里说，我在公园里唱了快半年了,终于遇到知音了,我一辈子除了爱昆曲,再没其他爱好,咱们可有话聊了。

她告诉我她姓王,昆曲演员,苏州人,二十年前调到北方工作。看她人挺平和,也易于接近,我便怀着好奇地问,演员的生活一定丰富多彩吧。

别人我不了解,我愿意生活在戏里。张君瑞、潘必正、柳梦梅,那么多情温柔,我却从没遇到过,所以我只爱戏中的他们。不过,咱还牵挂过一个人,她说到这儿,脸上露出了少女般的羞怯。

听到这样的开头,我先是一愣,看来她错会了我的提问,这样坦诚的女性,我还是第一次见,便急切地说,快给我讲讲。

那是三十多年前的事了,我们团一个唱武生的请我们几个演员到他宿舍吃饭。我犹豫半天,还是去了。吃过饭,大家要走,我也跟着起身时,他说有个问题请教。我就留下来了。他却没问题,只坐在我对面,一句话也不说。我说,我要走了。他说,再坐一会儿,天这么冷,要不我们喝点儿什么。他说着,进了厨房,又拿了一瓶酒。

我们边喝边聊。我说你不是说女人最难了解吗?女人心思虽密,但因为密,就不易断。男人呢,因简单,嘎巴一声,想接都难。他跟我杯子碰了一下,然后一口喝光,说,愿闻其详。

你不是不喝酒吗?

偶尔为之。你也喝。

我喝了一口,放下杯子,看了他一眼,望着桌面说,你看我又要拐到俗语了,比如说痴情女子负心汉。咱就从戏剧开讲。先讲所谓的成功男人:赵匡胤千里送京娘,挑逗得京娘春心荡漾,他却以男人要有沧海之志,生生拒绝了,害得京娘最后孤寂而死。李隆基跟杨玉环钗盒定情,牛女之前刚盟了誓,又跟梅妃在絮阁柔情蜜意。薛平贵当了西凉王,回家还要调戏在寒窑等了他十八年的结发妻子——相府小姐王宝钏,看她贞洁不贞洁,却不想想自己娶了貌美如花的代战公主在先。我说这话是恼火他本来跟我好好的,却答应了跟团长女儿谈对象,现在又跟我玩暧昧。

他又喝了一杯,给我加满,我不接杯,继续说,再说那些薄情的,金玉奴棒打无情郎,杜十娘怒沉百宝箱,包公铁定心要铡了杀妻灭子的驸马陈世美。我说着,把那杯酒喝了,把杯子反扣着,说,我不敢喝了。

你怎么不说说柳梦梅拾画叫画冒着杀头的危险掘墓救出了杜丽娘?你怎么不说说潘金莲毒死了丈夫武大?你怎么不说阎惜娇死了魂灵还要把情郎张文远带走?你怎么不说一个演员,他离了舞台,屁都不是。他又咣地喝了一杯。

我把杯子夺下,反问道,那为什么人说郎心似铁,为什么说自古女人最多情?我说着,眼前又现出了团长那个毫无风情的女儿,恶狠狠地说,男人,哼,动物,低级动物。

他又咣的一声,杯子空了。

我站起来，正要夺酒瓶，他忽然走到我跟前，拉住我的手，指着他的心，一字一顿地说：心坎里别是一般疼痛。我心一惊，正想问他是何意时，他拉着我的手边摇边唱：春香呀，难道我再到这庭园，则挣得长眠和短眠。我刚想纠正他把两折戏的词唱混了，闻到他满嘴的酒气，猜他喝多了，要扶他，他大着声又重复唱道：春香呀，难道我再到这庭园，则挣得长眠和短眠？长眠和短眠。他的声音越来越长。

大晚上的，听这样的词，我心里怪凄惶的。他看来真醉了。好在他还能走，我扶着他，走一步挪一步终于把他扶到卧室，他人刚挨床，就腾地仰面倒下了。

走，怕他万一出事没人在身边。不走，可能影响我的事业，比如我可能永远也上不了舞台。我思前想后，拨通了团长的电话。好在，十一点，她还没睡。我简略讲了事由，让她女儿过来陪她未婚夫。我还强调，我是跟几个人到他这儿吃饭，大刘小王有事刚走，他却醉了，丢下他一个人我也不放心。可我一个女孩子，非亲非故的，照顾他很不便。说假话，我发现我竟不紧张。当然也不全是假话，比如大刘小王的确来过。

喝醉酒又不是得了病，睡一觉，就没事了，你回去吧。团长不耐烦地说。

我想了想，说，团长，醉酒不是儿戏，我一个同事，晚上喝醉睡了三天，打了一周吊针。另一个朋友，喝酒再也没醒过来。

你怎么事这么多？真是烦死了。我挂了。

打完电话，我边收拾桌子边想我到底走好还是不走好呢，谁知碗碟还没洗完，门就响了。是团长。

团长，你怎么亲自来了？我把她让进门，看着她贴在头皮上的白发，还有冻红的脸，好不忍心。

你是不是想让全团的人都知道你们孤男寡女大半夜地在一起呀？

我们四五个人在一起，我略后是对了一幕台词。他这次演戏可是主角，不能跟咱团丢脸呀，我说着，望着团长警觉的目光，看团长脸色和缓了，又说，小代呢？她得过来多陪陪他呀，演员首次登台，都紧张，须有爱人相陪。小代是团长的女儿。

她出差了。我刚睡着，你把我吵醒了。说着，往卧室一倒，闭上了眼睛。我边给她拉被子边说，团长，你是不是进去看一下他？

团长仍闭着眼睛，说，喝了多少？

大概四小杯，或者五小杯吧。不对，不对，我也记不起来了。团长，你还是看一下吧。

团长睁开了眼睛，说，你把刚喝的酒瓶拿来。

我急忙把那瓶茅台给她，她接过去晃了一下，就递给我说，没事儿，睡吧。

你都没有看瓶子里还有多少酒，我连一杯都没喝完。全是他喝的。

她根本就不再听我说话，转头面朝床里，又闭上了眼睛。

我很想到卧室看看他,又感觉这样不合适,即便他准岳母已经睡熟。我收拾完厨房,躺在团长对面的沙发上。

听着对面一阵又一阵的呼噜声,我怎么也睡不着。翻来覆去,数羊,背单词,都无济于事,先是后脑勺痛,接着又是偏头痛,最后感觉两肩开始发酸。夜好长呀。上了三次厕所后,我听到对面床响,她好像翻了个身,我便小声问,团长,咱们是不是去看看他,要不要给他喝点儿茶,醒醒酒。喝了那么多酒,他也不起夜,怪害怕的。他明天晚上可就登台了。

对面没有声音。我又大了点儿声,说了一遍,还是无声。我起身,故意让自己的脚步有些声响。快到卧室门口了,我又朝床方向说不知他怎么样了,他将来可是咱们团最好的武生呀。别有什么事,我去瞧瞧。

在窗外淡淡月光下的照耀下,我顺利走到他跟前,犹豫片刻,把手掌哆哆嗦嗦地伸到他鼻孔前,手心热热的,我一时有些失控,很想摸摸他的脸,我们毕竟相爱了三年。但理智提醒我回到沙发上,一觉睡到团长站到我面前。此时天还黑着,她说,咱们走吧。

这么早?

你想让全团人知道?

不是还有你吗?我说着,还是听话地跟她出了门,好冷呀,感觉全身好像没穿衣服,我把大衣的领子竖起来。

回去好好睡一觉,我知道你一夜没睡。我知道你们相爱,可覆水难收,昨天发生的事只有你知我知他知,记住我的话,

男人绝情了就不要再幻想。她说完，打了个哈欠走了。

后来我才知道，他那是给我和他最后一次机会，可是为了能上舞台，我出卖了他。毁了他，也毁了我。从那晚后，他再也没理我，一周后就跟团长的女儿结了婚，打打闹闹过了多半辈子。

半年后，我也结了婚。说实话，我不爱现实中的丈夫，他大男子思想特重，老以他为中心。可他在舞台上，真个是风流俊才，一招一式，就是我梦中的书生。对，他主攻巾生，也是我们南方人，会做饭，也爱清洁。我女儿一岁后，他跟一直跟他搭戏的闺门旦在一次演出后发生了关系。我要离婚，他坚决不同意，给我跪下说，那天排戏他太投入了，祝英台抱住他，一句一句梁兄地叫，一个劲儿地往他怀里钻，他一想到她要嫁给马文才那个狗才，就也抱住了她，两个人哭着哭着，就发生了不该发生的事。他说老天做证，我说的都是实话，一想起自己要死了，不能留下英台妹妹跟别人好，也许生米做成熟饭就能跟心爱的人结婚。他真的就是这么一本正经地说，我无法判定他是不是说谎。本来看在孩子小，看在他是偶然出轨，我再给他一次改过的机会，可一听这话我更伤心了，就像我不能忍受他整天跟这个杜丽娘柔情蜜意，明天跟那个崔莺莺花前月下。舞台上一个个光艳照人的闺门旦跟他你情我意，就像一根根刺，扎进我的喉咙里，生生证明着我这个等待上场的闺门旦的失意，我坚决跟他离了婚，带着女儿一个人过。

离婚后，我妈帮我带孩子。我妈走后，我一个人带孩子，特别累。我不会骑自行车,每天坐公交车送孩子上学。有天,天下雨了,孩子说,妈妈你给我明天准备好胶鞋,可第二天因为要彩排,我着急背唱词,给忘了。第二天,孩子上学时,是穿着球鞋去的。回来当晚,孩子早早找到了胶鞋,放到门边。她睡着后,我后悔极了。

孩子大了就好了。

她没接话,眼睛好像有些湿,半天才说,我女儿从小就跟着我四处演戏,所以也爱上了昆曲,大家都说她天生就是闺门旦的坯子。这时手机响了,是爱人,他很不高兴,说,都几点了,还不回家做饭?

我没好气地说,难道你不会做?你没长手?

还是回去吧,好好珍惜当下,否则失去了你再后悔也来不及了。她说着,帮我拿起了包,又说,被人牵挂总是好事。

别理他,老师,你继续讲,那你以后再没找人?

又找了一个,我们结婚两年后又离了婚。这次,我想不再找同行了,他是一个机关的小科长,一直猛烈地追求我,老在我下班时,在我们单位门口等我,每次都带一束鲜花。我嫁给他后,他也蛮体贴我,以我为骄傲。我不高兴的是,他老带着我跟他的领导吃饭,想为他的仕途搭桥。这样时间长了,我就不想跟他过了。可我那时三十多岁了,又带着个孩子,他对我女儿倒是很好,他说他是从农村出来的,是家里的老大,五个弟弟妹妹都要靠他。他说时,眼泪流出来了。我想不就跟领导们一起吃个饭嘛,这么一想,虽不情愿也就去了。去了就得唱戏，在别人看来有点儿下作，我倒不这么想，反正我喜欢唱戏，只要唱，面对什么人，我真的不在意。他的部长爱听戏，每次都来。后来，我丈夫当上了他梦想的处长，我以为一切都可以为止了，他却忽然不让我再理那位已经退休的部长了，我说人家帮过你，我们要感恩。他却怀疑我跟部长有私情，理由是现在人都退了，我还念念不忘。那部长人挺好，老婆常年在床上瘫痪着，我的确可怜他，他只是喜欢听我唱戏，我们什么都没有。人家在位时，我丈夫恨不得把我送到人家床上，好达到自己的目的。人家一退，他翻脸不认人，还倒打一耙，让我好恶心。我受不得他再三盘问，跟他离了婚。他找了一个比他年轻二十岁的打字员，结婚时还请我去。

我听得心酸，她说好了，你回去吧，我的故事还有很多，以后再给你说吧。

还是爱情？

她点点头，朝我摆摆手，这事说起来话长，明天吧。

回到家里，我还在想，我们素不相识，王老师就这么坦诚地跟我讲自己的隐私，一则是她是性情中人。再则怕正因为我们素不相识，她才倾吐真情。离开后，我们叫啥住哪，彼此都不知道，也许这样的交往才安全。又想，她的下一个故事会是什么样呢？真不愧是唱戏的，深谙吊人的胃口。

三

清晨上班的闹钟响了半天，爱人仍不起床，我说怎么了，爱人半天才说，我想老家也下雨了，这样的天，我爸一个人咋做饭呢？又一个咋吃饭的？你听听，他又把话题转到了我最不愿意听的事上。我说要不咱给爸寄些钱，让他雇个保姆。再说现在各村镇不都在建社会主义新农村吗？爸在老家，山清水秀，熟人多，到咱们这儿，人生地不熟的，肯定待不住。

爱人腾地坐起，说，咱门口不是有公园嘛，那么多的老人，慢慢就熟了。

呀，七点半了，你上班要迟到了，快起来洗漱。我说着，立即进厨房端饭。

你急什么呀？整天往公园跑，我都怀疑你是不是有情况了？

有情况又能怎么的，半老徐娘了。我笑着打趣，望着窗外蒙蒙细雨，犹豫着去不去公园。

爱人半信半疑地上班了，我打开电脑一个小时，一个字也写不下去，又想那妇人会不会去公园了呢？这么一想就打着伞，来到公园。公园里几乎没有一个人，没想到，她仍在亭子里。

这次她唱的是《题曲》："冷雨幽窗不可听，挑灯闲看牡丹亭。人间亦有痴于我，岂独伤心是小青。"倒也应景。

我怕打扰她，悄悄躲到她旁边的竹林里，偷看她表演。

她扮演的乔小青，出场先是忧伤；看《牡丹亭》，喜悦。杜丽娘死后，她伤心。再看柳梦梅拾画两人得遇，她兴奋道，"那柳生又是痴汉，只管美人姐姐叫"时，娇羞不可言。双手背着唱"嗯叫无休直教冷骨心还热"完，双水袖载歌载舞。唱到"僵魂意转柔"，跑圆场。唱到"是个活的"时，搓手，欣喜。唱到怕陈最良知道挖墓时，又还原到乔小青的地方，再加评述"笑拘儒等侪"。念白"待我当杜丽娘摹想一回"后，朝四周寻找，"这是芍药栏，那是牡丹亭，咦，那梦中的人儿来了"时，眼睛一亮，唱"半晌如迷留，似这般感受，那般瘠瘦"时，转圈，后退，又前行，水袖一会儿扭，一会儿举，一会儿又抡，又高高地抛下。唱道"哪呀，若都许死后自寻佳偶，岂惜留薄命活作羁囚"时，我伤心得想流泪。当唱到"这样好梦，我乔小青怎么再也梦不着一个呀"时，她背过身去。

我正要上前安慰她时，一对男女打着伞走了过来，男人看了一眼亭里的妇人，说，真是个疯子。

他身边的女人说，她好像没家，整天都在亭子里，唱呀唱个不停。

我又望了亭子里的王老师，她不哭了，收拾起自己的包，我马上绕开，从小路离开了。

我几天不见她，又好想她。好像去公园，就只是为了见她。

只要我们在一起，她就不停地跟我讲，昆曲之美，一生也给你说不完，用它里面的一句唱词总结最为合适：恰三春好处无人见。它结合了唐诗宋词元曲，是古典文学的精华，表演形式是载歌载舞，伴奏的乐器是江南丝竹。它美在小姐多感，秀才痴情，义士悲壮，美在演员的形体美，舞台上背景的虚幻美，让人能忘掉尘世中一切的不幸。柳梦梅痴情得连鬼都不怕，还怕岳父拷打？阎惜娇死后仍不忘情郎，阴间也要把心上人捉去，而张三郎竟然也情愿跟着去，还很享受的样子。我的师姐师妹们，她们每个人的角色都不尽相同。杜丽娘，可以是淑女的、大家闺秀的、怯生生的、羞怯的，也可以是大胆的、热烈的、奔放的，反正每个人心中都有一个杜丽娘。有些演员动作花哨，有的则眼神、身段多一个都不行，你好好看看那些著名演员饰演的《思凡》《写真》《浇墓》等折子戏，就知道看戏还得看老艺术家的，别像一般观众只瞧着脸蛋。我就给你这么说吧，我唱了一百多折戏，光杜丽娘就唱了四十多年，可每次我的动作、眼神、手势，甚至脚步，都有变化，因为我随着年龄和阅历，每天都重新在理解着她，在成长着她，在造就着她。

可站在舞台上的毕竟只是少数人，我年轻时唱得多些，后来就不行了，有更年轻的来了，我只能当 B 角。不是我唱得不好，也不是我身段不美，更不是我理解人物不透彻，是因为我从外地调来的，团里本来就有四五个闺门旦，我要脱颖而出，很难。上了闺门旦这条船，比上了贼船还难下来。我们几个简直争得像什么了？她说着，停顿了一下，望了望天，忽然说，真的可以说风云变幻。领导多次劝我唱花旦，说我个子小，也机灵，又学过花旦，要转行很容易，又易成功。可我这人认准目标，九头牛都拉不回来，宁当凤尾，绝不做鸡头。闺门旦就是我一生的梦想,我爱她不是因为它是主角,是因为她的唱词最美,戏份最多,她的心事一般演员最难把握。但我不后悔自己的选择,我如果不调来北京,我在省城永远是头牌,可那儿观众只有几百个,他们大多人因为我扮相漂亮,并不理解我好在哪里。可是我戏份少,只有主角不在时,我才能上场。我这人又是一根筋,又不太会跟人相处。凡跟我接触过的人都说我清高。我哪是清高呀,只是不愿意跟大家凑在一起,东家长西家短地浪费时间,也不会今天你送我一个小东西,我明天请你吃顿饭。我在团里工作四十年,跟每位领导都是普通的上下级关系,连人家家在哪都不知道。B角当主角的机会屈指可数。有次,我们到附近郊县演出,演出牌上还写着A角的名字,她却私自跑到外面挣钱去了,领导让我临时救场,好友替我不平,让我不要去,可是舞台多诱人,我马上答应了。让我难过的是,我一上场,不少观众都喊着A角的名字,说唱得好,领导怕我难为情,再三解释,给我加了不少戏,那一个月,我们走乡串村,住过大车店,也睡过老百姓家的土炕,身上全是虱子,吃的都是玉米面高粱馍,好多人都坚持不下来,可我高兴,天天有戏唱,什么苦我都能吃。后来大家都叫我是救火演员。我才不在乎呢,只要能唱戏,管他们说什么。有次,我们进山给部队官兵慰问演出,我发着高烧,浑身酸痛,脚像踩在棉花上。领导让我别唱了,可我往舞台上一站,一看到下面一双双发亮的眼神,在红领章映衬下,特别亮,嘿,你猜怎么着,浑身抖擞。

她说着,停顿了一下,我以为她要结束话题,她忽然从旁边折下一根树枝,蹲在地上,边写边说,唱昆曲,不能光学昆曲,也要借助其他戏种的特点,你看秦腔《三堂会审》有个细节,是这样的:

苏　三:(唱)玉堂春本是公子取名。

刘秉义:(白)鸨儿买你多大岁数?

苏　三:(唱)鸨儿买我七岁整。

刘秉义:(白)在院中住了几载?

苏　三:(唱)在院中住了将将九春。

刘秉义:(白)噢,七九一十六岁的花童,也该从得人了,头一回从的何人?

苏　三:(唱)十六岁开怀本是那王——

刘、潘:王什么呢?

苏　三:(唱)王公子。

刘秉义:这王公子是个什么人,这王公子是……

苏　三:(唱)他本是吏部大堂三舍人。

她起身,又蹲在旁边的空地上,写起京剧的这段唱词来:

苏　三:玉堂春本是公子取名。

刘、潘:几岁进院?

苏　三:鸨儿买我七岁整。

刘、潘：在院中过了几载？

苏　三：在院中住了整九春。

刘、潘：你开怀是哪一个？

苏　三：十六岁开怀是那王……

苏　三：（唱）那一年，巧遇王……

刘、潘：王什么？

苏　三：（唱）那王……

王金龙：苏三，你要说仔细了。

刘、潘：王什么？

苏　三：（唱）王公子，他本是，官家之子读书人。

　　写完，她把不一样的地方，用下画线做了记号，说，你仔细分析它们的唱词，就能看出它们侧重点不一样。秦腔大众、通俗，点明了苏三妓女的身份，王金龙是吏部三公子。而京剧则雅致些，它强调的是苏三巧遇王金龙，而王是读书人。你再看看梅兰芳、荀慧生、程砚秋诸多大师们如何演的，那简直妙极了。问她玉堂春是何人赠名，她答时，似回忆，又是伤感。回答九春时，手势好美。说开怀是谁时，苏三手指绞辫子，把头发塞到嘴来掩饰她的羞辱，步态、眼神生活化了，有一种下意识的美，展示了人物的内心情感。还有王金龙到狱中去看她，她娇滴滴的，既撒娇，又可爱：你做了皇家的官尚极品，大堂上作威风不认我身。你装咱你好狠的心。味道全不一样。我演出时，就受了京剧荀派艺术家特点的启发，大家都说我演得真实,生活化。

我怕她蹲得太累,说,老师,你起来坐着讲。

我常年练功习惯了,有时一个姿势能坚持一个小时。她说着,要起身。可能蹲得时间长了,竟有些站不起来了,我忙扶住,她笑着说,真是如花美眷,似水流年呀。好像我一夜之间,就成了老太婆。

你很有风度,一点儿都看不出已经退休了。我由衷地说。

她坐到圈椅上,按摩着大腿说,经常这么做,对身体有好处。我发现公园里不少人都做这个动作,我做了几次,感觉全身好舒服。对了,艺术家要随时观察生活,京剧艺术家李维康你熟悉吗?不熟,那我得跟你说道说道。她不愧是首届梅花奖得主。梅花奖你知道吗,那可是我们戏剧界最高奖。我最喜欢的是她在《坐宫》中塑造的铁镜公主,非常生活化。在她的表演中,你看到铁镜公主既是娇贵的公主,又像我们身边熟悉的家庭主妇、媳妇、母亲,善解人意、娇憨亲切。她举手投足,看似随意,实则和观众距离拉得很近。比如听杨四郎讲往事时,先是漫不经心,端着孩子撒尿。当听到杨四郎说他姓杨时,马上示意对方跟她一起出门看是否外面有人。听到是杨家将后,眼神紧张,到最后的坚定。结尾她出门后又返回对丈夫唱的一句"盗来令箭你好出关呐",她脸部表情让我看到了这句话的几重意思:包含了对丈夫离去的不舍,盗令箭的紧张,以及对丈夫一去不返的担心,到最后去盗令箭时公主的霸气。而有些演员唱到这句时,眼角眉梢都掩饰不住的喜悦,这样就单一地处理了人物性格，表演不细腻。我的老师在我年轻时就加强我们的表演功力，有一次把我叫到办公室，我进去后，她又说，出去，这样来回三四次，然后就问我，你看我这屋里有什么变化？我仔细看了一遍，说没有发现，她说，你看看我这办公桌！我又仔细看了一下桌子，还是摇摇头。她说，我原来桌上没花，现在有了。不少人都不在意这些细小的东西，但是，作为演员，生活中的一切东西都要有所记忆，要留在心里，观察生活对演员的艺术生涯是有帮助的。这句话我记了一辈子。

昆曲的故事性不是很强，很注重人物内心，而这些细节都是靠演员的表情让观众体会的。我接口道。

是的，它的闲笔也好妙，有时是过程戏，有些是次要人物，也同样耐人寻味。比如《长生殿·酒楼》中的郭子义那唱段。《桃花扇·弹词》那折，百听不厌。《牡丹亭》也不只讲了杜丽娘和柳梦梅一对人的爱情，它还有石道姑的人生，有李全夫妇的爱情。你们作家用语言交代人物的感情和心理，而我们演员则用眼神、手势、步态、表情来展现。我借助歌剧、电影、民间小调、芭蕾、交响乐等，来把昆曲这个百戏之祖发扬光大，只是让更多的人知道它有多美。它既高雅，又世俗。既精神，又物质。既庙堂，又民间。我一直盼有人给我写个好本子，《琵琶记》《班昭》《司马相如》，都有人唱了，可我不满意，为什么？没有动听的曲子，没有感人的唱词，演员都是好演员，可就不能像《游园》《惊梦》《佳期》那样让人念念不忘。你是作家,要是能写一个好本子,我来给你演,我来拉赞助,你不要看我年岁大了,我师姐七十岁了,还能挑大梁。我老师,八十岁了,还在舞台上。你看看,我还不老吧。

我的手机响了,我打开一看,是单位的一个同事,我分了一下神,她一般不打电话,一定有事。王老师马上停了口。

没事,老师,你继续讲。我关了手机,抱歉一笑,她这才又说开了:

闺门旦为什么人人爱看?因为她们正值青春年华,大多出身高贵,棋琴书画样样精通,又感情丰富。诸如《幽闺记》中的王瑞兰,《红梅阁》中的卢昭容,《西厢记》中的崔莺莺,《碧玉簪》中的李月英,《墙头马上》的李千金,《彩楼配》中的刘金定,《牡丹亭》中的杜丽娘等人,便属于此类角色。她们笑不露齿,行不动裙,端庄淑雅,幽娴贞静。这样在表演上就比其他行当要难:下脚要稳,裆功有劲,常收小腹,从容缓行。松腰下肩,双手贴腰。她们走的是"一"字步,这样。她说着,拉着我,说,你看,像模特一样,腰微扭,小碎步,双脚像踩在水上,是不是很美?

我以为这样走路很轻松,绕着亭子走了几圈,浑身就出汗了。我刚坐下,她就说,你不能那么坐,闺门旦一般为侧坐,且坐椅子的三分之一,这样才美。转身较慢,只转一半。指物多用兰花手。她们的出场,特讲究,右手水袖一拂,小锣当一声。好像在说,你看我衣服多漂亮。左手水袖一挥,小锣又当一声,好像在对观众说,你看我身材多美。右手指水袖,左手指发,小锣又是当一下。好像在说,你看我沉鱼落雁,是父母掌中明珠闺中花。这一亮场,观众的目光就被她牢牢锁住了。今天我神思恍惚,没穿带水袖的戏服,明天我来时穿上,你就知道水袖对一个昆曲演员有多么重要了。别以为它只是两块白布,它是美,你肯定能理解。如果没有水袖,你看我这样拿扇子是不是不美?可我水袖托折扇是不是很美。你看,我手指在水袖里露这么一点点,是不是更美。还有,你看,我害羞时,要表达我的情绪,我手捂脸,就没长长的水袖挡住脸,更妩媚。

老师这么做,就像画一样美。我想老师上课我不能没反应,便夸了一句。

她眼神果然如在舞台上似的,眼神一亮,说,美是一方面,理解人物的内心对演员来说才是最重要的。我过去喜欢表现杜丽娘的内心层次,同情京娘的惆怅,后来,随着年岁的增长,我也理解了《艳云亭》里萧惜芬的装疯,理解泼水时崔氏的哀伤。昆曲不只是儿女情长,它亦有家国情怀。比如《宝剑记·夜奔》《单刀会·刀会》《长生殿·酒楼》《千忠戮·八阳》。

原来昆曲有这么多的学问。
是呀,对了,你怎么不上班,看你年纪这么轻?
我是专业作家。在家写作。
你想学昆曲吗?我教你。她的眼神热切得让人不忍拒绝。我一想,反正也没事干,就当作一种体验生活吧。便说,想学,怕学不好,但知道昆曲是个修身养性的好剧种。

她一拍手,说,对头。现在人们生活节奏飞快,慢生活就成了最好的消闲。当你在曲笛的柔美悠扬里,看杜丽娘和柳梦梅白衣翩翩,水袖轻扬,玉指纤纤,用写意的舞姿抒写意绪,难道你感觉不到活着是多么美好。学昆曲,一是学唱。昆曲一唱三叹,以气息控制发声,这比练气功更讲技巧,所以很多学昆曲的人都长寿。二是练身段。昆曲的载歌载舞,对青少年来说,是最好的美仪训练;而对老年人来说,则可以健身,与太极拳有异曲同工之妙。三是平心静气。昆曲文辞优美,不仅能提升学习者的文学程度,更能让人远离追名逐利的浮躁,潜心于深厚的文化积淀中。

我越听越兴奋,打开手机,她以为我要打电话,我笑着说,我要全记下来你讲的。

她受到了鼓舞,讲得更细了,说,学戏先听录音,等听熟了,老师再点拨,说重点,讲如何刻画人物。她说到这儿,让我闭上眼睛,她唱了一曲《牡丹亭》"山坡羊":没乱里春情难遣,蓦地里怀人幽怨,则为俺生小婵娟,拣名门一例,一例里神仙眷。甚良缘,把青春抛得远!俺的睡情谁见?……你听到这样的唱词,什么感想。别睁眼。

我感觉好像回到了中学时代,晚上,跟一个好朋友睡在她家的土炕上,在昏暗的煤油灯下,她给我讲完她喜欢上一个在外地当兵的男同学的故事后,我们都彻夜睡不着。我说完,她没有吭声,我想也许她不满意我的回答,便睁开眼睛,她忽然

说,我好想让你看到的不是我一个老太婆,而是一个闺中少女呀。她说着眼泪顺着脸颊流了下来。

我很想说你不老,可是我说不出口,只不停地给她拭着眼泪,说,你扮的那么多的闺门旦永远都在观众心中呀。

这时,我发现对面一位老头不停地朝我们这边观望。他不像一般游客,只是瞧几眼,就走开了。他站在打牌人旁边。那四个打牌的老者坐在我曾坐过的长条椅上,打得一片火热。老头看一会儿牌就朝我们这儿望一眼,我猜想他醉翁之意不在酒,在乎的是我们师徒二人,不,是唱闺门旦的王老师。对了,下文我就权且称她为闺门旦吧。叫老太太?那她就跟公园里那些做八段锦、扭秧歌的、唱红歌的、哄小孩的老太太一样了。叫老妇人?她又太年轻,也太少女范,不合适。对对对,就叫闺门旦。一想到这个称呼,我就兴奋地要跳起来。这个称呼,对她恰当不过。

我说老师,你再讲讲你的爱情故事吧,她脸红了,说,那明天你早些来,我等你。我一听这话,眼角忽然一湿,说,肯定的。

谁料晚上同事又打电话,让我第二天去单位开会,我没能去成公园。开会听报告,一天我脑子里全是那个故事的想象。

四

第三天,天气忽然奇热,四十摄氏度的高温,我八点收拾完家务就小跑到了公园,她已到了,老远就向我招手。

老师,这两天单位有事,我没来,可我一直牵挂着听你的爱情故事呢。她说我知道你不会没事不来。我一坐下,她就递给我一瓶冰红茶,说,一直不想说的,可最终想了想,我老了,也无所谓了,权且给你提供一点儿写作的资料吧,如果对你有用,我会很高兴。

我拿起她身旁的折扇给她扇起凉来,她说不用不用,亭子里比外面惬意多了。

我想也许她怕扇子扇的风声打扰了她的注意力,便放下扇子。她却拿起扇子不停地拨弄着,给我慢慢地讲起来。我说慢是她的语态,是她的手指,还有她慢慢的表情。好像是慢慢地进入到回忆的情景中,然后一步步深入。

咱与他也算得美满幽香不可言。她说着,竟唱了一句,偎着脑袋说,他嘛,是我的学生。因为我戏少,领导就让我带学生。那年,团里新分来了十几个刚毕业的年轻人,个个都长得风神俊朗,他嘛,是研究生,在里面,不是最优秀的,又因个头矮,团里最红的闺门旦不可能跟他配戏,但他特上进,一见我们这些老演员,就老师长老师短地跟前跟后地请教,手里还拿着个小本子,我们说一句他记一句。可能因为我们都同病相怜,我对他就格外地关爱,主动提出跟他配角。他当然高兴了,虽然我的戏不是很多,可我毕竟也是团里有名的闺门旦,他特会体贴人,一会儿带我去吃小吃,一会儿又给我送花,我当然就更尽心了。不,也不是尽心,是教他演戏也成全了我,真的好过瘾,我们合作最多的就是《牡丹亭》了,他唱柳梦梅,我唱杜丽娘。那时我孩子也大了,时间很充足。他又年轻,也没谈恋爱,我们整天只要在一起,就练戏。我教他小生戏很少,但我教他如何理解杜丽娘,让他看我的眼神,如何接戏,如何跟观众沟通,如何把整天唱的戏唱出激情。这一晃三四年过去了,他慢慢地登上了舞台,从跑龙套到挑大梁。我为他高兴。不知是因为团里有人说闲话,还是他成了主角,反正他离我越来越远了。

我一直抱着想听美好爱情故事的念头,没想到她讲得如此简单,正要让她细讲,她忽然说,不说过去了,这次我给你唱一曲《琴挑》。

可是他太没良心了!我为她打抱不平。

人生太长了,每个人都不容易。跟我曾经好过的那个小生,他跟妻子几十年形如路人。我的前夫,跟我离婚后,当了团里的副团长,刚当了两年,突然遇害。好端端的,他走在路上,被一个酒鬼拿刀捅了。我的第二任丈夫,四十二岁,终于实现了他的梦想,当了局长,把弟弟妹妹都带进了城里,据说名字还进了家谱,事迹还登进了县志,也算为父母争了光,可快退休时,突然被关进了牢中。而我的这个学生……她突然抽泣着说不下去了。

我递给她张纸巾,急着等她接着讲,她拭了一下眼睛,突然站起来,说,唱戏吧。她说着,抹了一把泪,拿起旁边的一根细棍,当云帚边挥边唱起来。正唱到"长清短清哪管人离恨，云心水心有甚闲愁闷"时，一阵笛声忽然响起来，她愣了有一秒钟，马上跟着唱起来："柏子坐中焚，梅花帐绝尘。"有了笛子的伴奏，她唱得更有味道了。

一曲唱完，闺门旦朝四周看，我也朝四围瞧，我们瞧的都是大路，随着一阵响声，那人却手拿笛子，从身后的山上走了下来。原来是那个一直偷看的老人。他皮肤白净，穿着一件银灰色T恤，一条牛仔裤，显然长期练过身体，身体挺拔，也无赘肉，头发虽然灰白，但其神态举止，文雅而书卷气浓。

我最喜欢的就是这《琴挑》了，二位好。他一出口，我听口音断定是江浙一带人。

你会唱？闺门旦笑着问，一双眼睛竟然有了青春的光彩。这眼神与跟我在一起时，是不一样的。

我只是喜欢，有时吹几曲笛子罢了。

太好了，快坐。她说着，还把圈椅用纸巾擦了好几遍。

你坐你坐，听你的戏，感觉好像喝醉，越听越有味。

谢谢，我只是喜欢。

你刚才唱到"梅花帐绝尘"时，动作特别美。

是吗，是这一个动作？她说着，小腿一相交，半蹲身，右手朝左，慢慢地从左到右轻轻一举，眼神也跟着手，渐渐上移。

对，是这样的，为什么要做这个动作？我没看懂。

一听这话，就知道你很专业，我初学戏时，老师就说，你不但要跟着我学动作，还要明白这个动作是什么意思，为什么

要这么做。比如妙常进门时,云帚一挥,是代表挑帘。刚才那云帚朝胸,是指自己的内心。比如我演杜丽娘《惊梦》时,唱到"最撩人春色是今年"时,因这出戏发生的场景是杜丽娘与书生初遇的地方,春色迷人,阳光好似从树叶缝隙里透了下来,我把手抬起来,手心朝外而兰花指不散,这是在遮挡阳光。当唱到"睡荼蘼抓住了裙衩线"时,兰花指捏下扇子,再慢慢地将扇子贴着身体往下,头微微偏下而眼神流转于花枝与裙摆之间,轻轻地做个勾掉牵住裙钗线的花的动作,再将手势缓缓地放下,后退三步,随后再娇媚地甩一下袖子。这一整套动作下来,就把杜丽娘青春、娇羞媚态,给观众呈现了出来。

对昆曲来说,我是门外汉,只看过有名的《牡丹亭》《长生殿》《桃花扇》《玉簪记》。你再给我推荐几部。

闺门旦说,才子佳人戏中,《西楼记》的名气仅次于《牡丹亭》和《玉簪记》,文人气质浓,曲词极其优美,名曲名段传唱甚多。试想想,《牡丹亭》如果没有《游园》《惊梦》《寻梦》《写真》《离魂》这么美的折子戏,也跟一般的才子佳人戏没多大差别。《白蛇传》没有《湖会》《端午》《盗草》《断桥》,人也记不住。而《西楼记》中的《楼会》《拆书》《玩笺》《错梦》等都是常演的折子戏。昆曲的味道不在于讲故事,而在于一唱三叹的情感抒怀、心理描摹。《西楼记》在这一点上气质浓郁,最以《玩笺》为个中代表。

《西楼记》?噢,原来是明朝袁于令写的,我回去好好听听。谢谢推荐。老头拿着手机查完，合上说。

顺手之事。闺门旦说着，斜看了老头一眼。展展袖子，接着说，而这些折子戏，又多以曲牌为名，比如《牡丹亭》的《游园》的"皂罗袍""步步骄"，《惊梦》的"山坡羊""山桃红"，《寻梦》的"懒画眉""忒忒令""嘉庆子""江儿水"，那简直是人间有此曲，一生足矣。

哎呀呀，我想起来了，《红楼梦》里提到过不少折子戏名曲牌。汤若士的《牡丹亭》我看了不下百遍，只记词，可从来没注意过曲牌，你这么一说，我才知道自己这个大学教授当得好不合格呀。老头说着，站起来深深鞠了一躬。他还朝我也微微地点了点头，好绅士。闺门旦好像这才记起了我的存在，忙向他介绍道，这位老师也喜爱昆曲，咱们以后有交流的了。

看到他们交谈起来，我借口要跑步赶紧撤离。我绕公园跑了一圈，有两公里，又情不自禁地再经过亭子，他们还在交谈。闺门旦捂着嘴笑，老头在兴奋地说着什么，看起来，两人都很高兴。

我感觉好像身上卸下了一个沉重的包袱，轻快地跑了起来。我跑过那一对经常牵着手散步的老头老太太身边，跑过那推着童车给小孩唱歌的年轻妈妈。超过那个穿着体能服的小伙子时，他很不服气，跟我并排跑了起来。他岂知我是军人，经常跑五公里的，焉能不败。

以后，他们同时出现。一般都是老头先到，站在公园北边的小铁门前，假装看河里的鸭子或瞧桥上的行人。我每每走过他身边，总相视一笑。他可能也知道我知道他等谁，我看他一眼，他忙扭头望望脚面，我一走过去，他的目光马上朝远处望去。

老头比我懂昆曲。她唱时，他坐在那吹着笛子，脚下还踩着拍子。我才明白了有了笛子，昆曲才更美。更有意思的还是闺门旦，她不但化了装，戴了头面，还穿了戴水袖的戏装。好像她面前不是一个观众，而她好似置身于一个大戏院，面对着成千上万的观众，更加陶醉地唱着。

她唱到"名花国色，笑微微常得君王看，向春风解释春愁，沉香亭同倚阑干"时，拉起老头，跟她唱。老头一会儿学她抬腿，一会儿又学她舞水袖，虽然笨拙，但她那眼神，真像跟着自己君王，在美丽的御花园载歌载舞。

刚开始，逛公园的人还不时张望，看他们好像眼中无人，便也不理睬了。我却好奇，上到土墙上，在一片月季掩护下，细细地看着亭面，偷听着他们的对话。

跟我到养老院去吧，我四处咨询，又多次实地考察，选中了一个叫夕阳美的养老院，那儿环境好，服务态度好，硬件也跟得上。

你干脆住到我家来。

你女婿肯定不答应。

那是我的房子，我想让谁住就谁住，他管不了。

他们声音越来越小，不时你给我嘴里塞块苹果，我给你递瓶水。他们或说笑，或一句话都不说，偎依在亭间的椅子上，微闭着眼,也不说话,只看到阳光在他们的脸上灿灿地跳跃着。快到午饭时,他们一起吃饭。大多吃的是盒饭,有时也吃面包。有时还有红酒,虽然是一次性杯子,可酒好香,离得好远,我都能闻到。

我家门口的一条街,他们常去。他们有时去名典私家菜馆,有时去吃火锅,去的最多的是杏园餐厅。这是一家只有一间大厅的饭店,经营炒菜和刀削面,每次去,都需排队。如果中午十二点去,除了队伍排到了门外,每个桌前还站着等座的人。有些人端着一碗面,站着吃。我大学毕业到北京工作,得知这家餐厅后,过阵儿都要来这吃饭。面是师傅现场左手掌托面,右手拿刀片现削的。风风雨雨十几年了,这条街上大大小小关闭了十几家饭店,又开张了五六家,可只有杏园餐厅,十五年,生意一直都这么红火。

餐厅地儿小,没有单独桌椅,都是拼桌吃饭。为了近距离瞧他们,我有时悄悄坐到他们后面,有时站在饭店窗外,装着瞧路人,不时打量他们。

他俩每次都要一盘菜,两碗面,虽简单,却不重样。我也爱吃刀削面,虽然知道门类种类不少,有小炒肉面、香菇面、西红柿面、茄丁面,可每次只点自己最爱吃的香菇面。他们却每次都不重样,他们先要一碗,两个人分着吃完,再要一碗不一样的面。天热了他们点的西式泡菜和拌腐竹多些。老太太点菜多,也多由她买单。老头爱吃店里的招牌菜宫保鸡丁。闺门旦则喜欢点清炒虾仁。两人有时要瓶红酒,乱纷纷的饭店里优

雅地吃着，旁若无人。

两个人你给我夹菜，我给你递汤，对，就是喝店里的面汤，喝得两人笑眯眯的，我看着都妒忌。

老头衣着很讲究，冬天了，穿一件黑色的大衣，围着墨绿色围巾，头发有些灰白，举手投足，颇有一股魅力。

闺门旦仍沿袭着她文艺的打扮，裙装，只是不一样的是，根据季节，质地薄厚而已。他们在公园里待的时间最长。他们不唱戏时，老头躺在闺门旦的腿上。有时闺门旦靠在老头肩上，老头不停地给她讲着什么。天黑了，他们还手挽着手逛公园，在下饺子般的人流里，他们的风度和亲昵都是那么醒目。

轻松之余，我心里竟有些失落，甚至有些妒忌老头，便有意避开他们。突然发现，我以为她孤独，其实最孤独的人是我自己。自从搬了新家，院里人不熟，整天在家也烦出病来了。公园，是我交往的场所。

五

天冷了，树秃了，草黄了，原来丰沛的四周一下子空旷了。公园里人越来越少。闺门旦仍在，老头却没来。她唱了几个曲子，都不成调。一曲没唱完，她就坐在那里发呆。我心里竟有些幸灾乐祸，看到她频频地用眼神跟我打招呼，装作没看见。

好几天过去了，我实在不忍看她一个人孤单地坐在那里，终于走到她身边,她远远地看到我了,几乎是小跑着走来,挽着我的胳膊说,你为什么不来见我,生我气了?好像我真成了她的闺中密友。我说哪呀。她说,这几天我都在想,给你好好再讲几出戏,你虽然不会唱,可是你了解得越多就越爱昆曲。再说一折戏下来,浑身舒畅,比你在公园里跑两圈效果还好,不信,你跟我学一个月戏,效果立马就显现了。

我笑笑,没说话。心想,要是教授在,你还有时间理我吗?

我给你唱一曲好不好?你随便点,点你喜欢听的。望着她恳求的眼神,我实在不忍心拒绝。但是不知是她心里有事,还是其他,反正她唱的不在状态。本来欢快的《牡丹亭·游园》,她唱得忧伤不说,唱到"遍青山啼红了杜鹃"时,忽然忘词了。

下面是什么呢?我怎么想不起来了?她急着说,这不是老年痴呆症的前兆吧。

怎么会?昆曲的台词怕是所有戏剧中最难懂也最难记的,你都记住了那么多。我现在都老忘事,我床头柜都放个本子,灵感一来,马上记下来,否则转眼就忘记了。王老师,不瞒你说,刚才到公园来时,我还记得写作时一个细节,现在都记不得了。

可是我怎么就记不得"遍青山啼红了杜鹃"下面的唱词了?她说着皱着眉头,不停地在亭子里来回踱着步。

是……别说,别说,让我想想,我一定能想出来。我还不到六十岁呀。

遍青山啼红了杜鹃。遍青山啼红了杜鹃,花似人心……不对,不对?我怎么忘词了,除了昆曲我什么都没有呀,我怎么连唱了几千遍的戏都忘了,我这一辈子好失败呀。她说着,背对着我,倚着亭子的圆柱。我感觉她要哭了。

这时,一阵秦腔声飘来:老了,老了,实老了。十八年,老了我相府千金王氏宝钏。我腾地站起,好像把这唱词挡住,便说,王老师,其实你……

她忽然笑出声来,说,我想起来了,我想起来了,下面是:荼蘼外烟丝醉软。她说着,又唱了起来。

我以为她会把这一曲唱完,可唱了两句,又坐了下来,说,我不能再唱了,怕你烦。你们年轻人,都烦老人。

我笑着说,我都四十岁了。说着,把她旁边的水杯递给她,她喝了一口,突然说,我女儿跟你差不多大,今天是她生日。她是二十多年前的今天早上八点生下来的,生下来只有五斤二两,脚印,就像一个逗号,特别特别小,昨天我又看了成长纪念册上那个小脚印,真的好小好小。

她没跟你生活在一起?

她点点头,眼睛微眯着,凝视着远方,好像在回忆,我年轻时一直是为唱戏,顾不上她。中年了,为了她,我学着带外孙。我外孙特别可爱,长得跟他妈妈一个样,简直一个模子刻出来的。她说着,掏出手机,给我看她外孙与她女儿小时的照片。

你女儿是干什么工作的?

我告诉过你,她从小跟着我四处去演出,也迷上了唱昆曲。她扮相很漂亮,嗓子又好,大家都说她集中了我所有的优点,又比我幸运,赶上了昆曲最好的时代,她们团很器重她,老让她挑大梁。她唱的《牡丹亭·寻梦》,得了梅花奖,你猜多大? 十九岁呀,是全国最年轻的梅花奖得主,那可是我一生的梦想。她站在领奖台上时,你猜怎么着,我感觉就像我站在了那绚丽的灯光下,就在那一刻,我感觉我死了,也心甘了。

你女儿帮你实现了梦想,你是一个幸福的母亲。她是不是特忙,或在外地工作? 我从没见过她女儿,便问道。

她沉默了片刻,说,我女儿到英国斯特拉福镇去演出了。

那可是莎士比亚的故乡呀。她演出一定很成功。

她点了点头。看她没有再往下讲的意思,我便又问,对了,王老师,你讲的你那个学生,后来怎么样了?

她好像从梦中醒来似的,愣了一下,学生,哪个学生?

就是你教戏的那个男小生呀。

他呀! 她说着,望了远方一眼,好像在回忆,半天才说,他呀,后来越来越火,一个月演的戏可能比我这半生唱的戏还多,五年前他得了梅花奖。我在电视上看到他抱着奖盘发表获奖感言,说,他一生都忘不了我时,我哭得一塌糊涂,他没忘记我,没忘记我,在那么多的人面前,在守着电视机看着他的妻儿父母面前,他都不加掩饰,我还有什么委屈呢? 要知道,教他的老师有很多,许多都是昆曲界的大腕,他可以说一大

串，可在那个场合，他没忘记我，还拿出了我们唯一的一次演出合影。他这么一说，一切的一切我都释怀了。在那之前，我特恨他，甚至盼着他倒霉，因为他结婚，却是最后一个才告诉我的。结婚，这是好事，却不告诉我这个整天陪着他排戏的老师？他那么看我，你说奴气也不气？好气奴也！最后一句话，她用了长长的念白。说着，手指还哆嗦着。

我想着如何安慰她，她突然又来了一句，老李好几天没来了。

半天我才明白她说的老李就是那个老头，便说他可能忙。

她告诉我说，老李在京都一所大学当教授，教的是古典文学。妻子是家里订的，夫妻关系一直不好，两个人在一起就吵架，他只好到大儿子这儿，老伴在家里，跟小儿子过。儿子孝顺，儿媳待他也礼貌，他明白只是因为儿子的关系，并不亲。他年岁大了，不想给儿子添麻烦。他们在家时，他就不想在家待着，怕他们嫌他，只好到公园里来。她还说老头要带她到她梦想中的新疆去，他曾下放到那儿，那儿有他许多美好的回忆，让她看看美丽的可可托海，看看那拉提草原、独库公路，看看神鹰在飞翔。她听到一个朋友说，巴音布鲁克草原就像梦中，天鹅更是美得惊人。那若隐若现的山就是一幅幅山水画，变幻莫测的云彩就是一幅幅油画。我到那去了，死了都值。

他说明年春天到了，就带我去。

他人很不错。我说着，望着她。

他知道的可多了，不但懂戏，还懂植物，比如咱们这公园里上百种花草树木，他都认识。而且，跟他在一起，你永远都不厌倦，他总有许多趣事可讲。她说着，竟有些不好意思。

六

一周后，教授又来了，瘦多了，眼袋也明显地掉了下来。我常坐的椅子仍被那四个打扑克的老人占领着。我从右侧上了土城墙，从高处悄悄打量着他们。

闺门旦抹着泪，不说话，教授一直在说。他的声音很小，我听得不太详细，大意是一直想她，小孙子病了，儿子又出差之类的。

约半小时后，他们起身离开。我在小土堆上，与他们并行着。

他们又到了我家对面的名典小馆，那儿的菜的确好吃。他们面对着街坐下了。我马上闪进他们对面的茶馆里。服务员给我倒了茶，听着似有似无的钢琴曲，我打开笔记本电脑，边写作，边不时地朝对面看。

他们还喝了酒，起初都挺高兴，后来好像都沉默了，老头一会儿望望街，一会儿望望表。老太太则一直不吭。后面我发现有个小伙子弹着吉他站在他们面前唱，我戴着墨镜悄悄进到饭店，在他们旁边的座位上坐下，要了一碗米饭，一碟炒鳝鱼丝。

那年轻人唱的歌是《可可托海的牧羊人》，闺门旦听得很是传神，都忘了吃饭，教授不停地给她夹菜，她连连摆手，仍专心地听着：

> 我酿的酒喝不醉我自己
> 你唱的歌却让我一醉不起
> 我愿意陪你翻过雪山穿越戈壁
> 可你不辞而别还断绝了所有的消息
> 心上人我在可可托海等你

他又给她夹菜，她流泪，他不停地替她拭，她拨开他的手，专注地望着唱歌的小伙子。

> 他们说你嫁到了伊犁
> 是不是因为那里有美丽的那拉提
> 还是那里的杏花
> 才能酿出你要的甜蜜

她突然伏在桌上哭起来，肩膀一抽一抽的。他小声说着好像劝她不要哭，拍着她的肩。饭馆里的人都看着他们，还有人在拍照。小伙子仍在唱：

> 再没人能唱出像你那样动人的歌曲
> 再没有一个美丽的姑娘让我难忘记

这时,她突然跑了出去,教授扔了一百块钱,也追了出去。小伙子抱着吉他仍在陶醉地唱着。

我马上到手机上查,原来可可托海,蒙古语意为"蓝色的河湾",而哈萨克语意思是"绿色丛林"。无论是哪者,我心中都有了一个美丽而向往的地方,那名字就叫——可可托海。

七

我到外地学习了半月,再到公园,发现教授又不见了。闺门旦仍在,坐到亭子的圈椅上,背靠柱子,闭着眼睛,感觉苍老了许多。

那四个占了我常坐椅子的老头老太太,仍在打扑克。我站在他们不远处的碧桃树下,偷偷打量他们。其中一个老太太年轻时想必很漂亮,现在,眼角眉梢仍有那么股俊俏劲儿,皮肤白净,身材苗条,在她那年龄,很是难得。穿着也得体,一身紫色羊毛灰色长裙,脖子上还系了白色小丝巾,别有一股风情。即便坐着普通的椅子,她那姿势,也很有味道。其他两个老头对她好像有意思,她也明白,不时地跟他们撒撒娇,一会儿朝这看一眼,一会儿又把另一个老头轻轻打一下。惹得她对家——一个胖老太太不时地瞪眼。打牌,她实在不在行,不知是真不会打,还是故意要逗两个老头开心,竟然把大小王往底牌扣,而且也不看对家的牌,逮着牌就出。手中明明有分,她对家杀了，让她加分，她却一分不给，还把主当填牌扔下去了。急得胖老太太骂她只长脸，没脑子，一辈子只会给学生教AOE。漂亮老太太啪地摔了牌，边背包边说，我本来就不会打牌，还不是你高一声低一声地叫，我才不受这罪呢。那两个老头急了，一个站起来拉她，她甩开他的手，走到我跟前，看我不时望那亭子，她叹息了一声，说，她呀真可怜。

我很好奇，问，你认识她？

我跟她住一个院子，她年轻时就离了婚，一个人带着女儿生活。女儿大学毕业，在一家出版社工作，找了个外地来的女婿。女儿家里家外一把好手，比她妈能干多了，买米交水电费，开车送孩子上学都是她。

啊？她说女儿是昆曲著名演员，也是唱闺门旦的，去英国演出了。

哼，她可真会编，不过，那可能是她的梦想，可惜命不好，三年前她女儿遇上了车祸，当场就没了。

我才明白了闺门旦眼角的泪水。便急着问，那她现在跟谁生活在一起？

当然只有跟女婿在一起了。女婿家在外地，北京又买不起房子，现在工薪阶层在北京哪能买得起房子？再说还有一个上幼儿园的小外孙。一年前，女婿找了一个女的。那女的在我们外人看来，长相肯定还比不上前面那位一根手指头，工作呢，在一个社区医院当护士，无论在哪方面老太太都不是情愿的。你想想，看着女儿一手建起的家，生生让这么一个女人坐享其成,换了我,心里也过不去。我现在都记得那女儿装修房子的情景。几乎把我们满楼的人都问遍了,什么诺贝尔的瓷砖好还是马可波罗的好,欧式的家具环保还是明清的环保。安一个热水器,也紧张得不行,老问我会不会突然掉下来。老太太起初跟我关系好,给我说,她若不让女婿一家住,对不起死去的女儿,再则也舍不得小外孙离开,怕受后妈欺负,他们住家里,至少她可以每天看到孩子。那女人有三十五六了,起初对那继子倒是疼爱,经常带着到院子踢球,打羽毛球。生了女儿,就不一样了。老太太把南边的主卧让给了女婿和那女人,次卧让小外孙住。北边的大房子给那女人的母亲和小孙子住,因为老太太带孩子,自己住了只有七八平方米的客房,西晒。冬天冷死人,夏天热死人。他们住房子跟我们一个结构,我可领教过了,这小房子我只当衣帽间。

她女婿后娶的那女人跟我女儿交往多,她俩常结伴去做瑜伽。她给我女儿说,老太太经常做好吃的给小外孙吃,对女婿也很亲,亲得她都嫉妒。看她家那口子的眼神也不对,有时还给他撒娇。一个当丈母娘的,那样不知分寸,她感觉很不像话。她说的话我理解,唱戏的女人嘛,总是多情。这女人还说,老太太面上对她笑着,可她能看出她心里对她有多么嫌弃。你说我又不是第三者,也没害死她女儿,我起初对她挺好的,毕竟她也可怜,可我进门都一年了,她仍叫我全名,对小孙,她叫星儿。称我家那口子也只大卫大卫地叫,不带姓,可她跟别人介绍我,只说这是张某某,好像我就是她家一个远房亲戚，不，连亲戚都算不上，好像就一个保姆。我一天三顿做饭她不说好，也不说不好，但吃时皱着眉头，比骂我还让我伤心。这种事还不能说出，大家都是聪明人，都有脸面，所以为了气她，我故意在老太太面前跟我爱人柔情蜜意，而且尺度还蛮大，搞得老太太待在自己家里很不自在。

女教师说到这里，整了整被风吹散的头发，又望了望亭子里闺门旦一眼，继续小声说，她平常跟邻居关系也一般，不太会处事，很清高。我住她楼下，因为我爱看电影看书，她就经常到我家来，我也愿意跟她聊。她穿着高雅，即便下楼倒个垃圾，都要化妆得像出远门。她对男人有天生的吸引力，在我们院，只要是男人，无论老少，都喜欢跟她说话。所有的女人都烦她。包括我，她几天不来我家，我家那死老头就旁敲侧击地念叨她，说，哎，王老师是不是病了？你去看看她。人家上次还给咱们送了戏票呢。我刚包完水饺，他又会说，王老师是南方人，不会包饺子，你是不是给端一盘，人家上次还给咱们提了一箱草莓呢。气得我火冒三丈，这样她来了，我就很少主动说话，都是我家老头跟她嗯啵嗯啵，你不知道她那手指、那眼神，勾得我家老头跟她一天说的话比跟我一年说的话还多。我实在看不下去了，进屋看书去了，她知趣，也就不来了。有时在院子里碰到，我看着她孤单的样子，很想跟她打个招呼，她却头一扭就走了，咱怎么说也是人民教师，算得上是知识分子，你说她就一个唱戏的，又不怎么出名，谁知道怎么那么牛，好像整天还在舞台上似的，描眉搽粉不说，走路的样子也像个骚情的狐狸似的，却不知道自己已是老狐狸了，越打扮越让人看着恶心。此后，我就彻底不跟她来往了。她退休后，更没人理她了，她就经常到公园来躲清闲。不，是来勾引人。后面的这句话，她是恶狠狠地说着。我怕她说难听的话，便岔开了话题，问道，那老头你也认识？老太太摇摇头，说，她女婿后娶的那女人跟我女儿说老太太不知在哪认识了一个老头，估计是在公园里，那老头三年前给郊区的一个叫夕阳美的养老院交了五万预定的服务金，想着今年就可以搬到养老院了。说起这个养老院，可害惨了不少人，老太太说着，走到前面的一把椅子上，我也坐到她跟前。她双手边捶腿边说，我还是比较熟悉的，它在郊区。三年前，他们就派年轻漂亮的业务员埋伏在公园、菜市场、老年大学、朋友的聚会，先发传单，再电话轰炸。紧接着，邀请老人到养老院里做活动。我一听，反正不要钱，又有车，去散散心也挺好的，就报了名，还动员了我熟悉的十几个人。他们来了一辆大轿车，把我们五十人拉到了养老院。那儿山清水秀，地方不错。先开大会，介绍情况，当地政府部门领导都出席了会议。有两个养老员，还现场做了讲演。有位老头讲了他的亲切感受，说，养老院比在家还舒服，一日三餐不重样，棋类球类比赛活动天天有，他还参加了院里组织的泰国六日游，可真是开了眼界。一句话，养老院不是家胜似家，工作人员不是儿女比儿女贴心。

　　会后，院长又带着我们参观了活动室、餐厅、住处，我对养老院的环境、服务、硬件设施、医疗条件都进行了考察，

相当满意。我们走时,还给每人送了一打鸡蛋、两斤面条、一盒月饼、一张一二百元的餐券。

后来,跟我联系的业务员是个小姑娘,穿一身灰色小西装,小腰可细了,嘴也甜。说我像她奶奶,她奶奶没了,她以对奶奶的心对我,现在他们院里搞储值,这样的好事,有名额限制,她第一个想到的就是奶奶我,让先交五万,每年就有百分之十八的回报,也就是九千元的收入,而钱放到银行利率还不到百分之五。提前储值,还可预订床位,他们因硬件跟得上,服务态度又好,床位可紧张了,走一个才能进一个,现在正集资盖楼,新的楼可以容纳二百个床位,现已报名的就有五百人。储值,他们第一年真没骗人,钱我的确拿到了,我准备跟几个老姐妹一起"团购"一层楼,这样以后生活在一起都方便了。还是我儿子提醒得及时,他说,妈,咱别急,等等再说,世上哪有这么便宜的事。再说,你一个人住到郊区,我想你怎么办?说实话,若在家,好好的,谁会住到养老院呢。儿子的前半句我不信,可后半句的话打动了我,我便没有再交钱。

谁想到,一年前一伙曾经交了钱的老人突然联名告养老院,院长是被抓起来了,交了的本钱也要不回来了。我扯远了,咱继续再说那老头子。老头瞒着儿子媳妇交的钱,他儿子很生气,觉得他们对老人那么好,老头却不信任他。老头说儿子儿媳,包括两个双胞胎孙子都对他好,可他不能连累他们,每天中午儿子还要开车一小时回来给他做饭,他住到养老院,对大家都好。儿子责怪了老头几句，两个人好几天不说话，老头也不愿在家待着，老到外面去逛。有天从外面回来，又是咳，又是发烧，感冒很严重，第二天就躺着一句话也不说，送到医院才知人已经昏迷，两天后就没了。

你说得不对，那老头是被老太太的女婿打得鼻青脸肿地回家的。一看那架势就活不了几天了。正在打扫卫生的公园管理员接口说。这是一个中年人，他正拿着水管浇水，听到我们说话，放下手中的活计，走过来对我们说，上周三下午，老头好像感冒了，一直咳，那老太太很关心他，一会儿给他喝水，一会儿还要去给他买药，他不让去。忽然间，他就脱自己的衣服，大衣脱了，又要脱毛衣，老说心里烧得很。我们几个都拉不住，这时老太太的女婿不知怎么也在公园里，看到岳母和老头在一起，黑着脸让老太太回去。老太太不回去，他就说，原来你是喜欢上了他呀，难怪要赶我们走，真是老女人谈恋爱，就像老房子着火，没救了。说着，又骂老头。老头说，追求幸福是我们的自由。说着，两个人就吵起来了，那女婿一会儿骂老头是个害人精，一会儿又骂老头是老流氓，不要脸，老头骂他粗鲁不讲理，他就挥拳打了老头好几下，先是朝胸打，最后就是揪着头发对着脸打，要不是我们几个人拉着，老头怕当场就打死了。他把老头打得坐在了地上，然后拽着老太太回家了。我帮老头擦了脸上的血，老头还对我说了句谢谢，抹着泪走了。

那老太太没对老头说什么？

她只是哭，只说咱们别再见面了。走时，要把老头拉起来，却被她女婿挡住了。还说，你跟他大庭广众之下，丢人现眼。

正说着，打牌的那个胖老太太气喘吁吁地追了上来，说，快来快来，你怎么还真生气了？说着，不由分说，就把瘦老太太拉走了。

管理员摇摇头说，还是城里老人娇气，我们农村的老人才可怜呢。我妈五个儿子，一个个给把娃带大，现在八十岁了，还带重孙。前两天打电话来说，洗碗时，手被碟子割破了，神经、腱、血管都断了，过年，我因为疫情回不去，不知她能不能做饭、带娃，我兄弟媳妇不怎么待见她，还病着，这年又咋过？他自言自语地说着，又握起水管，浇起枯黄的草坪来。

亭子里，闺门旦一身长袍仍呆呆地坐着，闭着眼睛，身依着柱子，我很想上去跟她说说话，可又一想，老头不在了，她肯定心情不好，再过两天，她情绪好转，再安慰不迟。

八

翌日，我再去公园，没看到闺门旦。亭子里，空寂而寥落。此后，我再也没见到她。

天越来越冷，河里也结冰了，胆大的大人小孩下到河里玩冰车。而那个无名的亭子里，空无一人，里面竟有几摊大小便，还有狗粪，真是臭不可闻，通向它的小路上，有摊水，还结了冰。

关于闺门旦，经我多方询问，有以下几种说法：杏园餐厅那个爱笑的服务员姑娘告诉我，一天，她听到闺门旦女婿和他妻子吃饭时说，老太太在家又唱又跳，也不是个长法，送到精神病院最安全。公园打扫卫生的那个中年管理员则告诉我说，闺门旦经常给他带吃的穿的，你看，他说着，摸着他身上穿的新新的羽绒服告诉我说，这是闺门旦给他买的，新的，连商标都带着。我打扫亭子，这是我的职责。给亭子里放了几盆花，只不过是怕把花冻死了，她却以为我对她好。最后一次来时她告诉我，她女婿不让她跟男人交往，怕她结婚了，赶他们走，不让她再出来了。而桥头唱京剧的老太太却大着嗓门明确地告诉我，闺门旦亲口跟她说，她要回老家苏州教学生唱戏去，教案都写了几大本。

面对着这众说纷纭，我想跟她住一个小区的女教师确认，可那个常跟她打牌的胖老太太说女教师病了。我问她住哪？三个老人异口同声地说，就是凑在一起打牌打发日子，哪知道姓啥住哪。

冬天的公园里除了几个跑步的年轻人，就只有一个流浪者躺在水边的大亭子里的泥地上，盖着破旧的被子，好像晚上也住那。而闺门旦常在的那个小亭子，我不忍再去。

我好后悔没有问她的名字，也没问她住的小区，据说她家离此不远，不远是什么概念，三公里，还是五公里以内？我在电子地图上一一查看着家门口周围的地名：蓟门桥、北太平庄、牡丹园、知春里，花园路……全是密密麻麻的小区，我每天都在各小区大门口转，试图找到她，可北京这么大，怎可能遇到？

我在网上一一搜索新中国成立后的著名昆曲演员，也没找到她的只字片言。也是，不知名字，就如大海捞针。况且她又是一个并不出名的昆曲演员。她曾说，我的人生好失败，可我不后悔，只要有戏唱，在剧院和露天，都无所谓。

寻不到人，心境索然，我懒得做饭，跟爱人来到家对面的杏园餐厅吃饭。为了占座位，十点半我们就坐到了靠窗的位置，也就是闺门旦与教授常坐的地方。这位置真好，除了视野开阔，可以瞧窗外来来往往的人，冬天的阳光晒到身上，好舒服。

来盘泡菜拼腐竹，一碗香菇面。我对服务员说。

哎，你什么意思呀，两个人一碗面，你吃还是我吃？爱人急着说，那个长得喜人的服务员姑娘朝我一笑，眼神意味蕴藉。

急什么，咱俩先把这一碗吃完，再要一碗。既可多尝美味，又经济。以后咱们不能老吃一样的，你看看这餐厅，七八种面，十几种卤，二十多个小菜，咱以后吃，每天都不重样。

随你吧。爱人说着，又埋头掏出手机刷起屏来。

我恍惚看到对面好像坐着教授，便脱口而出，快过年了，咱把爸接过来吧。

爱人腾地扔下手机，走过来一把抱住我，在我脸上狠狠亲了一下，说，还是老婆你好。对了，你怎么同意接我爸了？是不是你们领导给你做工作了？

我本想说因为咱们也有老时，可说出的却是：因为他是咱爸呀。我说着，突然想哭，突然很想跟他讲讲这一段时间里发生的所有的事，可最终，却没开口。有些话，说了就适得其反。而有些话，还没来得及说，后悔一生。

天渐渐变暖，我仍坚持每天到公园跑步。公园里人又多了起来，虹桥边等着唱京剧的人更多了，公园里又有了唱黄梅戏、豫剧、越剧的老人。有位坐在轮椅上听秦腔戏的老头不停地问身后的保姆，他吃下午的药了没，保姆很不耐烦地说，你问了五遍了。我曾经坐过的椅子，没了打牌的那四个老人，却坐着一位陌生的老太太，她拿着报纸在剪。我坐到她跟前，看着那一个个花鸟寿桃，不时朝对面亭子瞅，那唱昆曲的闺门旦还不见。多想告诉她，冬天的花园也很美，远处黄黄的草坪上那树影，河里跳动的光波，像她蓝色裙子一样的天空，还有这一张张鲜活的剪纸，她肯定喜欢。这么热闹的公园，没有最美的昆曲，将多么遗憾。

这么想着，我禁不住走进亭子，发现里面好干净，旁边一棵小梅树竟然开花了，虽一朵，却清香袭人。花来了，人当不远了。花似人心向好处牵嘛！

凤 还 巢

一

一听到咕咚里一个女声说你已跑了一公里,用时七分三十秒,我立马跑步换成散步,擦完汗,手机响了。

晓音,你收到周六晚到桃花坞聚会的短信了吗?大学同学秦小昂她那江南女人特有的糯米般的声音随着电波传了进来,还有她那姣好的面容已展示在屏幕上。有些女人,时间对她颇为钟情,秦小昂比我还大两岁,可她永远就像一个小姑娘,打扮、腔调,或者还有说话。

收到了。我喘着气说。

你怎么了?

我不是在练三公里吗?一公里就用时七分三十秒,再跑也不及格,索性就破罐子破摔了。

你也是,至于嘛,跑不过能把你怎么样,你不是刚调了六级了嘛,又当了领导,过不过无关紧要,不像我要提五级,不过,一分钱的戏都没得。

也不单纯是为了考核,主要是不甘落后。对了,聚会你去不去?

你说这短信也不署名,谁组织的?谁去?都不晓得,好诱惑人。只是我们家的东方局长老加班,现在他们部队……

行了行了,别老把你们家东方局长挂在嘴上,我估计他老人家也让你叫烦了。

好了,就这样,周日见。我们家东方回来了。我话还没说完,秦小昂就挂了电话。

回到家,我把米饭蒸到锅里,又打开手机,仔细看了一遍手机上的那条短信:

新闻系同学,请于九月二十四日晚六时到西湖桃花坞凤还巢包间聚会,请带春秋常服。

是班长高云刚?他是我们新闻系职务最高的,不过,他工作千头万绪,怕无暇操持这样的事。柳宛如?在电视台工作,很少参加同学聚会,通知她,不是在采访,就是在采访的路上。支部书记田心怡?倒有可能,她现是单位一把手,可现在部队军纪严明,别说安排人吃饭,就是派一辆车,都是违反规定的。再说田心怡在外地,不可能为一个聚会,跑几千公里。

同学分别三十年了,即便我跟秦小昂和柳宛如同居京都,也难得见面,也就是外地同学来京,偶然见下,饭桌上嘛,能说啥。

虽疏于见面,我还是牵挂着我的大学同学们的动静。每每在报刊电视上看到同学的名字,我还会不停地给人说,瞧,那

是我同学,大学新闻系的同学。私下里,暗暗跟他们比成绩,比谁进步快,总觉得他们就是我成长道路上的加油站,在我不想走时,看到他们在前面跑,就又加速了。

爱人一回家,我就把聚会的事告诉了他。他立马脸阴了,我家打电话了,周六是我妈生日,咱们必须回去。你请假,咱们在家待一周。

同学聚会三十年难得有一次。再说,我刚上任,啥情况都不了解,这时请假你觉得合适吗?

我妈也不是天天过八十岁的生日。李晓音,我告诉你,你不要以为你当了个破职,就在家以领导自居,老子不吃这一套。爱人站在我跟前,一双小眼睛瞪着,手指不停地敲着茶几。

他以前可不是这样的。谈恋爱时,三天两头给我写情书,一会儿关关雎鸠,在河之洲。一会儿在天愿作比翼鸟,在地愿为连理枝。这对我一个整天在军营里写材料的兵妹子来说,无疑就是海上仙山,人间桃源,不出一年,就跟他扯了结婚证。婚后,对我也是怨不辩解,骂不还口,即便人到中年,只要出差,也天天晚上要打电话报晚安。

情绪变化是前不久,当得知我提了副总编后,他三天两头地跟我找事。一会儿说我炒的菜少了营养,一会儿又扯着衣服说我熨得裤缝不对称。我恨不得跟他大发脾气,可一看他存心要跟我斗的架势,咬咬牙,不跟他争,径自进了厨房。收拾完,天已黑透了。走进书房,埋头看即将出报的校样。

咱们必须回家。爱人走进来,说着拉出旁边的椅子坐下来,一副存心要跟我打持久战的架势。你看晓音,我妈都八十岁的人了,保不齐这是最后一个生日了,病也越来越不好,原来能吃两个馒头,现在只吃一个了。如果你不回去,村里人会说闲话的。

我一顿饭也吃一个馒头。

爱人腾地站了起来,拳头握紧了,两排参差不齐的牙也咬在了一起。

我一看这架势,很是恼火,真想说,你妈又不是这两天就死了,但我不能任性。夫妻之间跟职场同理,信口开河一句,可能酿成大祸。我放下报样,心平气和地说,之永,你先回去,等我把单位的事理顺,咱十一回去看两位老人好不好?我以为我军旅生涯快要画句号了,没想到老天睁眼,让我又上了一个台阶。新的岗位,我特紧张,连续几晚都睡不着,你又不是不知道。报社比机关,情况更复杂,三个女人一台戏,现在我们班子里七个成员,就有四个女同志,说句笑话,你一句话,一个眼神,都可能惹出事端。更何况不少人都是总部领导的家属子女,今天你说的一句话,明天就可能传遍全军。还有我分管的报纸一字一标点都得细看,一字错了,可能酿成大祸。比如,某报竟然把"牢记使命",写成了"忘记使命",从编辑、主任到副总编,处理到底。你看,这校样我看了三遍,怎么感觉好多字都不像,你帮我看看。

你别给我扯那里格愣。你就是天王老子,周六也得跟我回去给我妈过生日，否则后果自负。他说着，甩门而出。

他×的，还后果自负？真想冲出去问他何后果？何自负？却坐着没动，长长地呼出心中的恶气，打开音响，放起了古琴曲《高山流水》。音乐能平复人内心的火气，果然，一曲没听完，我心里就宁静多了。

随着职务升高，我脾气越来越平和。

对大学中文系副教授孙之永同志说话，我措辞更加小心，比如说升职，我得说，接手新工作。比如原来还敢发脾气，现在就不能发。发了，他就会给你戴一顶高帽子：居官自傲。虽然这两者没有必然联系，可他凡事都要跟我的职务扯上关系。我有时太累，不想跟他行夫妻之事，他会说，我居官自傲。我不跟他与他的朋友一起聚会，他也会说我居官自傲。单位给我分了四室两厅，我一拿钥匙，就打车到他单位叫他一起去看房，他当着同事的面，只给我一句话：我忙着呢。头也不抬。我刚走出门，就听到他对同事说，别看是大校，是领导，在家啥都得听我的。气得我恨不能再冲回去跟他计较，可这又能怎样？

婆婆过生日，为什么非要赶在同学聚会之时？大家都在领导岗位中，难得一聚。可要是不去，家里又吵闹不休。

思忖半天，我到商场给公婆每人买了套保暖内衣和羽绒服，先给婆婆打电话。

婆婆开口，晓音呀。底气十足，但一听我问她的病，声音马上弱了半分，一会儿给我说她腿疼，一会儿说她心脏有时都不跳了。她话还没说完，公公就把电话抢了过来。

我又给公公说，我刚调了职，工作还没理顺，此时不宜休假。请他理解，我让爱人带回去一万元，请他不要舍不得花钱，雇个人照顾婆婆，需要钱随时说。如果小城治疗不好，就到北京来，首都大医院多，婆婆的病肯定能治好。现在我们分大房子了，他们来也有地儿住了。我父母都不在了，他们就像我亲生父母一样。说到去世的父母，我腔调里带了哭音，使一番客套话瞬间充满了真情实意。

公公曾是县政府办公室主任，一向跟我谈得来，我每次回去，他都会跟我谈半天官场注意事项。我话还没说完，他就不停地说，没事儿，没事儿，我会跟你妈解释的，你现在跟市长平级了。好好干，晓音。你把电话给之永，我批评他，他一个男人没能力帮妻子，起码不能扯后腿呀。

我看爱人瞪着我，便笑着说，爸，你错怪之永了，没有他的支持，就没有我的今天。歌上不是唱了嘛……我还没说完。公公就唱，军功章里有你的一半，也有他的一半。你就放心吧，我们好着呢。之永，爸电话。

爱人接过电话，说，行了，爸，我马上就回去接你们。房子晓音已给你们布置好了。说着，捂住话筒，悄悄地说，快收拾房子，爸妈同意来了。

没想到顺嘴一句客气话，公婆真就要来。要知道人来，何必还要带那么多钱回去。说出嘴的话，泼出去的水，后悔的话不能跟爱人说，否则岂不赔了夫人又折了兵。

二

参加聚会之前,秦小昂问我穿什么衣服?我回答,整天穿军装,能穿出什么花头。她说她家离聚会地近,她打车近,见面聊。

我不会开车,正想网约车会不会去时,电话响了,是同学柳宛如。她先问我是不是接到了聚会的通知,又问咋走?我说现在部队车辆管理严,我打车去。她说你等着,我来接你。

我心一下子热了。毕业以后,我跟柳宛如走得并不近,起初有外地同学来京,还见见面,近十年来,几乎再没见过面。最多,彼此的朋友圈里点个赞,发个感言之类的。

柳宛如开着大红色奔驰,穿一件紫色长袖连衣裙,一条细细的白金项链系在修长的脖子上。看她精心打扮,再看看自己棉布衬衣牛仔裤运动鞋,有些后悔自己穿得太随意了,至少该换条裙子。又想,也许就因为我这样不显山露水,柳宛如才与我同行,这么一想,就释然了。

过了市区,车仍没有停的意思。

已经六点半了,还没出城。我问柳宛如熟悉路不,得知她知道后,又说,现在咱们军人不能不经组织批准就参加地方活动,特别是媒体活动。这个通知你知道是谁发的?也不说名,也不说聚会都谁去,让人心悬着。

放心吧,是一位老同学请咱们聊聊天。

她这么一说，我估计她心里有底，也就不问了。

车又行驶了将近一个小时，来到一座小岛上，岛上花灯璀璨，甚是漂亮。这时身后有人叫柳宛如，我们回头，在灯光下发现一个男人穿卡其色风衣，立领格子衬衫，戴着墨镜，对我们颔首一笑，美女们，好久不见。柳宛如说好久不见，便伸出了手。刚才她还一副女汉子的彪悍劲儿跟一个开宝马的女孩子争车道，还对骂，现在语态瞬间变柔。

中年男人取下了墨镜。我失声大叫，高云刚！你怎么在这儿。言语里的欣悦，连我自己都不好意思起来。

高云刚是我们新闻系第一位提将军的，毕业以后，我大略只见过他两次。一次是去部队采访，吃自助餐。我刚拿起不锈钢餐具，一位少校走到我跟前，看了我军装上的姓名牌后说，李记者，有人找。包间里，少将高云刚坐在贵宾席上，指着他右边的一个空位置说，来，晓音，坐我旁边。马上有人把那座位前的一个姓名牌挪到了旁边。然后给大家介绍，我同学，年纪最小，现在也师职干部了。然后，整个饭局上，就没再跟我说话，可我心跳得特别厉害，夹菜不是掉到了碗里，就是落进了茶杯里。饭后，他留了电话，我几次想打，可最终还是在将要通时，挂了。

再一次见面是在直属单位的表彰大会上，我荣立三等功，高云刚在主席台上，隔着一位首长悄悄说，晓音，好棒！

现在的高云刚，没穿军装，好像又跟我前两次见面不一样了，比学生时代更显男性的魅力。我见到班里的男生一个个变

得好油腻，只有他，不穿军装的样子，还那么书生，根本就看不出是个长年混迹于官场之人。

我握着他递过的手，感觉心再一次跳起来了。真是，怎么这么沉不住气，你都五十岁的人了，我在心里暗暗骂自己。

一直想请大家聚聚，一直忙，今天好容易抽出时间来，不要担心，是我个人请大家。

臣民谢谢高将军接见。柳宛如妩媚十足。

哈哈，宛如还是嘴不饶人。现在我携二位佳人游湖，也是三生有幸，可以记入我人生史册了。

说你胖还真喘上了？还三宫六院，还载入史册，真把自己当成皇帝了。柳宛如说着，摘了路旁一枝月季，闻了起来。

高云刚也不理她，笑着说，晓音，听说当副总了，祝贺。

谢谢。听说你又要高升了，那可就是中将了吧。

哎，官人如浮萍，无根自飘零。咱今晚不谈工作，只谈风花雪月。高云刚笑着说，脸色却突然凝重起来。

你儿子结婚了没？柳宛如问。

我以为是问我，刚要开口，高云刚却回答，没，小子不是嫌这个不好看，就是瞧那个心里不美气。儿大不由爹，由他去吧。

晓音，云刚爱人又贤惠，又漂亮，结婚三十年了，两个人还整天唱天仙配。柳宛如语带微酸。

胡说什么呢？高云刚说着，把柳宛如手里的月季夺到手里，闻了闻，说，仲秋了，这花还挺艳的。

我感觉他俩关系暧昧，便借口照湖夜景，故意落在后面，心想他们既然如此，何苦还要扯上我和秦小昂，或者其他人？秦小昂到了没？聚会的还有谁，但我不问。

这湖跟杭州的西湖同一个名，也有一个湖心亭。咱们去吃饭的湖心亭饭店菜有特色，京剧也唱得好。高云刚说。

你们先走，我拍拍照。

快走，同学们都等急了。高云刚说着，看了我一眼，又看了一下柳宛如，说，人生苦短，难得浮日闲，你们在岛上住一夜，好好欣赏一下秋天的小岛，很美的。特别是清晨，淡淡的薄雾，摇曳的芦花，丝绸般的湖水，远山的倒影，会让你们乐不思蜀。

说着话，我们走向一座白墙黑瓦的四合院，刚一进门，就有人打着红灯笼迎了上来，说，欢迎客官到唐城桃花坞。

里面灯火通明，舞台上京剧青衣缠绵不绝。在灯光下，我们才发现打灯笼的人穿着汉服，戴着巾帻，一条灰色的短打，很像古代的店小二打扮。

高云刚叹着气说，我们终将有天化作一股青烟，晓音，用你的笔记下这美好的一切吧，这湖、这月、这花园，还有我们这一行军人，这世上所有美好的事物都有美丽的心，哪怕它是一颗尘埃，值得回忆的事物永远存在，哪怕我们化作了一粒尘埃。

别说得这么悲观，你要是尘埃，那我们就是空气。高兴起来。快看，今夜月亮好圆。柳宛如说着，抬起头，仰望星空。

循着柳宛如的目光，我们看到天上一轮圆月，水波上也映出一轮。此时山温水软，雨丝风片。

我们穿柳度桃，过山越石，里面皆亭台楼阁，花园锦幔，不一而足，全园有六七百亩地。

高云刚引着我们来到戏台对面的三层楼前，拾级而上。一位漂亮的婢女马上说，客官，请问有预订吗？高云刚说了包间名字，我们正要进，秦小昂和田心怡走了出来。

秦小昂！

心怡来了？

出差。

包间分里外两间，外是客厅，里是饭厅。

我们进得饭厅，高云刚打坐中间，让田心怡跟柳宛如分坐两边。柳宛如把他推到一边，说，想什么呢，还真左拥右抱呀，话虽如此说，仍挨着高云刚坐了，然后，拉我坐到她身边。秦小昂瞥了柳宛如一眼，坐到了田心怡旁边。

柳宛如说，高云刚你这是干啥？还让我们都带着军装。

左边有个小房间，大家都换一下军装，凡事，要有仪式。女士优先。高云刚笑道。

有仪式你就找到了当领导的感觉。柳宛如嘟囔着先拿着军装走进了内室。

我们不知高云刚心里卖的什么药，还是听话地一一进去换了军装。

虽然同学也常见面，可大家都穿着军装，还是让人既陌生又亲切。柳宛如跟我一样，都是陆军大校，田心怡穿着浅蓝色的空军少将服，秦小昂藏青色的海军军装最漂亮，不过是文职衔，但胸前四排资历章，很是醒目。

同学们，今天我专门叫你们女同学来，就是想告诉大家，我们年过半百，事业已成，大家该凤还巢了。说实话，你们是女军人中的佼佼者，不，是咱军人的骄傲。咱们新闻系八八级的九十二名同学中，只有咱们几个还在军中，而你们无疑是军中的花木兰，我作为男同伴，向你们致以崇高的敬礼。你们一定要把军人当到底。说着，他啪地敬了一个军礼，我们先是愣了一下，接着哈哈大笑，高云刚却不笑，好像置身军列前的将军，目光一一扫视完我们每个人后，一字一顿地说，你们难道这么多年在机关坐得都忘记条令了，要不要我带着你们背背条令，你们如何做？说着话，右手五指并拢，仍做敬礼状。

我们又想笑，田心怡严肃地示意了我们一眼，忽然大声说，起立，还礼！

气氛就是在那时，忽然凝固了。

礼毕，坐下。高云刚说完，才慢腾腾地坐下。我们互相看了一眼，啪地齐整整地坐下。

还没坐稳，秦小昂就嬉笑着说，别呀，吃个饭，整得像搞会操似的，难道整天训练还没搞够。她说完，朝大家看了一眼，没人接话，她又给高云刚茶杯里添了水，继续说高云刚，你优秀自然不说了，在座的女同学个个都顶呱呱。心怡是女将军，走到我等望尘莫及的军中巅峰，宛如大电视台专题部主

任,也是功有所成。我呢,虽是王,却无冕,无职无权,现在部队训练抓得紧,军事体能考核,三公里我跑死都过不了,准备年底就提前打退休报告了,戎马人生大半辈子,的确该切换跑道,凤还巢了。更大的版图等着我呢,美丽的世界任我遨游。秦小昂说着,双手一挥,好像真要飞起来。

不能呀,小昂,你写的部队训练纪实我每期都看。田心怡说。

不了,不了,当了四十一年兵,当得够够的了。

高云刚端起酒杯,一饮而尽后才说,秦小昂,看来你还是没理解我的意思。唉!

你到底什么意思呀?

不喝酒,你们就吃菜。高云刚说着,一会儿给我夹菜,一会儿给柳宛如倒茶,一会儿又催着田心怡跟秦小昂多吃水果。

对了,你们能不能给咱们来个节目,无乐不成宴。

我来一段京剧。田心怡的话让我们比得知她提了将军还吃惊。江南人氏田心怡唱越剧、昆曲我们都不吃惊,在学校的毕业晚会上,她的一曲《游园惊梦》就迷倒了一大片男生,现在竟然要唱国戏。

不要小瞧人,京剧前身还出自我们南方呢,徽班进京,大家肯定知道。给点儿鼓励嘛!女将军使出小女儿情态,又让我们大大地吃了一惊。

在我们啪啪的掌声中,她开了腔:

猛听得金鼓响画角声震
唤起我破天门壮志凌云
想当年桃花马上威风凛凛
敌血飞溅石榴裙
有生之日责当尽
寸土怎能属于他人
藩王小丑何足论
我一剑能敌百万兵
…………

这不是《穆桂英挂帅》嘛,有几分李胜素的味道。不过,此心态,分明是你田心怡此时的心态。我说。

是呀,刚当了将军,前途一片光明。柳宛如随声附和,语调里隐隐透出一股酸味。她俩在学校时就一直暗着比,明着好。

越剧的悲,是柴米油盐的悲。京剧的悲,是家国天下的悲。心怡京剧唱得好哇,你让我想起了我在猫耳洞打仗的情景,也激起了我想跟你合一曲的冲动。高云刚说着,给田心怡敬了一杯酒。好呀,班长唱。高云刚站起来,喝了口水,高声唱道:

大炮三声如雷震
挽绣甲跨征鞍整顿乾坤

辕门外层层兵士甲列成阵

虎帐前片片鱼鳞耀眼明

可叹我再也不能重上阵

…………

班长，唱得还真有些味道，不过后面一句你唱错了，应当是：见夫君气轩昂军前站定……班长正当年，何言老呀。秦小昂心急口快。

高云刚右手一摆，说，闹着玩，不必当真。看到你们穿军装的样子，我越看越喜欢，美女见了千千万，只有女兵，我才觉得是世界上最美的女人。你看看，如此的凑巧，陆海空齐全，好像列队为我高云刚送行。对了，你们多大了？有没有四十，兵龄多少？

都快成老太婆了，还称得上美？对了，你知道不知道问女士年龄是最不君子的。

小姑娘是纯真之美，你们是成熟之美，两种美，各有其魅力之处。

柳宛如讥讽一笑，说，高云刚，我才明白你是怎么当上将军的了，因为你会说话。可是你今天说的真不是地方，作为曾经新闻系女兵组的组长，你听我给你一一细数我们的年纪，我们的军龄，大家听我说得准不准。我，柳宛如，今年五十五岁，入伍三十七年。田心怡五十六岁，入伍四十年，她是初中毕业考的卫校。秦小昂五十三岁，十二岁文艺兵特招，是我们这最老的兵。最小的李晓音,也五十一岁了,兵龄三十三年。女人四十就豆腐渣了。我们在部队,也就一两年了,混混,一生了矣。

我五十八岁,兵龄四十年,都没言老呢。

现在体能考核真的很难,多年我们坐机关,操都没出过,胳膊腿都硬了,不小心走路都可能骨折,现在却让又跑又跳,这不要老命吗?田心怡,体能考核你能过吗?

我最怕的是三十米蛇形跑。东拐西转的,搞得我头好晕。田心怡比画着说。

班长呢?

我天天跑步,体能考核,门门优秀。

对了,高云刚,你要到哪去?秦小昂又说。

我……高云刚刚说到这,面前的手机响了。他出屋去接电话了。

我感觉他不太对劲儿。柳宛如悄悄说,你们没发现?

田心怡端着茶杯,略有所思地说,他好像比平时话多了。

班长今晚至少喝了有半斤酒。

你们说什么呢?

你说我们不要什么?高云刚一落座,秦小昂就急着问。

什么不要?

你还没老怎么就痴呆了?你刚才说我们要在部队好好干,不要什么呀?

不要老了,举不起枪嘛。高云刚说着,勉强咧咧嘴,点了一支烟，刚抽了两口，看到柳宛如右手不停地扇烟，就把烟蒂摁在了烟灰缸里，还在上面倒了几滴水。

对了，说说你们工作怎么样？

大家七嘴八舌说了一通，概括起来一个内容：忙，很忙。从军以来，前所未有地忙。

柳宛如忽然伏在桌上哭起来了。

高云刚给她纸巾，她也不接，只管呜呜地哭。高云刚给她敬酒，她也来者不拒，最后干脆自斟自饮起来。

我夺过柳宛如手中的杯子，劝道，别喝了，一会儿咱们还要回去呢。

急什么，说好了你们在这住一晚上，房间我已安排好了，太晚回去，路上不安全，我也不放心。再说明天又是周日，你们在这儿好好玩玩。

我得早些走，明天八点要到郊区开会报到。田心怡说。

心怡，你放心，我明早送你去。柳宛如说着，又端起了酒杯，被高云刚夺下了，说，你这样子怎么送人？

我有些胸闷，到外边透透气。田心怡说着，给我使了个眼色，秦小昂仍一眼不眨地望着柳宛如，我拉了她一下，说，你出来，我有点儿事跟你说。

说什么呀？

没长眼睛呀。

我们三人坐在湖边的八角亭子里，远远地听到有人在唱戏。不知是因为此地宁静，还是紧挨着湖，戏听起来别样的清亮。

半小时后,电话响了,是高云刚,他问我们在哪儿?田心怡瞧了瞧四周,说我们在清音阁。

十分钟后,他就来了。

宛如怎么样了?

她喝醉了,我让服务员送她回房间了。

那我们得回去,她万一需要什么。

她睡着了,咱们坐一会儿,静静地听一会儿戏吧。

我们已听过了,刚唱的是《霸王别姬》。

《霸王别姬》?不对吧,我怎么听的是《杨家女将》?

田心怡轻轻打了秦小昂一下,说,班长,别听小昂胡说。

那就是《贵妃醉酒》。

秦——小——昂!高云刚这次听懂了秦小昂的潜台词,脸色变得极为难看,拖着长长的声音叫了一声,语气里充满了责备。我有些紧张起来,生怕他骂秦小昂,同学聚会,大家都是高兴而来,便说,你们快看,月亮好圆,八月十五都过了呀!

高云刚没接我的话,却说,柳宛如跟她丈夫离婚了,孩子又在国外,你们要多帮她。特别是晓音、小昂,你们离得近,经常约她出来转转,看看电影、逛逛街什么的。

她离婚了?啥时候?我们怎么不知道。

她当然是要面子了。她不说,你们不要问,装作不知道,只暗暗关心她就行了。

刚才还欢快的气氛瞬间好像换了一个频道,我们坐在凉亭上,一阵秋风过,吹得人凉意浸身。还是秦小昂打破了沉默,

说，心怡，你这次专门从南州赶来是开会？开啥会呀？

内容不清楚，地点在郊区，挺远的，从这走，怕得三个小时。

难得来，宛如不送你，我派车。咱们说不上以后难得见面啰。

说什么呢，现在离得这么近。秦小昂说。

对了，听说这次国庆，还有女将军带队走方队呢。

不知道呀。

听说咱部队还有很多大家伙亮相呢。

高云刚点点头，却忽然问我，晓音，你还记得《诗经》中的那首《桃之夭夭》吗？高云刚看田心怡跟秦小昂在一边说话，小声问我。

你当年上前线时，不是送给我的日记本上写的就是这首诗嘛，我还留着。本子是粉红色的塑料皮，封皮上是电影演员李秀明的照片。

知道我为什么约你们女同学一起来聚会吗？

我望着远处清冷的月光，喃喃道，领导单独会见异性，怕人说闲话，只好让我们几个当灯泡呗。

我现在还怕人说？

树大招风风撼树，人为名高名丧人。还是注意为好，我的将军同学。不过，你不该把我们这些无辜者扯进来，让我们左也不是，右也不是。

他摇摇头，说，知音难觅呀。

我咀嚼着他话里的意思，田心怡扭头看高云刚，秦小昂说，班长你怎么了，整晚上都不开心。

我走到这一步，干了许多本不想干的事，都是磨不开同学、战友面子。好了，不说了，高兴点儿。

好呀，你们把我一个人丢到房间，找了这么个好地方赏景？害得我找遍了全园，好在地方不大。

当然只能是柳宛如，柳宛如此时跟跟跄跄地摇了过来，怀着幽怨的目光深情地盯着高云刚，手里拿着一瓶啤酒，边走边喝。

高云刚抢过酒瓶，扔到一边，说，扶她回去。

我跟田心怡扶柳宛如到了房间，柳宛如拉住我不放，非让我跟她住一屋。

田心怡说她跟秦小昂住在对面，我有事给她们电话。

睡了一觉，我发现柳宛如不在，苦笑一声，继续睡去。突听柳宛如叫我，我睁眼一看表，才四点半，她说实在睡不着，万一田心怡赶不上报到时间呢，早些走吧。

我说田心怡肯定定了闹钟，咱们再睡会儿，眼睛都是涩的。我说完，闭上了眼睛。柳宛如翻过来倒过去，影响得我也睡不着，想跟她说话，又怕她多心，于是仍装着睡。估计半小时后，门响了，田心怡敲门。

我们走出四合院时，全岛还在一片浓雾中。

要不要给高云刚告别一下？

他昨夜就走了。柳宛如背着包说。

他那么晚了，还回去？今天不是周日吗？

他忙得很，自从调到这儿，根本就没有节假日。

嗯。

三

返回的路上，柳宛如只管开车，一句话都不说。我第一次见没化妆的柳宛如，皮肤粗糙，皱纹密布。让人看了好心疼。

忽然，秦小昂大叫，大家快看！说着，把手机递给我。

同学微信圈里有人发来一条微信：高云刚被带走了，在他单位的操场上，当时他正跑步。

胡说八道，现在六点都不到？我急着说。柳宛如手哆嗦着，却没接我给她的手机，而是拿起座椅上的手机就要开。车头一歪，差点儿撞到路桩上。

小心开车。田心怡说，这个叫天下刀客的是谁？

我忙查备注，没有查出是哪位同学。

连真姓名都没有，这消息肯定是假的。我说。

你怎么那么肯定，高云刚的老上级被抓了，他迟早的事，升得高，摔得碎，大家说是不是？柳大组长，你说呢？

秦小昂！制止了秦小昂，我再也说不出话来。心想，也许高云刚早就料到了有今天这一幕，所以才有昨晚的一切。

柳宛如左手握方向盘，右手去打旁边的秦小昂，秦小昂灵巧一躲，柳宛如扑了个空，胳膊撞到制动器上，冷笑道，秦小昂，你口口声声说我有今天，靠的是男人，是谁，你今天必须说出来。不说出来，今天就别想下车。

靠谁，你知道。

柳宛如冷笑一声，边开车边说，我当然知道你秦小昂说靠男人的意思了。秦小昂，我要跟你慢慢说。你整天不学无术，还趾高气扬，信口雌黄。我朋友从德国回来，你竟然问人家是从东德还是西德来的，却不知东西德早统一了。更可笑的是，你连法兰克福是德国的都不知道。你以为我到电视台，是靠关系。没有一定的理论水平和实际能力，怎么可能在电视台这种地方混？你以为人人都像你一样靠脸面，找了军区首长的公子，嫁到豪门。要不，你一个跳舞的，怎么可能混到师职干部，电视台比报纸还累。就拿我来说吧，刚开始做专题，得想给领导上多少镜头，他闭眼不能上，戴名表不能上，穿名牌不能上。还有，特别是做军事节目，一点儿都不能出错，否则就可能出问题，大问题。我生孩子，刚满月，就上班了，现在站一会儿腰就酸痛。柳宛如说着，咳起来，我看看车上，水也没有，只好听她边咳边说。

柳宛如，你简直莫名其妙，我说高云刚，与你有什么关系，你何至于打我，哪像个知识分子，简直像个村妇？

柳宛如转头又要打秦小昂。宛如，红灯。快停下！

柳宛如也不听我们的，把车开得东倒西歪的，就在我们乱喊乱叫时，她忽然猛地一刹车，我差点儿撞到她后面的椅背上。她伏在方向盘上大吼起来，高云刚对你们怎么样？你们不

清楚。高云刚昨晚的用意，你们不清楚？难道你们不是他的同学，不是他的知己，他为什么要叫我们来？你们不知道？

田心怡拿了一张纸巾递给柳宛如说，我们都很难过。

光嘴上有什么用？柳宛如说着，又启动了车。车仍开得如醉酒。天又阴沉沉的，像要下雨。

柳宛如这样开车会出危险的。可惜其他人都不会开车。宛如，你往家开，到了，我打车去。田心怡说着，望着前方，好在路上车辆比较少。

你要去的地方太远，出租车估计不会去。现在天又太早，我打电话看能不能找辆车。我说着，也不敢坐柳宛如的车了。

晓音是领导嘛，用车很方便的。

我白了秦小昂一眼，想了想，手指哆嗦着给现任交通运输局局长的江皓打电话让他派个人送我们到汤泉镇，说有急事。急事。我说了两遍，生怕说一遍，不能表达我的急切。再说一个交通运输局局长，派辆车，小意思了。

我的判断没错，江皓爽快地答应了。

江皓，是你的那位初恋？我还没说话，秦小昂就阴阳怪气地问。

是呀。怎么了？要不，你给咱叫个人来。我一说完，就后悔。

柳宛如车刚到小区门口，江皓的电话就打来了，说，车马上到。

简直是无缝对接呀。秦小昂说着，又看看我。

小昂，你是军人，保密守则知道吧，不该说的别说，特别是当着外人。田心怡嘴里的外人当然指司机了。

知道知道，心怡，你也太小心了。

我们到柳宛如家门口时，才五点半，一辆黑色奥迪已停在我们面前，我刚要问，一个熟悉的身影下车，我一下子呆了。

快，上车。田心怡说。

柳宛如下车都站不稳了，仍一步三摇地走到黑色奥迪手扶着车门说，心怡，对不起，我头痛得很厉害，不能送你了。说着，给我们拉开了车门。

你们坐后面，我坐前面。我说，江皓，我战友。谢谢你，江皓，你可帮我们大忙了。

车一离开城，飞一般地开起来。灰蒙蒙的天下起了雨，不一会儿，雨越来越大。

我说，八点前能到望江湖路吗？那是郊区，雨又这么大。

没问题。

谢谢谢谢，大周末的，又是大清晨，五百够不够。田心怡说。

江皓白了她一眼，道，我也曾是军人，就当送战友了。江皓说着，拿起手机说，小度，小度，去汤泉镇。

手机里的小度果然说来了，然后导航开始，江皓说手机显示，七点三十分到。说着，朝旁边的我看了一眼。

我装作没看见。我没想到，我们三十年后，竟然以这样的方式见面。见面了，却不能畅所欲言。

对了，小昂，离你家很近了，把你放到哪儿？

我也送送心怡。秦小昂说着闭上了眼睛。田心怡说，晓音，起这么早，你睡会儿，我跟你换个座位，我跟咱们的战友江皓说说话，提提神。

说实话，我不想离开，我只想静静地坐在他身边。便说，心怡，我不困，你睡会儿。

心怡说好。却又问江皓，你跟李晓音是战友？

嗯，我们一个集团军。

你现在干什么工作？孩子多大了？家庭幸福吗？

我在交通运输局工作，孩子上大学了，日子过得还行。

我说田心怡，你查户口呀？

田心怡摆摆手，又问，你跟晓音是战友？

我们同年兵，都在华山基地当兵。

我明白了，你就是那个李晓音的初恋，晓音烧你的信时，我亲眼所见。她也够笨的，信刚烧完，铁簸箕还在发烫，她端起簸箕就往外走，右手烧了七八个血泡。秦小昂原来没有睡觉。

我打了秦小昂一下，秦小昂仍在说，李晓音为了你差点儿还上了前线呢，要不是停战，说不上就跟你在战场相会，共唱和平曲了。晓音跟你分手后，一直好后悔。在学校时给我说，她想和好，写了三四封信，你都没有回。

那时我上前线了。江皓轻轻说。

后面的人总算安静了，江皓小声说，这几年你过得怎么样？

挺好。

你给我打电话，我好高兴，你没忘记咱们是战友。

我说怎么会呢？

后面两个人发出了香甜的鼾声，江皓说，你睡会儿吧，我是老司机了。

我不困。

高速路上没有几辆车，忽然江皓握住了我的手，我想挣开，可怎么也挣不脱，只好望着远方，沉默。

雨下得越来越大，一片片的雨珠汇成了河流，雨刮器唰唰地响着。

雨大，开车小心些。

江皓看了一眼后视镜，又朝我看了一眼，没说话。

辛苦你了，我怎么也没想到你会亲自来。

他又看了我一眼，小声说，因为你是我的……战友嘛。你们送战友，我也是为战友开车，一样的道理。对了，记得有场戏就叫"千里送京娘"吧，我这是千里送战友。他说着，更紧地握住了我的手。此时我感觉我的手由起初的冰凉渐渐热起来。

秦小昂突然咳了一声，头转向了右边，也就是说转向了我们，我忙松开了江皓的手。田心怡拿丝巾盖着脸，不知是否睡着了。

江皓再一次把手伸过来，这次是我竟然握了起来，我为自己的行为羞愧，可我真不想松开他的手，为了这份送别的情

意，或者说，为了遥远的过去。我不知道我当时打电话是为了见他找一个借口，还是真的病急乱投医，但我知道，他来了，让我在同学面前，长足了面子。

我不知道后面的两个人睡着了没，想怎样才能使她们不至于发现我的秘密，我不得不强迫自己说话时既装得漫不经心，语态又正常平静。

我闭上眼睛，可怎么能睡呢？又怎么睡得着呢。江皓又握住了我的手。

窗外大雨倾盆，车内我们默默无语。

在我们分别三十年里，无数次，江皓的脸，那张英俊年轻的脸，顽固地在我眼前，在我梦中浮现。尤其在跟爱人孙之永吵架、闹离婚时，它瞬间就浮现出来了。可当我们真正坐在一起，离他不到半米，我却觉得如隔大山大江。秦小昂还在咳，每一声，都在警告着我。

秦小昂在车上，一会儿唱歌，一会儿朝后视镜看，我赶紧离开江皓一会儿。心里恨不得朝秦小昂的后脑勺打一拳。因为她后脑勺好像长了眼睛，只要江皓朝我这儿一靠，她立马就咳。连田心怡都看出来了，说，小昂，你感冒了？

没问题，有问题的反倒是那些心怀鬼胎的人。

听得我脸红心跳，马上松开了江皓的手。

七点半雨停了，我们也准时把田心怡送到目的地。这儿庄稼遍地，四处都是露水，零星有几栋楼房。田心怡非说到了，一会儿自有人来接。说着让秦小昂跟她去路边的永和豆浆买早点,秦小昂背靠着椅背,闭着眼说,困死了。我说我跟你去。田心怡打开车门,拉着秦小昂走了。

我知道她的意思。我能听到江皓急促的呼吸声,我觉得我应当表达些什么,在他为了我来回跑五六个小时的路程,还有我们曾经相恋三年,或者说相恋一生的情意上。正当我手哆嗦着要伸向他时,他却说了一句话,我恨你,这一辈子都恨你,我这次送你,就是让你一生都要觉得永远欠着我。

我的手僵在了半空。我没想到是这样的结局,好后悔我不该单独跟他在一起。

我理解。我弱弱地说。

就因为我是战士学员,你上大学第一年就抛弃了我,第二年可能是良心发现又写信跟我和好,我原谅了你。可你不该第二次又抛弃了我。难道就因为你上了大学,是干部了,我是战士?我现在不是也过得挺好的嘛,跟你一样,副局。

我闭上了眼。

哎,快吃,趁热吃!

秦小昂跑过来打开副驾驶的门,递给我一根油条和一杯豆浆,我木木地接过来。她看了我一眼,突然把我拉下车,跟她坐到了后排。江皓把田心怡给他的吃的东西随手放到一边,就要启动车。

吃了再走?

江皓说我不饿。

田心怡从车窗外拉着我的手,大声说,李晓音,我不知道你们关系如何，可我知道江皓值得成为一生的朋友。有人说，恋爱不成，就无法做朋友，那是针对年轻人的，对我们中年人来说，却弥足珍贵。多珍惜。

我望望空无一人的四周，说，我们等你朋友来吧。

秦小昂把车玻璃摇上去，说，晓音，你懂事不懂事？江战友开车，出发！

一路上，我没说话，江皓也没说话，全是秦小昂说。说的什么，我一句都没听进去，江皓不时地嗯嗯地答应着。

我让江皓先送秦小昂到家。秦小昂白了我一眼，说，我还有事要跟你谈，到你家去。说着一双大眼睛像雷达一样来回扫描着我，搞得我浑身都不自在。

到了小区门口，我跟秦小昂刚一下车，江皓大方地走过来，抱了一下我，贴着我耳边小声说，我如愿以偿了。我眼泪哗地流了下来。

车开走了，我仍呆立着，怅然若失。

秦小昂问，还没够？

你什么意思？

什么意思，这不明摆着？你们没关系，他能在大雨天来送我们？田心怡装傻，我眼里可容不得一粒沙子。

我打了她一下，笑道，你明知道还不给我们机会？

你真以为我是想送田心怡？别说她当了少将，就是当了上将，我都不会跑那么远去送她。我去，是怕你犯错误，你一没背景，二没美貌，三不会拉关系，农村女孩子当个领导不容易,我能猜出你比别人付出得更多。

我没想到秦小昂能说出这样的话,更没想到这么多年,我们虽来往少,她还是像在学校时一样理解我。最后一年,女生党小组研究我入党时,田心怡说,我一个战士学员,不给班里倒垃圾,还要跟干部学员讲平等,她不同意我入党。柳宛如说,大家还没看班里订的报纸,我就开了天窗,她也不同意。只有高干儿媳秦小昂说,她坚决同意我入党,不倒垃圾,是因为我已倒了一学期的垃圾。系主任在大会上说,无论是少校、下士、还是刚从战场回来的功臣,只要在新闻系上学,大家都是同学,一律平等,要轮流打扫卫生。我剪报纸,不但不能批评,还要表扬,说明我热爱学习。最后不知是大家认为秦小昂说得对,还是因了她特殊的身份,反正我入党了。想到这里,我眼泪又流了下来。

你若是田心怡,我不担心,可你是爱激动的李晓音。我只有一路监督你,才能让你保持革命晚节,你应当感谢我,六小时十分的消耗,我得用多少化妆品才能找补回来呀。一套套盒,五千多块呢。自从公公退休后,可没人给我送了。

胡说什么呢?我跟他三十年没见了。再说,我们都芳华不在。

就因为三十年没见,就因为芳华已经远去,所以要死死抓住生命中最后一根稻草,做最后的疯狂。柳宛如那可怜兮兮的样子,让我都替她脸红。我一说高云刚被抓了,她好像以为是我抓的,恨不得把我吃了。他们的关系,我心里明镜似的,她不是我的好朋友，住到别的男人家里，或者杀了人，我都管不着，可你是我的朋友，我不能不时时提醒着你。

秦小昂的话，让我一时无从回答，想半天，才心虚地说，柳宛如不像你认为的那样。

我也没说她不好呀。

小昂，我跟你说。我们都活得不易，每前进一步，都比别人付出好多。你没经过那么多苦，你不知道。

谁说我没经那么多的苦？谁是一帆风顺的？别跟我说话，你们都不信任我？你们为什么就那么不信任我？我过去是说话随意，可现在，现在，我已经受过了生活的百般蹂躏了。我没经那么多的苦，为什么怕你犯错误，要坐六七个小时的车监督你。田心怡她凭什么能当将军，我真盼着她倒霉呢，可真到了关键时刻，还是忍不住要帮她。为什么，咱们女人不容易。当兵的女人，就更不容易。你们大家可能想不到她为什么唱京剧，且唱得那么好，我敢肯定她为了昨晚在我们面前表现自己，不知在家里练了多少遍。毕业时，她一心想分到北京的，她成绩你知道，全班第一名，可是被人顶了。她咽不下这口气，大老远地要来参加这个聚会，难道不是想扬眉吐气？你回想她唱穆桂英的那样子，那是在给我们孔雀亮翅呢。哼，一只老孔雀。

小昂，不能那么刻薄，田心怡一听说你也要去送她，感动得不知如何是好。你又不是没看出来。我说着，搂住秦小昂的肩，说，你个坏东西，我还没跟你算账呢？为什么前阵拉黑了我？咱们是三十年的朋友了，我即便有错，你也不该如此。现在朋友越来越少，我们当珍惜呀。

我，我，我就是心情不好嘛。

就因为心情不好，所以要有朋友来消解内心的痛苦嘛。

秦小昂却岔开了话题，你说柳宛如毕业前，把她的简历还有发表的作品集给我，让我给我公公帮她忙，为这，专门请我到新街口饭店吃了一顿大餐，海鲜呢，听说花了一个月工资。现在我还保存着三十年前她写给我公公的一封信，你看我没撒谎吧，我专门拍了下来。秦小昂说着，打开了手机：

首长好：

　　我出生于辽宁瓦房店一工人家庭，父亲烧锅炉，母亲家庭妇女。从小热爱跳舞，但因家里弟妹多，初中毕业，放弃了上高中的机会，报考了军医学校。我是初中毕业，考入护校。可天性热爱写作，上夜班时因写作，被医院领导骂过。休假时，自费住到农民家里采访，回来时，发现全身都是虱子。发表新闻作品289篇，荣立三等功两次，被部队连续三年评为先进新闻工作者。

　　首长，我热爱新闻事业，特希望在北京更大的舞台展示自己的才华。但因家里没有背景，将要分回那个穷山沟部队，十年后的日子我都能看到。几次到首长家匆匆相见，首长给我印象极深，爱才、赏才，所以恳请首长帮助，我定不辜负首长重托，干出一番事业。首长深恩，定

铭记一生。后附我的作品集与获奖证书。

　　敬礼

柳宛如
1990年6月10日

　　毕业前，她几乎每天都到我公公家来，做饭、洗衣，还陪着我婆婆上街买衣服，说我们是亲亲的姐妹。这样，她才分到了北京。起初，还经常给我打电话，给我公公寄东西，后来我公公一下台，她就不理我们了。通过我公公，她认识了另一个更有权的男人，人家有家庭，整天还缠在一起。为什么我要揭露她，就因为她知恩不报。我被领导撤记者部主任职前，去找她，让她跟她丈夫周兴国说句话，她就是不说，所以我气不过。我带你到公公家去过两次，公公对你印象很好，还看过你不少作品，咱们是好朋友，可你从来没让我帮你什么忙。可你逢年过节还记着我们，每次出书还送我公公。我公公给我说时，都流泪了。你说柳宛如现在翅膀硬了，竟还想打我，我本来想把这东西公布在大家面前，让她知道她的来路，可突然间就不忍心了。你猜为啥？

　　我看着她，怀着探究的目光。

　　因为，我知道她丈夫有情人多年了。你也在北京，怎么啥都不知道？

　　可我明明看到她丈夫周兴国对她很好。

　　那夫妻两个，搞宣传多年，在外人面前，装的是模范夫妻，在家里，都不在一张床上睡。晓音，你想知道一直帮她的那男人是谁吗？

我摇摇头，半天才说，小昂。却说不出话来。

我就说了，咱们班这几个女生，柳宛如以示爱上位，田心怡凭关系上位，你是苦干，我呢，以前靠背景，结果唱歌、跳舞，样样懂，却样样松，弄得上也不是，下也不甘。

我摇摇头，也不尽然。

啥不尽然，是她们，还是你？

行了，我都站累了，咱们到我家慢慢说，好不好，晚上请你吃海鲜。

我家里还有事，再说我任务完成了。哈哈哈，别怪我这个灯泡。对了，你说田心怡这次来，也是鬼鬼祟祟的，你看让咱们把她放在前不着村后不着店的地方，估计跟人有私情。

瞎说。

真的，我百度了一下，那地山清水秀，有不少度假村，依山环水，环境清幽，里面设施齐全，冬可泡温泉，夏日游泳，精英的去处。

我回想路上看到的，好像真有几个大院，无门牌，也不知里面干什么，便说，小昂，没有确认的事，不得乱说，无论怎么样，不能怀疑革命同志。

知道了，秦小昂上车了，仍没忘一句，你也要保持晚节，不要跟那个姓江的胡整。柳宛如就是例证。

胡说什么呢？到家打电话。

四

虽已秋分，可天还特别热。单位突然要我们全社军人到野外去打靶和进行防化训练，这对当兵三十年一直在后勤或文化单位的我来说，确是首次。

清晨五点出发。当我穿上丛林迷彩，脚蹬陆战靴，扎起皮带时，婆婆已经起来，要给我做饭，我说不了，到单位吃。婆婆自从到我家后，一粒药都没吃，病就奇迹般地好了，一顿能吃两个大馒头。

婆婆左看右看我的装扮，不停地说，真俊呀，妈就爱看你穿军装的样子。

我朝镜子一看，的确，这一穿着，谁能想到我已经五十岁了，刚才还郁闷的心，瞬间晴朗了许多。

正在拖地的公公说，那当然，咱儿媳是这个，公公竖着大拇指说，中国人民解放军陆军大校军衔，晋升听说得军委领导批哩。

我心里又膨胀了几分，心想，公公婆婆住家里，并不像我想象得那么麻烦，相反，有他们在，我心踏实。刚一下班，热饭就端上桌。我刚把碗端到厨房，婆婆就抢过去说，忙你的大事去。

一出门，手机短信响了，是江皓。他约我看电影。

自从那次分别后，他三天两头地打电话约我吃饭，我都以各种理由回绝了，倒不是怕晚节不保，实在是没这心情。谈恋爱，适合年轻人。即将迈入老年的中年女性，怕也只能把初恋藏进发黄的日记本里，偶尔在梦里想想他罢了。当然，偶然有时也想入非非。可每每看到身体不好不能陪着我跑步的孙之永，一手拿着我的衣服，一手拿着我爱喝的热水在预定的终点等我时，我就把想入非非掐灭在萌芽状态。自从公婆到家后，孙之永忽然像孙悟空，一夜之间，就变回了我任领导职务之前那个贴心的丈夫了，打不还手，骂不还口。

虽如此，我还是拿手机自拍了一张照片，把迷彩服上的领章打上马赛克，从微信里发给他说，今天去打靶。

他很快从微信里发了一张图片：八一电影制片厂片头。在《中国人民解放军军歌》的音乐中，蓝色背景下，一颗红星在光芒四射，红星下面是几个白色大字：我要为你点赞。

我忽然想，也许秦小昂理解错了，不，也许我误解江皓了，他可能心里那割舍不下的军旅情，无意中被我点燃了，所以才想走近我，进而走进他已离开的军旅。这么一想，我不知道是该高兴，还是失落。

手机短信滴的又响了，还是江皓：祝你射击取得好成绩，方便时发我一张现场照，放心，我懂保密手则，不会外传。下载完，即删除。

这一句话又使我心热了，发了个"ok"。

对了，记得咱们新兵时看到的第一部电影吗？在礼堂。

《天山行》。

对，还记得那首插曲吗？就是主人公郑志桐和李倩骑着马，在开满鲜花的山坡上漫行时，响起的音乐。

天山高，天山险，天山就在我面前。天山路弯又弯，你把我的心事牵。我轻声哼了起来。

对，就是这，解放军连长郑志桐穿着红星帽徽的六二式军装，他的恋人北京女孩李倩穿着高领白色毛衣，你喜欢得不得了，不停地给旁边的战友说那毛衣好看。我那时发誓要给你买那么一件毛衣。

我一时语塞，不知如何回复，便扭头望向窗外。

郊外，蓝天好像水洗了般，这一片蔚蓝，那一片深蓝，白云或羽毛，或群羊，在高楼间，在丛林间，在山脉间不停地朝我们捉着迷藏，空气清新得我好久都不愿把视线从窗外移开。

短信又响了：我每月十一元津贴，五个月后，我终于到华阴县百货商店花了五十元给你买了一件白色高领毛衣，兴冲冲拿到你们食品厂时，才知道你已调军区去了。

我抹了一把眼泪说，战友告诉我了。毛衣配绿军装，很好看，穿到军校毕业，胳肢窝都开线了，我找人重新缝补好，又穿了三四年。

可你上了军校后再也没给我来信。

眼泪落到了手机屏上，我在泪眼模糊中写道：到目的地了，回头聊。

大轿子车把我们拉到燕山蜿蜒起伏的山脉里，四周绿山翁郁，层次井然，同样是绿，在阳光下的，明艳鲜翠，阴面草色深绿。果园里石榴红了脸，紫薇摇曳着身姿，微风吹来，很是凉爽。穿着长袖迷彩服，也没觉得热。

下车后，我们一百多人，排着队去射击，脚下杂草丛生，路边野花喷鼻。一支队伍穿行在来来往往的车流人流中，好一个战地黄花分外香。

翻过一片小山，极目远眺，一座座迷彩帐篷在光秃秃的荒漠间林立，一股野战气息瞬间扑面而来。上了坡，即是待机处。旁边是后勤点，几位战士在盛绿豆汤。三十米处，是领弹点。再往前走，就是七八位哨兵守卫着的高三米以上的射击区。我们坐在露天下的小马扎上，先听教员讲解，练习瞄准，然后进行实弹射击。此时，烈日当空，晒在后背上，如火烫般。我们每个人，汗珠都不停地往下滴，讲解员再讲注意事项，我已经听不进去了。一些不知名的飞蝇一会儿贴在胳膊上，一会儿钻进后颈里，我烦躁得连教员说的话，一句都不想听了。

我没想到我们这次射击的是手枪。手枪不像步枪，肩膀顶住，稳稳地击发就是。手枪虽轻，却因没有支撑，很难打准。教员拿着手枪仍在讲，枪口直对靶点，不能朝下，当然不能对人，更不能拿枪口顶帽子等注意事项，而我已经心跳得十分厉害了。望着满地绿色、黄铜色等大小不一的弹壳，手软得连杯绿豆汤都端不住了。

走上射击场，接过发的五发子弹，我腿开始发软，差点儿摔倒，站在我后面负责安全的年轻列兵，长着一张娃娃脸，脸上的汗毛清晰可见，站得端端正正地目视着前方，好像是对远方的密林说，首长不要怕，你只要按指挥员说的要领做就是。

他要是笑一点儿我就不害怕，可一看到他站在那一动不动的样子，我更紧张了。脚踩地上的沙砾，差点儿滑倒，好在，被他轻轻托住了。

我没见过手枪，打手枪更无从谈起。从皮套里取枪时，手不停地哆嗦，又禁不住枪的诱惑，满头大汗的双手握住枪，不停地问身边的安全员，枪里真没有子弹吧。年轻的下士笑着说怎么可能，说着，接过枪，打开保险，对着靶子瞄了一下，轻轻扣动扳机，枪发出轻微的响声。我这才大胆地接过枪，细细地端详起来。

92式手枪，并不重，比我在图片上看到的54式手枪好看多了，线条圆润，手感颇好。我打开保险，练习瞄准，一二三，瞄向靶心，感觉挺轻松。再拿手枪反复瞧，摸上沉甸甸的，看起来油光发亮，难道这就是诗人诗句里的烤蓝？

装弹、打开保险、瞄准、扣扳机，一切好像都挺容易，害怕的是那亮亮的子弹一上膛，我如手握毒蛇，不敢再动一步。可害怕什么，来什么，指挥员一声令下，我手指扣扳机，先是如蛇般轻轻地扣，不动，使劲儿扣，还是不动。头上全是汗，子弹还是不动。

我立即遵照事前教员说的要领，喊报告。

安全员跑过来，说我手碰着弹夹的开关了，所以弹夹脱落。

再打,十发子弹,还没打完,又遇到新情况了,子弹卡住了。

安全员又来处理,我的心情坏到了极点。再三寻思,我这次没动弹夹开关,手一握枪,就严格按照操作规定来的。还是撞了鬼了。

好容易二十发子弹全打完,红旗降,白旗升,射击停止,掩体里的报靶员们跑出来报靶了,我想着自己成绩不错吧,结果一颗子弹都没上靶。我不信,踩着满地的荒草,踩着满地的弹壳,去看靶,我的靶纸上,干干净净的,一颗子弹都没打上。别人的靶纸上,四处都是弹孔。

踩着满地的空弹壳,我走回来时,恨不能把自己撞死到墙上。我不知道我的子弹飞到了哪里,也不知道哪个弹壳是我打的?如果对面是活生生的敌人,那么我必死无疑。

重新坐下,看到同事们啪啪啪,听着枪声,我感觉我的世界好崩溃,可我再没机会了。

吃了自助餐,下午我们观看官兵示范防化训练,穿防化服,戴防化面罩,烈日晒得脸都发疼,野地蚊子不断,上午来的兴奋之情已荡然无存。

四点,教员说要我们学埋锅造饭,这一下兴致顿起。先学了理论,什么避光灶、散光灶。通火口、灶台、散烟处,因为热,我似听非听,盼着快些回家。当真正挖时,才感觉到难度太大。好在每个小组都是男干部居多,我们女同志烤串,男同志挖灶,此时,太阳已落山,凉风袭来,好不惬意。

烤串品种丰富，我们组两位同事烤串，我负责给男劳力送串，补充营养，全营区充满着祥和欢快的气氛。

说实话，我做饭登不了大雅之堂，一时不敢下手。负责主厨的是我们报社另一位副总编，姓杨，比我大一岁，早我两年提的副总编，管的是让人提心吊胆的要闻版。她长得漂亮，业务精，这次打靶表现也很不俗。本来我以为她跟我一样，射击不咋地。我一下场，她就问我成绩，我含含糊糊说，还行吧。她接过身旁一个训练的同事手中的枪说，射击时，双臂要伸直，三点瞄成一线，慢慢地扣扳机，不能使劲儿，否则枪口易偏离靶子。像我这样，她说着，双腿跨立，左眼微闭，轻轻勾了下扳机，没有子弹的枪发出啪的一声。她说着，把枪递给我，让我反复练。我才明白我扣扳机时，太使劲儿，所以枪身失去了平衡，子弹当然飞得上天入地寻不见。

虽如此，我仍然不相信她打靶有多优秀，趁她去喝水了，我拿起她小椅子上的靶纸，看了一张，就晕菜了：十个弹孔全在绿色胸靶周围。

我们小组锅灶埋好了，做饭她主动操起了炒勺。十几个人的饭呀，而且在土灶台前，她竟然谈笑间，樯橹灰飞烟灭。有些小组灶台还在生火，我们锅里已飘出了猪肉炖粉条大白菜的香味。

吃烤串炖菜，听有表演才能的同事唱歌，我忽然想起同学聚会时的那次晚会，不禁想，我的同学们如果在，不知她们射击如何，做饭如何，野营的心情如何？

餐后,我到附近山野散步,忽听到一阵熟悉的歌声:军港的夜呀,静悄悄,海风把战舰轻轻地摇。驻地除了我们,没有女兵,难道我产生了幻觉?我循着歌声走去。在离我们有五百米的地方,也有部队,正在做饭,跟我们一样,在训练野外埋锅造饭,而穿着海军迷彩服的正是我的同学秦小昂。她唱歌不奇怪,奇怪的是她在掌勺,边炒菜,边唱歌。当我走近时,听到她在高喊,战友们,开饭了!

这句熟悉的台词,是我小时看的电影《闪闪的红星》中潘冬子的台词。

秦小昂站在四周都是土的灶坑里,熟练地给大家盛着饭。看她忙活完了,我才朝她喊了一声,秦小昂一看到我,放下勺,跑上前来拥抱了我,其亲热,好像我们几十年没见,好像我们真的就在硝烟弥漫的战场重逢。

她拿起铁盆里的一次性碗,给我盛了一碗,让我尝尝她的手艺如何。

我第一次做,他们说,盐重了。这一次,又说盐轻了,你说,这次怎么样?

碗里有肉、粉条、豆腐、青菜,比我们做的还丰富,我说好吃。她说好吃就吃完。

指着他们挖的灶说,你们跟我们一样吗?是避光灶,还是散烟灶?刚才教员讲时,我没注意听,一时答不出来。

秦小昂如教员似的滔滔不绝,埋锅造饭自然就会有烟,如何将烟的影响控制在最小范围内很重要,即便是冷兵器时代,

不注意防范也容易为敌方探得踪迹；现代战争，如不做好防范措施更易引来炮火打击。无烟灶的原理就是挖坑垒土增加隐蔽性，增加烟道扩大散烟面积，并通过在烟道上加盖麦秸柴草等方法使烟尽可能地散开，不形成烟雾和烟柱，以增加隐蔽性。

你看，挖坑大体可区分为五步：先挖一个梯形大坑，这是方便炊事员向中间小坑添加柴火，大小至少一人能够蹲得下去干活。距这个坑三十厘米处再挖一个小一点儿的坑，把所有挖出的土堆在第一个洞口周围，拍实增强其避光性……

她说得有鼻子有眼睛的，看起来学得比我认真。她还画图道，灶口跟锅口要挖通，否则火进不来。我们挖时，你猜用的什么，男同事用个木棍，硬是击打出一个洞。

等她总算讲完，我着急地问，你打手枪害怕吗？

只要你掌握了步骤一点儿都没事儿。她说着，又开始画起手枪来。边画边说，咱们现在用的92式手枪射击步骤是：

拉套筒将子弹上膛，举枪，瞄准，射击。射击完毕后，先退出弹匣，然后检查枪膛里是否还有留存子弹，最后将武器放下或者插入手枪套中。要注意，射击过程中，除了要扣扳机射击，其他时间手指不要放到扳机上。包括检查武器内弹药是否打空的时候，枪口一定不要乱指，仍直指前方。

她好像在背课本，一点儿都不打嗑，我怕她再三炫耀，忙打断道，你是说你是自己装弹，检查保险，击发，后验枪，全是自己所为？

当然。秦小昂吃了一口饭，又给旁边一个来盛饭的中校盛好饭,这才拉着我坐在草地上,吃起饭来。菜中虽然落进了沙粒,可是吃得好有味道。

吃完饭,她说,走,到我住的地方去看看。

你们还住在这?我望着不远处的群山,望着脚下成片的野草说。

当然,我们是驻训呀,已经十天了,就是在这里,我学会了做饭,学会了射击。走,看看我们住的帐篷。

太热了,我们卫生间就在帐篷里,透不过气。

那到附近的部队的训练场走走。

训练场是绿色塑胶跑道,一个个兵们从我们身后如风般地跑过。秦小昂说,出来好几天了,没跑步了。

马上就要考核体能了,我愁得晚上都睡不着。

你当领导的,不能过,怎么给别人示范?来,咱们两个跑个三公里,看能用多少时间?这场地我目测一圈四百米,七圈半。我把悦跑圈打开,测速。

可是好难呀,我一公里都跑不下来。

秦小昂也不理我,腾腾地跑了起来。我只好跟着跑起来。

起初跑时,不要太猛,匀速,然后跑到二公里以后,再加油。秦小昂轻快地说着。我跑到第五圈不行了,但看到秦小昂仍在跑着,她比我要大两岁呀,我咬咬牙,坚持跑着。

一位少尉看我们跑,在外圈助跑,边跑边喊,姐姐们,加油!

本该当阿姨的年纪,让人叫姐姐,使我们虚荣心得到了极大的满足，脚下好像也安上了风火轮，有点儿飘起来的感觉。三公里，我用了二十五分钟，我的及格线是二十一分三十五秒。秦小昂用了二十一分钟，她的及格线是二十二分五十三秒。

说实话，那一刻，我恨不能把她绊倒。跟她谈心的兴致也没了。走出营门，不远处的小河，闻着有股水草味，成群结队的蚊蝇执拗地追逐着我们的肉体，我不禁捂住鼻子。突然发现秦小昂胳膊上有只黑东西，一把抓住，发现她细嫩的胳膊瞬间起了四五个包。我说不会是马蜂吧。

不会，我有风油精，在帐篷里。

秦小昂搂着我的肩说，晓音，为什么这么长时间没跟你联系？因为忙呀，训练紧。对了，我家东方说田心怡单位一个干部查出了问题，不知心怡是否受影响，好替她担心哟。

这事我还是第一次听说。前阵子田心怡还给我打电话说，三公里及格并不难，只要每天坚持练，循序渐进，肯定行。她说她三公里现在跑了十九分。我比她年轻四五岁，坚持跑，一点儿问题都没有。我打开手机网页，输入田心怡的名字，十几条信息跃然纸上。她在看望生病战士，她在主持院里会议，她在与驻地监狱举行军警医疗共建。她代表医院与驻地建立互联网医院。我数了一下，她一天，参加了三个活动。她累吗？看照片上的她，永远面露微笑，军装笔挺，神态盎然。不过，都是老新闻了，最近不知她在干啥。朋友圈里也没动静。

晓音，别看手机了，告诉你，我昨夜做了一个梦，我给你发的咱们在一起的军装照,还有一份机密文件,竟然被有人在网上发布了,吓死我了,这可是泄密呀。你知道,现各单位抓保密工作都很紧,我桌子上放着《军队人员使用微信"十不准"》,墙上贴着《中国人民解放军保密守则》。电脑桌面也是《严密防范网络泄密"十条禁令"》,插U盘口都贴着白纸红字的"密封"。我大叫一声,醒了。幸亏是梦。

你呀,还应加一条,好朋友的秘密不得外传。

知道,聚会时,你们看我嘻嘻哈哈的,其实最苦的是我,我以自己的穷开心逗你们乐,近半年,我的世界整个暴风骤雨。秦小昂说着突然流下了眼泪。

怎么了?你们家东方有外遇了?

胡说什么呢?当日里好风光忽觉转变,霎时间日色淡似坠西山。她说着,哼起了京剧《锁麟囊》。

正当我要安慰她时,她忽然又笑了,说,我要是退休了,就跟我家东方去周游世界,我每天在微信上晒旅行、美食、人文、美景、好戏、好电影,还要晒自己的美文,姐咱好说也是名校新闻系毕业的,活得好着呢。可我不甘心呀,我当了多半辈子海军,远航过,下过潜艇,可我没坐过航空母舰呢,我三公里练了多半年,才跑出现在的成绩,怎么舍得脱军装呢。这不,单位到靶场驻训,我第一个报了名。回去,我还要下部队,到潜艇部队好好采访。我现在想起那晚上聚会时高云刚说的话,这才理解了他是多么地想在部队好好干呀。

说着话,帐篷到了。

她们的帐篷虽透气，但极闷热，地上杂草铲除了，闻着一股泥土气。我看见一只蜗牛爬向了床铺，拿纸捏着扔掉，说，你真能习惯？

军人嘛，就是这样的，你别说，战地亦有风景，不信，你明天起来看日出，可美了，我来了半月了，发现每天的日出都不一样，每天的太阳都是新的。

我们晚上就回家了。

那太遗憾了，不过，等我写出文章，拍出照片，你照样也能领略其美。

我发现她床上有张射击图纸，我说，你射击如何？我知道我们聚会时，她可是打了光靶。

当然好了，手枪，步枪，都学会了，门门优秀。

可是手枪很难打的。我没敢说我打了光靶，说出来好丢人。

熟能生巧嘛。

这次驻训，我学会了毒气防护，学会了野外做饭，包扎伤口，才突然感觉自己像个军人样了。

厉害。你说打手枪……

"秦记者！秦记者！"这时，有人叫她，秦小昂跑出帐篷。我突然想，秦小昂一直爱说大话，她说得果真信吗？这么一想，我便打开那张靶图：九、七、八、八、九，也就是说五发子弹，她几乎全是优秀。

我好后悔，自己为什么学时不认真，竟然输给了她。一点儿想见她的欲望也没了，快步走出帐篷，看到她在营地跳舞，便悄悄离开了。

落日在山脉与丛林中，绚丽得如好几条金带。我们的队伍确如歌中所唱的：日落西山红霞飞，战士打靶把营归，把营归。胸前的红花映彩霞，愉快的歌声满天飞。大家有说有笑，每个人的脸上、身上都被落日照耀得金灿灿的，让我一时疑心我在梦中。

可"胸前的红花映彩霞"把我拉回到现实，一股酸涩涌上心头，二十发子弹落入天空和大地，就是没在绿色的靶中留下痕迹，让我实在抬不起高傲的头。

正在这时，我在队伍中突然看到了秦小昂，她一身海军蓝迷彩在绿色的丛林中特别醒目，扎着编织武装带、戴着军帽，从旁边一条小路斜穿下来，因为跑得急，差点儿被一棵树杈绊倒。她不停地给我招手，她是来送别，还是来要给我说什么？在行进的队伍中，我只能朝她微笑，偷偷地给她敬了个礼。

这时她在我身后突然唱起了歌：

> 战友战友亲如姐妹，
> 革命把我们召唤在一起。
> 你来自边疆他来自内地，
> 我们都是人民的子弟。
> 战友，战友，
> 这亲切的称呼这崇高的友谊，

把我们结成一个钢铁集体！

　　…………

　　她把"战友，战友，亲如兄弟，唱成了亲如姐妹"，这是我们在学校当女学员唱时改的词。

　　脚仍踩着沙砾、弹壳，我忽感觉一切都是那么不真实，满目青山不真实，行进的绿色队列不真实，包括我自己，都好像不再是那个打了光靶垂头丧气的军人了。

　　秦小昂那奔跑的速度，根本不像我们共居一城，离我家不到十公里，好像我就是电影里那些女兵，要上战场，战友来生离死别，好像我就是电影《英雄儿女》中能唱能跳的王芳，是《白莲花》中能开双枪的女英雄，是《英国病人》中的战地护士汉娜，是《这里的黎明静悄悄》苏联卫国战争时期那些为国而战的女红军……是什么让我们产生的错觉？身上的军装，大山里风展的红旗，还是林立的迷彩帐篷弥漫出的野战气息？甚或，我们肩上的责任？

　　在回营的车上，我把一张落日下我站在射击场上的照片发给江皓，想给他说，我打靶成绩还行。心虚得发微信时，手指还把字打错了，成了：我打靶的成绩不行。

　　他马上回信，啥时也带我这个老兵去打打靶过过瘾，我教你，你忘记了，当年就是我教你的，你五发子弹，打出了四十八环的好成绩。

　　我回，行。

五

我又盼又怯的体能考核终于来到了。下午两点考核,我们从早上就奔走相告:中午得少吃点儿,否则跑不动,所以早饭要多吃些。女同事二十多岁,从自助架上拿了三个鸡蛋,两个包子,手里还端着一碗馄饨。

年轻真能吃呀,我一根油条都没吃下。哪本书上说,年轻人是早晨八九点钟的太阳,我们这些年过半百的中年人,就是晚上八九点的星星了。

上午十点多,下起了雨,越来越大,一直到吃午饭,都没有停的意思。也许今天就不考核了,我暗想。

可没接到不考核的命令,我们只好准时穿上体能服,集合出发。

外面风大雨冷,车里各人有各人的心思。

我们进到室内体育馆,原来是军体大队的比赛场。每个项目前,都放着一个大展板,上面写着从及格到优秀的分数、年龄,每个项目前,都有一名战士举着牌在等候着我们这些老考生。

我们三四百人整好队后,领队向主考官敬礼报告:主考官,所有考生都已准备好,考试是否进行?主考官威严地说,进行!听我口令,奔向考场,我眼一黑,差点儿撞到前面人身上。

最后考核的三公里，要不是有个战士陪着我跑，我根本跑不下来。跑到终点，我是被两个女兵架住，扶着走了半圈后，才感觉双腿不再打晃了，恶心减弱了。坐在草地上，刚拿起手机，发现四五个未接电话，全是秦小昂的，便拨了过去。

晓音，你在干什么呢？怎么气喘吁吁的。你知道不知道，高云刚听说被免职了，田心怡是这次国庆大阅兵的女兵方队领队。

真的？

田心怡领女兵方队各大网站都登出来了，我马上把视频发给你，是柳宛如采访的，听说她在阅兵村待了一个月，制作得很棒。原来两个月前，咱们送田心怡去的地方，就是阅兵村。

这家伙，竟然没告诉我们。

这就是田心怡的风格。不知怎么了，我一看到她那么朝气勃勃，就感觉自己还很年轻。对了，明天我要随军舰远洋采访，单位刚打电话征求我意见是改文职，还是退休？从十二岁当兵，到现在，要离开，心不甘呀。你跟我肯定想的一样。视频刚发过去了，你看看。

视频里的柳宛如瘦了，穿着迷彩服，举着话筒，边讲边指着一列列训练的女兵队伍，从她们正步踢出七十五厘米，行进速度每分钟一百七十五步，到她们硬皮靴磨的脚泡，胸高如何影响排面，替补队员的内心忧伤、排面兵的危机感及女兵平时吃什么，几点起床，几时训练，生了病也不敢说怕被人替换，梦想着正步走过天安门那九十六米的受阅距离。一百二十八步，六十六秒通过。为了阅兵，她们如何克服例假期。阅兵线路的画线员、营区走动的小黑狗、每天云彩的变化等，依我搞了三十年的采访经验来挑剔，柳宛如的采访扎实细致盎然，且有我们文字记者所达不到的画面冲击力和感染力。田心怡是在视频最后五分钟出现的。画面上五十六岁的田心怡英姿勃勃，下着军裙，上着淡绿色军衬衣，全身湿透地在踢正步。脸上的汗水一滴滴地往下流，后背全湿透了，可她的腰板挺得笔直，口号喊得洪亮，不，是凶狠。一旁的柳宛如解释说，面部表情为了达到教练员说得狠，可把不笑都像笑的女将军急坏了，为了练威严，她整天对着镜子练，跟着教练加练，还故意跟队员找碴儿吵架，一个月后，脸上才有了凶气，人却瘦了二十斤。

田心怡都当奶奶了，还如此拼命，我越看越惭愧，嘴里轻轻呼出一口气，对着电话里说，小昂，我刚跑完三公里，这次军事体能考核，俯卧撑、仰卧起坐、三千米跑步和我心里最紧张的三十米蛇形跑，拼了老命，总算达标了，其中两项还优秀。不过，现在我连说话的劲儿头都没了，腿都软了，肚子疼得都弯不下了，本来坚持不下来的，想起了高云刚，想起了他请咱们聚会时说的话，想起了田心怡唱的京剧，我就坚持下来了。对了，我有电话了，咱们回头再聊！

是江皓，问我啥时带他去打靶。

我说我体能考核完了，全部达标，如果他有时间，明天就去。带着他那想当兵的女儿。

快穿上长袖。杨副总编不知何时走了过来，拿起我放在草

坪上的长袖体能服,把上面的草屑掸净给我,说,快穿上,别感冒了,这次不错,表现很好。

她一直跑在我前面,当然成绩比我还好。我接过衣服,说,杨总,下次我要追上你。

她笑着点点头走了。

此时,大风刚过,金黄的树叶与湛蓝的天空夹杂,正是北方最美的时节。